골프장 살인사건

Murder on the Links

애거서 크리스티 추리 문학 41

골프장 살인사건

이가형 옮김

AGATHA CHRISTIE MYSTERY AGATHA CHRISTIE MYSTERY AGATHA CHRISTIE MYSTERY AGATHA CHRISTIE MYSTERY AGATHA CHRISTIE MYSTERY AGATHA CHRISTIE MYSTERY AGATHA CHRISTIE MYSTERY AGATHA CHRISTIE MYSTERY

해문

■ 옮긴이 **이가형**

동경제국대학 불문과, 미국 윌리엄스 대학 수학. 전남대학교, 중앙대학교,
국민대학교 교수 역임. 한국영어영문학회, 한국추리작가협회 회장 역임.
국민대학교 대학원장 역임

골프장 살인사건

초판 발행일	1987년 08월 30일
중판 발행일	2010년 09월 20일
지은이	애거서 크리스티
옮긴이	이 가 형
펴낸이	이 경 선
펴낸곳	해문출판사
주 소	서울시 서초구 서초동 1328-11 도씨에빛 2차 1420호
TEL/FAX	325-4721 / 325-4725
출판등록	1978년 1월 28일 (제3-82호)
가격	6,000원
ISBN	978-89-382-0241-3 04840
	978-89-382-0200-0(세트)

※ 잘못된 책은 바꾸어 드립니다.

•등 장 인 물•

에르큘 포와로— 사건의 핵심을 정확하게 간파하여 그 특유의 방법으로 사건을 해결하는 벨기에인 사립탐정.

헤이스팅스 대위— 포와로의 절친한 친구로, 그와 함께 사건을 해결해 나간다.

신데렐라— 검은 머리에 예쁜 얼굴을 한 말괄량이 처녀 공중곡예사.

폴 르노— 포와로에게 도움을 요청하는 편지를 보냈지만 그가 도착하기 전에 살해당한 백만장자 영국인.

엘루아즈 르노— 폴 르노의 부인. 백발의 중년 여인.

잭 르노— 폴 르노의 아들. 아버지가 살해당하는 동안 집을 떠나 있었지만 아버지를 죽인 살인혐의를 받는다.

루시앙 벡스 총경— 코밑수염을 기른, 키가 작고 건장한 사건 담당 형사.

오테 씨— 사건 담당 예심판사.

뒤랑— 나이 든 사건 담당 의사.

프랑수아즈 아리셰— 르노 씨 댁에서 일하는 늙은 하녀.

레오니·드니즈 울라르 자매— 르노 씨 댁에서 일하는 젊은 하녀 자매.

도브뢰이 부인— 마르그릿 별장에서 딸과 함께 사는 가난하지만 아름다운 여자로 죽은 르노 씨를 마지막으로 만나러 왔었다.

마르트 도브뢰이— 도브뢰이 부인의 딸. 겸손하고, 헌신적이고, 모든 덕성을 다 갖춘 예쁜 처녀.

지로 형사— 큰 키, 다갈색 머리, 턱수염을 기른 서른쯤 된 파리 출신의 유명한 형사로 매우 오만하다.

가브리엘 스토너— 화려한 경력을 가진 폴 르노의 유능한 비서.

차   례

차   례

남편에게

제1장

동행자

나는 소설의 첫머리를 강력하고 기발하게 하여 미사여구에 지친 독자들의 주의를 끌려는 젊은 작가들이, "'제기랄!' 하고 공작부인이 말했다."라는 식의 문장으로 시작하는 것이 꽤 효과적이라고 믿고 있다. 정말 이상하게도 나의 이 소설도 그와 똑같이 시작된다. 단지 그 말을 한 사람이 공작부인이 아니라 어떤 처녀라는 차이가 있을 뿐이다!

유월초의 어느 날이었다. 나는 파리에서 몇 가지 일을 처리하고, 나의 오랜 친구인 벨기에인 탐정 에르큘 포와로와 함께 사는 런던의 집으로 아침식사 시간에 맞춰 돌아가는 길이었다.

칼레(도버 해협 연안의 프랑스 도시)행 급행열차는 보기 드물게 한산했다―사실 내가 탄 칸에는 나 이외에 한 사람이 더 있을 뿐이었다. 나는 서둘러 호텔을 출발했기 때문에, 기차가 떠날 때까지 짐이 다 챙겨졌는지를 확인하느라 바빴다. 그때까지도 나는 함께 탄 동행인을 의식할 겨를이 거의 없었다.

그러나 잠시 뒤 한 처녀가 있다는 사실을 문득 인식하게 되었다. 그녀가 자리에서 벌떡 일어나더니 창밖으로 머리를 죽 내밀고는 짧고도 강력하게, "제기랄!" 하고 외치는 것이 아닌가.

나는 구식 사람이다. 그래서, 여자는 여자다워야 한다고 생각한다. 따라서, 현대의 정신병자 같은 처녀들―아침부터 밤까지 춤을 추고, 마치 굴뚝처럼 담배연기를 쉴 새 없이 뿜어대고, 상스러운 말을 함부로 쓰는 처녀들을 보면 도저히 참을 수가 없다.

나는 약간 눈살을 찌푸리며 그녀를 쳐다보았다. 예쁘긴 하지만 좀 뻔뻔스러운 얼굴에 깜찍한 빨간 모자를 쓰고 있었으며, 포도송이 같은 검은 머리가 두 귀를 가리고 있었다. 아마도 열일곱 살이 좀 넘은 듯했다.

그녀는 나를 보고는 부끄러워하지도 않고서 얼굴을 인상적으로 찌푸렸다.

그녀는, "저런, 우리가 친절한 신사를 놀라게 했군!" 하고는 허공을 보며 상상의 청중을 향해 짧게 말했다.

"숙녀답지 못한 말로 떠들어서 미안해요. 그렇지만, 아! 거기에는 충분한 이유가 있어요. 하나밖에 없는 언니를 잃었는데, 그 기분을 이해할 수 있으세요?"

"그래요? 그것참 안됐군요." 나는 정중히 말했다.

"그분은 아주 불만투성이예요!" 그 처녀가 말했다.

"그분은 저와 언니에 대해 아주 못마땅해하고 있답니다. 그러나 언니에 대한 그분의 행동은 옳지 못해요. 왜냐하면, 단 한 번도 언니를 만난 적이 없기 때문이죠!"

내가 말하려 하자 그녀는 나를 막고 계속했다.

"아무 말씀 마세요! 저를 사랑하는 사람은 아무도 없어요. 저는 흙바닥을 기면서 벌레나 먹게 될 거예요!"

그러고는 익살스러운 내용의 프랑스 신문을 크게 펼쳐 얼굴을 묻어 버렸다.

잠시 뒤 신문 너머로 살짝 나를 훔쳐보는 그녀와 눈이 마주쳤다. 나 역시 같은 행동을 했는데도 웃지 않을 수 없었으며, 그녀도 신문을 옆으로 내려놓고는 맑고 경쾌한 웃음을 터뜨렸다.

"당신은 보기와는 달리 바보스럽지 않군요." 그녀가 소리쳤다.

나는 '바보'라는 말이 거슬렸지만, 그녀의 웃음이 너무 전염성이 강해서 그만 함께 웃어 버리고 말았다. 그 처녀의 행동은 내가 싫어하는 것투성이였으나, 굳이 그것을 나타내어 나를 어리석게 만들고 싶지는 않았다. 나는 몸을 바로 잡았다. 어쨌든 그녀는 굉장히 예뻤다.

"자, 우리는 이제 친구예요!" 말괄량이가 선언했다.

"언니를 잃어버려서 안됐다고 말해 주세요."

"난 외로워요!"

"그는 좋은 청년이라고요!"

"이젠 그만 하겠어요. 좀 외롭기는 하지만, 언니 없이도 잘 참아낼 수 있다는 한마디만 덧붙이고요."

나는 고개를 끄덕여 보였다. 그러나 이 알 수 없는 처녀는 눈살을 찌푸리며 고개를 저었다.

　"그만두세요. 정중하고 솔직하게 찬성하지 않는다고 말하는 것이 오히려 더 낫잖아요. 오, 당신의 얼굴! '우리 중 아무도 그렇지 않아.'라고 말하고 있군요. 당신이 옳겠죠. 하지만 명심하세요. 요즘에는 말하기가 무척 어렵답니다. 누구나 공작부인과 술집 여자를 구분할 수 있는 것은 아니거든요. 이런, 제가 또 당신에게 충격을 주었군요! 당신은 여태껏 개척되지 않은 벽지로만 도망 다니셨나요? 제가 그것을 싫어한다는 것은 아니에요. 저도 당신같이 예의 바른 사람들과 잘 어울릴 수 있어요. 치근덕거리는 새파란 녀석들은 정말 질색이에요. 저를 미치게 만들거든요."

　그녀는 격렬하게 고개를 흔들었다.

　"아가씨가 미치면 어떻게 되죠?" 나는 미소를 지으며 물었다.

　"진짜 작은 악마! 제 말이나 행동에 상관하지 마세요. 저는 단번에 한 녀석을 해치울 뻔했어요. 물론 그럴만한 이유가 있기도 했지만, 제 몸에는 이탈리아인의 피가 흐르고 있거든요. 전 조만간 사고를 낼지도 몰라요."

　"그래요?"

　나는 애원조로 말했다.

　"제발 나 때문에 흥분하거나 미치지는 말아요."

　"그럴 일은 없을 거예요. 전 당신이 좋아졌거든요. 처음부터 당신을 보고 있었지요. 하지만, 당신이 절 너무 못마땅하게 여기는 것 같아서 우리는 친구가 될 수 없다고 생각했어요."

　"자, 우리는 이제 친굽니다. 나에게 아가씨에 대한 이야기를 해봐요."

　"저는 배우예요. 아니, 당신이 생각하는 그런 종류가 아니고요. 보석으로 몸을 휘감고 호화판 호텔에서 오찬을 들고, 신문마다 사진과 예찬의 기사가 실리는 그런……, 저는 여섯 살 이후로 죽 공중곡예를 하며 배에서 생활했어요."

　"네? 뭐라고요?" 나는 어리둥절해서 물었다.

　"어린 곡예사를 본 적 있으세요?"

　"아, 알아요."

"저는 미국에서 태어났지만, 그 뒤로는 계속 영국에서 살았죠. 우리는 곧 새 쇼에 나가게 되어 있어서……."

"우리?"

"저와 언니요. 노래와 춤과 재담, 거기에 잊혀 가는 옛날 얘기들도 좀 곁들 이죠. 우리의 쇼는 매번 성공이었어요. 그러면 돈이 좀 생기게 되죠."

나의 새 친구는 몸을 앞으로 숙이고서 유창하게 쏟아놓았으나, 나는 제대로 알아듣기가 어려웠다. 그러나 그녀에 대한 나의 관심이 점점 커지고 있음을 숨길 수 없었다.

그녀는 어린애와 여인의 두 모습을 모두 지니고 있어, 도저히 종잡을 수가 없었다. 그녀는 스스로 표현했듯이, 세상일에 능란하고 능력도 있고 자신의 앞가림을 충분히 할 수 있는, 소위 세상을 좀 아는 여자이나, 한편으론 삶을 향한 단순한 태도와 '선'을 행하기로 마음먹는 것을 보면 그녀 안에 한없는 천진난만함이 엿보여 도대체 알 수가 없었다. 내가 아직 경험하지 못한 세상을 이런 식으로 들여다보게 된 것도 흥미 있는 일이었고, 또한 얘기를 늘어놓는 그녀의 발랄하고 조그만 얼굴을 바라보는 것도 재미있었다.

우리는 파리와 칼레의 딱 중간 지점인 아미앵 역을 지났다. 그 이름은 옛 기억을 일깨워 주었다.

나의 동행인은 이러한 내 마음을 직감적으로 알아차렸다.

"전쟁을 생각하시는군요?"

나는 고개를 끄덕였다.

"전쟁을 겪으셨나 보군요?"

"잘 맞혔어요. 나는 부상당해서 제대했답니다. 그 뒤 상처가 좀 치유되어 얼마 동안 다시 군대 일을 했는데, 요즘으로 말하면 헌병대의 비서 같은 것이지요."

"그러세요! 좋았겠군요."

"그렇지도 않아요. 무섭도록 할 일이 없었답니다. 매일 두 시간쯤 일하는데, 그것도 몹시 지루했지요. 만일 다른 일을 하게 되지 않았더라면 지금 어떻게 되었을지 생각하기조차 끔찍해요."

"미칠 것 같다고는 말하지 마세요!"

"지금은 그렇지 않아요. 나는 매우 재미있는 사람과 함께 살고 있지요. 그는 벨기에인인데 탐정이랍니다. 그는 현재 런던에서 사립탐정으로 있는데, 기발하게 일을 잘 처리해 냅니다. 작은 체구지만 놀라운 사람이지요. 경찰에서 실패한 일들을 여러 번 해결했지요."

나의 동행인은 눈을 크게 뜨고 주의 깊게 들었다.

"요즘은 뭐 재미있는 일 없나요? 저는 범죄 사건을 굉장히 좋아해요. 그래서 추리 영화란 영화는 모조리 보고, 신문에 살인사건이 실리면 처음부터 끝까지 읽어 본답니다."

"스타일즈 저택의 살인사건을 기억해요?" 내가 물었다.

"가만있자, 독살된 노부인 사건이던가요? 에식스 군(런던 북동쪽에 있는 군) 어딘가에서?"

나는 고개를 끄덕였다.

"그것이 포와로와 첫 번째로 해결한 큰 사건이었답니다. 그가 아니었더라면 틀림없이 살인자는 감쪽같이 달아났을 겁니다. 그러한 것이 바로 탐정에게 있어서는 가장 보람있는 일이 되는 것이지요."

나는 신이 나서 사건이 어떻게 결말이 났으며, 도무지 예상도 할 수 없었던 그 최후의 순간에 대해 떠들어댔다. 그 처녀는 매혹되어 듣고 있었다. 너무 몰두하고 있는 바람에 기차가 칼레 역에 다다른 것도 모를 정도였다.

"어머나! 내 분첩이 어디 있지?" 처녀가 허둥거리며 소리쳤다.

그녀는 얼굴에 대충대충 분칠을 하고 입술에 립스틱을 바른 뒤에 작은 거울로 잘 되었나를 살폈다. 그러고는 만족한 듯이 미소를 짓고는 화장품을 가방 속에 넣었다.

"좀 나아졌군. 외모를 가꾸는 것은 일종의 고역이지만, 자존심이 있는 여자라면 자기를 되는 대로 내버려 두지는 않지요."

짐꾼 둘에게 짐을 맡기고, 우리는 플랫폼에 내렸다.

그 처녀가 손을 내밀었다.

"안녕히 가세요. 앞으로는 말을 주의해서 할게요."

"하지만, 계속해서 배를 타면 또 만나게 될 텐데?"

"배는 이제 못 탈 거예요. 언니가 배를 타지 않을 것 같아서요. 어쨌든 고마웠어요."

"하지만, 우리는 틀림없이 다시 만나게 되겠지요?"

나는 주저하며 말했다.

"난, 나는 아가씨의 언니를 한번 보고 싶어서 그래요."

우린 둘 다 웃었다.

"좋아요. 언니를 찾게 되면 당신 말을 전해 주겠어요. 하지만, 우리가 다시 만나리라고 기대하지는 않겠어요. 당신은 이곳까지 오시면서 제게 무척 친절하게 대해 주셨어요. 특히 제가 늘 하던 버릇대로 건방지게 굴었는데도요. 당신은 저와는 다른 부류의 사람이에요. 그것이 늘 문제랍니다. 저도 그 점을 잘 알고 있어요."

그녀의 얼굴이 변했다. 그 순간, 그녀에게서는 천진난만한 쾌활함이 모두 사라져 버리고, 그 표정은 복수심에 불타 화가 난 듯이 보였다.

"안녕히 가세요." 그녀는 다시 명랑한 소리로 인사했다.

"이름도 아직 모르잖소?"

그녀가 돌아서려 할 때 내가 불쑥 말했다.

그녀는 어깨를 으쓱해 보였다. 두 볼에 보조개가 패었다. 그녀는 그레즈의 아름다운 그림 같았다. 그녀는, "신데렐라." 하고 짤막하게 말하고는 웃었다.

그러나 내가 언제, 어떻게, 신데렐라를 다시 만나게 될지는 예상할 수도 없는 일이었다.

제2장

도움을 호소하다

다음 날 아침 내가 식사시간에 맞추어, 우리가 함께 쓰는 거실에 들어갔을 때는 9시 5분이었다. 나의 친구 포와로는 여느 때와 마찬가지로 1분도 틀리지 않게 두 번째 계란을 깨고 있었다.

내가 들어가자 그는 나를 보고 미소 지으며, "아주 잘 잔 모양이군, 응? 도버 해협을 건너오느라 끔찍했을 텐데? 자네가 오늘 아침에 이렇게 정확하다니 놀랍네. 그런데 자네 넥타이가 똑바르지 않군. 내가 고쳐 주지."라고 말했다.

다른 책에서, 나는 에르퀼 포와로에 관해 쓴 적이 있다. '작고도 기묘한 체구!' 5피트 4인치(약 162cm)의 키, 늘 한쪽으로 약간 기울인 채 다니는 달걀형의 머리, 흥분했다 하면 초록색으로 반짝이는 눈, 빳빳한 군대식 콧수염, 그의 주위에 감도는 위엄 있는 분위기! 그의 차림새는 또 얼마나 단정하고 멋스러운지. 단정함에 있어서 그는 남다른 엄격함을 가진 사람이었다. 그는 다른 사람의 차림에서 장신구가 비뚤어졌거나, 얼룩이 묻었거나, 조금이라도 흐트러진 것을 보면 그것을 바로잡아 주어야만 직성이 풀리는 사람이었다. '질서'와 '절차'가 그에게는 종교와도 같은 것이었다.

그는(사건에서) 담뱃재나 발자국과 같은 외부적인 증거에 대해서는 일종의 경멸감을 느끼고 있으며, 탐정은 그것만으론 결코 문제를 해결할 수 없다고 주장하고 있다. 그러고는 우스울 정도로 자기만족에 빠져서는, "여보게, 친구, 정말 중요한 일은 '내부'에서 이루어진다네. '작은 회색의 뇌세포들'을 항상 기억하라고"라고 말하며 달걀 모양의 자기 머리를 가볍게 두드리곤 했다.

나는 의자에 미끄러지듯이 앉아, 칼레에서 도버 항구까지의 한 시간밖에 안 되는 항해에 '끔찍한'이라는 표현은 적당치 않다고 천천히 말하며 포와로의 인사에 답했다.

포와로는 내 말에 거세게 반발하면서 달걀 깨는 작은 숟가락을 내저었다.

"천만에! 만일 어떤 사람이 한 시간 동안 끔찍한 기분과 감정을 경험했다면, 그것은 여러 시간을 겪은 것과 다름이 없네. 자네 나라의 시인이, 시간은 시계로 재어지는 것이 아니라 심장 박동수로 재어진다고도 하지 않았나?"

"그렇다 하더라도, 나는 브라우닝(Robert Browning, 1812~1889, 영국의 시인)이 뱃멀미보다는 좀더 낭만적인 것에 대해 말했다고 생각하는데요."

"그 시인은 영국인이었으니, 섬나라 사람에게 해협은 아무것도 아니지. 그래, 자네도 영국인이니 우리는 서로 다를 수밖에."

갑자기 서먹서먹해지더니 그는 손가락으로 토스트 접시를 가리켰다.

"아, 예를 들면, 이건 너무 심하군!" 그는 소리쳤다.

"그게 무엇인데요?"

"이 토스트 조각. 자넨 눈치 못 챘을 테지?"

그는 선반에서 토스트용 빵덩어리를 홱 끄집어내더니 들어 올려서는 내게 보여 주었다.

"이것은 사각형이지? 또, 삼각형도 되지? 둥글다고도 할 수 있잖나? 그렇다네, 이것은 멀리서 보면 어떤 모양도 될 수 있네. 대칭적인 구석이라곤 전혀 없어."

"포와로, 그건 커다란 덩어리에서 떼어낸 거예요."

나는 당연하다는 표정으로 설명했다.

포와로는 내게 노려보는 시선을 던졌다.

"이봐, 헤이스팅스, 자네 도대체 지능이 있나?" 그는 빈정거리며 소리쳤다.

"나는 이런 빵덩어리, 아무렇게나 생긴, 형태가 분명치 않은 빵덩어리를 싫어하는 것이 아니라, 아무리 빵을 잘 굽는 사람이라도 처음부터 틀에 맞춘 것 같은 형태로 빵덩어리로 구워낼 수는 없다는 것을 말하는 것일세. 좀 알아듣게!"

나는 분위기를 바꿔보려고 애썼다.

"흥미 있는 편지 같은 것은 없었습니까?"

포와로는 불만스런 표정으로 고개를 저었다.

"아직 편지들을 뜯어보지 않았네. 그렇지만, 요즘엔 흥미 있는 것이 통 오질 않아. 위대한 범인이나 위대한 범행수법은 이젠 존재하지 않는 것 같네. 최근에 관계했던 사건들은 극도로 평범했다네. 정말이지 요즘 나는 유행이나 쫓는 여자들의 잃어버린 애완용 개나 찾아 주는 신세라네! 그래도 최근에 있었던 흥미 있는 사건이라면 복잡하게 얽혀 있던 야들리 다이아몬드 사건이었지. 그것도 몇 달 전의 일이었는지 알겠나, 친구?"

그는 기운 없이 고개를 저었다.

"기운을 내요, 포와로. 행운이 올 거예요. 편지를 뜯어보세요. 수평선 위로 태양이 떠오르듯 굉장한 일이 있을지도 몰라요."

포와로는 미소를 지으면서 편지 뜯는 작은 칼을 가져다가 접시 옆에 있는 몇 개의 편지 봉투 모서리를 뜯었다.

"청구서야. 이것도 또 청구서. 내가 늙어지면서 낭비가 심해졌나 보군. 아하! 재프 경감에게서 뭔가가 왔구먼."

"그래요?"

나는 두 귀를 쫑긋 세웠다. 그 런던경시청의 경감은 우리에게 흥미 있는 일을 몇 번 소개해 준 적이 있었다.

"내가 일전에 도움을 준 애버리스트위스 사건에 대해 감사하고 있다는 내용뿐이네. 그에게 도움이 되었다니 기쁘구먼."

"그가 어떤 식으로 당신에게 감사를 표시했습니까?"

나는 재프를 알고 있었으므로 궁금히 생각되어 물었다.

"그는 고맙게도 내가 나이에 비해 훌륭한 스포츠맨이라고 말하고 있네. 그리고 그 사건에서 내 도움을 받아 기뻤다는구먼."

이것은 재프의 틀에 박힌 어투였으므로 나는 킬킬거리며 웃지 않을 수 없었다. 포와로는 차분히 다른 편지들을 계속 읽어 나갔다.

"지방 보이스카웃에서 강연을 해달라는 제안. 포르파노크 백작부인이 나를 만나보고 싶어 한다는 것. 틀림없이 애완용 개나 찾아 달라는 거겠지 뭐! 그리고 마지막으로는, 아……!"

나는 그의 어투 변화를 재빨리 알아채고 호기심에 넘쳐 쳐다보았다.

포와로는 자세히는 읽고 나더니, 곧 내게 건네주었다.

"여보게, 이것은 평범한 일이 아닐세. 자네가 좀 읽어보게."
그 편지는 외국 편지지에 독특한 필체로 쓰여 있었다.

프랑스 메를랭뷰 해변 주느비에브 별장

선생님께
저는 탐정의 도움을 필요로 하고 있으며, 나중에 알려 드릴 이유로
인해서 경찰을 부르고 싶지 않습니다. 저는 여러 곳에서 당신의 명성
을 들었으며, 보도를 통해 당신이 분명 능력 있을 뿐만 아니라 매우
사려 깊은 분이라는 것을 믿게 되었습니다. 제가 알고 있는 어떤 비
밀 때문에 저는 매일 생명에 두려움을 느끼면서 지내고 있습니다.
위험이 곧 닥쳐올 것이 분명합니다. 당신이 지체하지 말고 속히 프랑
스로 건너와 주시기를 간청합니다. 당신이 언제 도착할지 전보를 쳐
주시면 칼레로 차를 보내 드리겠습니다. 당신이 현재 손대고 있는 모
든 사건을 제쳐놓고 제 일만 전적으로 맡아 주실 수 있을는지요? 사
례는 얼마든지 해 드리겠습니다. 아마도 상당한 기간 동안 도움을 주
셔야 할 것 같습니다. 제가 몇 년간 살았던 산티아고까지 가셔야 할
지도 모르기 때문입니다. 당신이 직접 사례금을 정해 주시면 그대로
치러 드리겠습니다.
그 문제가 얼마나 긴급한지 다시 한 번 강조합니다.

P.T. 르노

서명 아래에는 허둥지둥 휘갈겨 써서 거의 알아볼 수도 없는 추신이 적혀
있었다.

'꼭 좀 와주십시오!'

나는 심장의 고동이 빨라지는 것을 느끼며 그 편지를 포와로에게 돌려주었다.

"드디어! 분명히 범상치 않은 무엇인가가 있습니다." 내가 말했다.

"그래, 그런 것 같아."

포와로는 깊은 생각에 빠져 말했다.

"물론, 가시겠죠?" 내가 물었다.

포와로는 고개를 끄덕였다. 그는 골똘히 무엇인가를 생각하고 있었다. 마침내 그는 결심한 듯, 흘끗 시계를 보았다. 그의 얼굴은 매우 심각했다.

"이것 보게, 친구, 낭비할 시간이 없어. 대륙행 급행열차는 11시 정각에 빅토리아 역을 떠나거든. 하지만, 너무 초조해하지는 말게. 시간은 충분해. 10분간은 의논도 할 수 있어. 자네, 나와 함께 가겠지, 응?"

"글쎄요⋯⋯."

"앞으로 몇 주 동안은 사장이 자네를 필요로 하지 않을 것이라고 말하지 않았나?"

"예, 그건 그래요. 그렇지만 편지를 보낸 르노 씨는 자신의 문제가 아주 개인적인 것이라고 강력히 말했잖습니까?"

"바보 같은 소리! 르노 씨는 내가 설득하겠네. 그런데 어디서 듣던 이름 같지 않나?"

"유명한 남미의 백만장자가 있습니다. 그는 영국인인데, 이름은 르노라고 하죠. 그 사람인지 아닌지는 잘 모르겠습니다만."

"의심할 것도 없어. 편지에서 그는 산티아고에 대해 말했잖나? 산티아고는 칠레의 수도이고, 칠레는 바로 남미에 있지 않은가 말이야! 아, 그렇지만 속단하면 안 돼. 좀 더 상세히 사건을 파고들어야 해."

"그래요, 포와로. 이 일에는 상당히 짙은 돈냄새가 풍깁니다. 만일 성공한다면 우리는 부자가 될 거예요!"

내가 흥분하여 말했다.

"이봐, 자네 김칫국부터 마시지 말게나. 부자의 돈은 그렇게 쉽게 풀리지 않는 법이야. 난 백만장자가 땅에 떨어진 반 페니짜리 동전을 찾으려고 여러 사람을 쫓아내는 것을 본 적도 있네."

나는 과연 그럴 수도 있겠다고 인정했다.

포와로는 계속해서, "어떤 경우에든 내게 매력 있는 것은 돈이 아닐세. 틀림없이 수사상의 모든 권한, '백지 위임장'을 가질 수 있을 것 같아 흥분된다네. 시간을 지체해서는 안 되지. 이 문제에는 나의 흥미를 끄는 별난 점이 있네. 자네도 그 추신을 읽었지? 그것이 얼마나 인상적이었나!"

"틀림없이 그는 혼자서 남몰래 그 편지를 썼을 겁니다. 그러나 다 써 갈 때쯤 뭔가 방해물이 나타났겠죠. 그 아슬아슬한 순간에 필사적으로 마지막 문장을 휘갈겨 썼을 겁니다."

그러나 나의 친구는 힘차게 고개를 저었다.

"자넨 틀렸어. 서명한 잉크는 검은색에 가까운 반면에, 추신의 잉크는 매우 엷은 색인 것을 보지 못했나?"

"그래요?" 나는 당황하여 말했다.

"아이고, 이 친구야, 자네의 작은 회색 뇌세포들을 사용해서 생각 좀 해보게! 명백하잖나! 르노 씨는 편지를 쓴 다음 압지를 대지 않고, 조심스럽게 읽어 본 걸세. 그 뒤에 충동적으로가 아니라 의도적으로 마지막 문장을 첨가하고는 압지를 대고 누른 거야."

"아니, 왜요?"

"이런 참! 바로 자네가 한 생각을 내게도 하게 할 의도였지."

"무엇 때문에요?"

"틀림없이, 나를 꼭 오게 하려고 그런 거야! 그는 자기 편지를 다시 읽어보고 실망했겠지. 충분히 호소력을 표현하지 못했거든!"

그는 말을 잠시 끊었다가, 흥분하면 언제나 그렇듯이 눈을 초록색으로 반짝이면서 부드럽게 덧붙였다.

"여보게, 친구, 그 추신은 충동적이지도, 술 취한 상태에서 쓴 것도 아니고 의도적으로 냉정하게 덧붙였으니 사태가 매우 긴박함을 알 수 있네. 우린 가능한 한 빨리 이 사람에게로 가야 해."

"메를랭부……, 어디서 들어본 것 같은 이름인데요."

나는 생각에 잠기며 중얼거렸다.

포와로는 고개를 끄덕였다.

"그곳은 조용하고 작지만 멋있는 곳이라네. 칼레와 볼로뉴(둘 다 도버 해협 연안의 프랑스 도시)의 중간 정도에 있어. 조용하게 여가를 즐기며 살고 싶어 하는 부유한 영국인들의 사교장이라 할 수 있지. 르노 씨는 영국 어딘가에도 집을 갖고 있는 것으로 알고 있는데……."

"맞아요, 내 기억으로는 러틀랜드 게이트에 있는 것 같아요. 하트퍼드셔 군 어딘가의 시골에 큰 땅을 소유하고 있다지요, 아마? 그렇지만, 그에 대해 알려진 것은 거의 없어요. 그는 사회적으로 나서서 일하는 사람이 아니거든요. 시티(런던 금융 상권의 중심지)에 막대한 남미 주식을 갖고 있죠. 그리고 대부분 칠레와 아르헨티나에서 생활한다는 정도밖에는……."

"자, 그 사람에게 가서 직접 자세히 듣도록 하세. 어서 짐을 꾸리자고. 작은 여행용 가방 하나씩이면 충분해. 그리고 빅토리아 역으로 가는 택시를 타는 거야."

"그러면, 백작부인은요?" 내가 웃으며 물었다.

"아! 장담하네만, 그 부인이 부탁하는 일은 틀림없이 아무 재미도 없을 거야."

"무슨 이유로 그렇게 확신하십니까?"

"흥미 있는 사건이었다면 그녀는 편지를 쓰지 않고 직접 날 찾아왔을 걸세. 여자들이란 기다리질 못해. 헤이스팅스, 이 점을 항상 기억하게."

11시 정각에 우리는 빅토리아 역에서 도버를 향해 출발했다. 떠나기 전에 포와로는 르노 씨에게 전보를 쳐서, 우리가 칼레에 도착하는 시간을 알려 놓았다.

"포와로, 뱃멀미 치료법 서너 가지 정도는 조사해 둘 줄 알았는데요?"

나는 아침식사 때의 대화를 떠올리며 심술궂게 물었다.

걱정스레 날씨를 살펴보던 나의 친구는 비난하는 듯한 얼굴로 나를 보았다.

"자네, 라베르기에르의 그 탁월한 예방법을 잊어버렸나? 난 항상 그 방법을 실천하고 있지. 자네도 기억이 날걸세. 머리를 왼쪽에서 오른쪽으로 돌리면서, 숨을 들이마시고 내쉬는 사이에 6까지 세면 균형을 유지할 수 있다네."

"흥! 당신은 산티아고, 부에노스아이레스, 그 밖에 가는 곳마다 균형 잡기와 6을 세는 데 지쳐 버리고 말 거예요."

"무슨 소리야! 설마 내가 산티아고까지 가리라고 생각하는 것은 아니겠지?"

"르노 씨가 편지에서 그렇게 해달라고 했잖아요."

"그 사람은 에르퀼 포와로의 방법을 몰라서 그래. 나는 여행을 하거나, 이리 저리 뛰어다니면서 흥분하는 사람이 아니잖나. 나는 여기, 이 속으로 일을 한 다네." 하면서 그는 자기 이마를 의미 있게 톡톡 두드렸다.

여느 때와 마찬가지로 이 말은 내게 따지고 들게끔 만드는 것이었다.

"그건 그래요, 포와로. 그렇지만, 당신은 당연한 사실들을 너무 업신여기는 습관에 빠진 것 같습니다. 지문은 때때로 살인자의 체포와 유죄 판결에 결정적인 역할을 한다는 것을 아시잖습니까?"

"그것 때문에 무고한 사람들이 여러 번 교수형에 처해졌지."

포와로는 냉담하게 대답했다.

"그러나 지문이나 발자국, 혹은 다른 데서 묻어온 흙, 그 밖의 보잘것없는 것들에서 실마리를 찾아내는 것은 등한시할 수 없는 너무나 중요한 방법이잖습니까?"

"분명히 그렇지. 내가 그런 방법들을 무시한다는 말은 결코 아닐세. 노련한 관찰자나 전문가에게는 틀림없이 유용하네. 그러나 나 에르퀼 포와로와 같은 사람들은 전문가 이상이지. 이렇게 전문가 이상의 사람들에게 그 전문가라는 친구들이 사실을 가져다준다네. 그러면 우리는 그 사실을 적절히 순서대로 연결해서 범죄의 수법을 추리해내는 것이지. 무엇보다도 중요한 것은 사건의 심리적인 면이라네. 자네, 여우 사냥 해본 적 있나?"

"때때로 좀 했습니다만, 그건 왜죠?"

나는 갑작스럽게 화제가 변해 버리는 바람에 갈피를 잡지 못하면서 물었다.

"여우 사냥할 때 개를 필요로 하던가?"

"하운드 종(種)이지요, 물론 필요하고말고요."

나는 정중히 고쳐서 대답했다.

"그렇지만, 자네는 집에서 나오면서, 자네 코로 흙냄새를 맡으려고 킁킁거리지는 않겠지?"

포와로는 내게 손가락을 흔들어 보이며 말했다.

나도 모르게 웃음이 터져 나왔다. 포와로는 만족한 듯이 고개를 끄덕였다.

"그래, 자넨 사냥할 때는 하운드 짓을 하지 않으면서, 사건을 해결할 땐 하운드처럼 행동해야 한다고 고집을 부리는군. 자네는 이 에르퀼 포와로에게 가상의 발자국을 조사한답시고 습한 잔디에까지 엎드려 가며 나 자신을 어리석게 만들라고 요구하고 있는 거야. 플리머스행 급행열차 사건 기억나나? 그 훌륭한 재프 경감은 철도 레일부터 조사했었지. 그가 사건 현장을 살펴보고 돌아왔을 때, 나는 내 방에서 조금도 움직이지 않고도 그가 알아낸 것들을 정확히 말할 수 있었잖나?"

"그래서 결국 재프가 시간을 쓸데없이 낭비했다는 말씀입니까?"

"천만에, 그의 증거 때문에 나의 추리는 더욱 확실해졌네. 그러나 내가 그렇게 했다면 시간을 허비한 셈이 되는 것이지. 그것이 소위 전문가라는 사람들이 하는 일이라네. 캐븐디시 사건(《스타일즈 저택의 죽음》 참조)에서의 필적 증거를 기억해 보게. 한 증인이 심리 때에 필적이 유사하다는 것을 근거로 편지한 통을 증거로 내놓았네. 하지만 배심원들은 도움이 되지 않는다고 결론을 내렸지. 모든 언어라는 것은 매우 인위적이네. 그래서 그 결과는 뭔가?

우리가 맨 처음 생각했던 대로야. 그 편지의 글씨는 존 캐븐디시의 필체와 아주 비슷했지. 그러면 심리적으로 '왜?' 하는 질문에 부딪히게 된다네. 이 편지가 실제로 그가 쓴 것인가? 아니면, 누군가가 그가 쓴 것으로 여겨지도록 조작한 것인가? 여보게, 나는 그 질문에 대답하게 되었고, 결국 그의 필체라는 것을 부인했지."

그리고 포와로는 나를 수긍게 하려는 듯 잠시 침묵을 지키며 만족한 기분으로 벽에 등을 기댔다.

날씨는 눈부시게 화창했고, 바다는 거대한 저수지처럼 평온했다. 그런데도 포와로는 칼레에 상륙하면서 라베르기에르의 방법이 큰 효과가 있었다고 한 번 더 강조하는 바람에 나는 어이가 없어서 웃어 버렸다.

우리를 마중 나오기로 되어 있는 차는 어디에도 없었으며, 실망만이 기다리고 있었다. 그러나 포와로는 전보를 늦게 친 탓이라고 설명했다.

"전권을 위임받았으니 여기서 차를 빌려 타고 가세."

그는 즐겁게 말했다. 그러고는 지금까지 타 본 차 중에서 가장 덜커덩거리는 차를 빌려 타고 메를랭뷰 쪽으로 삐걱거리며 달렸다.

내 기분은 최고였다.

"굉장히 화창하군!" 나는 소리쳤다.

"분명히 신나는 여행이 될 겁니다."

"자네에게는 그렇겠지. 그렇지만, 나에게는 이 여행의 끝에 할 일이 있다는 것을 잊지 말게."

"흠! 당신은 곧 모든 것을 밝혀내겠지요. 르노 씨의 안전을 보장해 주고, 암살하려는 자도 끝까지 추적해 영광스럽게 일을 끝맺을 겁니다."

나는 신이 나서 말했다.

"자네, 아주 낙관적이구먼, 친구."

"그럼요. 나는 정말로 성공을 확신합니다. 당신은 이 세상에 단 하나뿐인 에르큘 포와로가 아닙니까?"

그러나 나의 자그마한 친구는 내 말에 걸려들지 않고 진지하게 나를 바라보았다.

"헤이스팅스, 자네는 스코틀랜드 사람들이 말하듯이 '임종이 가까운 사람처럼 흥분한' 모양이군. 그것은 재난을 예언한다네."

"말도 안 돼요. 어쨌든, 당신은 내 기분과는 전혀 딴판인 모양이죠?"

"그래, 자네에게 공감 못 하겠네. 오히려 두려움이 생겨."

"무엇이 두렵다는 거죠?"

"나도 확실히 모르겠어. 하지만, 그런 예감이 들어—무엇인지 꼬집어 얘기할 순 없지만!"

그가 너무 진지하게 말하는 탓에 나까지도 저절로 감동을 받았다.

"나는 이것이 큰 사건, 쉽게 해결되지 않는 장기적이고 복잡한 문제일 거라는 느낌이 드네." 그가 천천히 말했다.

그의 생각에 대해 꼬치꼬치 캐묻는 동안, 우리는 메를랭뷰라는 작은 마을에 도착하게 되었다. 우리는 차의 속력을 늦추면서 주느비에브 별장으로 가는 길을 물어보았다.

"마을을 지나 똑바로 가시면 됩니다. 주느비에브 별장은 약 반 마일 정도 가다 보면 건너편에 있지요. 못 찾을 리는 없을 겁니다. 바다가 바라다보이는 큰 별장이니까 눈에 쉽게 띌 겁니다."

우리는 일러줘서 고맙다는 인사를 하고는, 계속 차를 몰아 마을 뒤쪽에 다다랐다. 그러자, 이번에는 두 갈래 길이 나타나서 우리를 다시 망설이게 했다. 한 농부가 우리 쪽으로 뚜벅뚜벅 걸어오고 있기에, 우리는 다시 길을 묻기 위해 차를 세우고 그를 기다렸다.

길옆에 아담한 별장이 있었으나, 그것은 너무 작고 낡아서 우리가 찾고 있는 것은 분명히 아니었다. 그때 그 별장의 문이 흔들흔들 열리더니 한 아가씨가 걸어나왔다.

농부가 우리 곁으로 다가오자 운전사가 농부에게 방향을 물었다.

"주느비에브 별장이요? 이 길을 따라 오른쪽으로 몇 걸음만 올라가십시오. 모퉁이를 돌기 전에 있는 저택이지요."

운전사는 그에게 고맙다고 하고 다시 차를 몰았다.

나의 눈은, 한 손으로 문을 잡고 계속해서 우리를 지켜보고 서 있는 아가씨에게 매혹되어 있었다. 나는 미(美)의 숭배자이다. 그런데 바로 눈앞에는 그 누구라도 잠자코 지나칠 수 없는 미인이 있었던 것이다. 매우 키가 크고, 젊은 여신과도 같이 균형 잡힌 몸매를 지니고 있었으며, 그녀의 금발머리는 태양 아래 빛나고 있었다. 맹세코 그녀는 내가 지금까지 본 가장 아름다운 아가씨 중 하나였다. 울퉁불퉁한 길을 가느라고 차가 몹시 흔들렸기 때문에 나는 그녀를 자세히 보려고 머리를 돌렸다.

"이봐요, 포와로!" 나는 소리쳤다.

"당신도 젊은 여신을 보았지요?"

포와로는 눈썹을 치켜세웠다.

"이제 시작이군!" 그는 중얼거렸다.

"벌써 여신을 보았나!"

"그러면, 당신은 그녀가 여신 같지 않단 말입니까?"

"아마 여신 같은지도 모르지. 그러나 나는 그 사실을 말한 것이 아니네."

"분명히 보기는 봤습니까?"

"여보게, 친구, 같은 것을 봐도 보는 사람에 따라 다르게 보이는 법일세. 예를 들면 자네는 여신을 보았고, 나는……."

그는 망설였다.

"뭡니까?"

"나는 걱정스러운 눈을 가진 처녀를 보았을 뿐이야."

포와로가 심각하게 말했다.

그러나 그 순간 웅장한 녹색 대문을 발견하고 우리는 동시에 탄성을 질렀다. 그 앞에는 순경이 당당하게 보초를 서고 있었다. 그는 손을 들어 우리를 막았다.

"들어갈 수 없습니다, 선생님들."

"우리는 르노 씨를 만나러 왔는데요." 내가 설명했다.

"우리는 약속이 되어 있어요. 이것이 그분의 별장이죠, 맞습니까?"

"예, 선생님. 그렇지만……."

포와로는 몸을 앞으로 굽히며, "그러나 무엇입니까?"라고 물었다.

"르노 씨는 오늘 아침에 살해되었습니다."

제3장

주느비에브 별장에서

순식간에 포와로는 차에서 뛰어내렸다. 그의 두 눈은 흥분으로 빛나고 있었다. 그는 그 남자의 어깨를 잡고, "뭐라고 했소? 살해되었다고? 언제? 어떻게?"라고 다그쳐 물었다.

그 순경은 자세를 바로잡으며, "나는 어떤 질문에도 대답해 드릴 수 없습니다."라고 말했다.

"그럴 테지, 이해합니다." 포와로는 잠시 동안 곰곰이 생각했다.

"총경이 틀림없이 안에 있겠지요?"

"예, 선생님."

포와로는 쪽지를 꺼내어, 그 위에 몇 자 서둘러 적었다.

"자! 이 쪽지를 즉시 총경에게 전해 주겠소?"

그는 쪽지를 받더니, 고개를 돌려 호각을 불었다. 잠시 뒤 한 동료가 그에게로 와서 포와로의 쪽지를 건네받고는 안으로 사라졌다. 몇 분을 기다리자, 코밑수염을 잔뜩 기른, 키가 작고 건장한 남자가 분주하게 걸어나왔다. 순경은 경례를 하고 옆으로 비켜섰다.

"오, 포와로 씨, 만나게 되어 반갑습니다. 매우 적절한 시기에 도착하셨습니다."라고 그 남자가 소리쳤다.

포와로의 얼굴이 밝아졌다.

"벡스 씨! 이거 정말 반갑습니다." 그는 내게로 몸을 돌렸다.

"이 사람은 내 영국인 친구, 헤이스팅스 대위요. 이쪽은 루시앙 벡스."

총경과 나는 서로 간단하게 인사를 나누었으며, 벡스 씨는 다시 포와로를 향해 돌아섰다.

"그러니까, 오스탕에서 뵌 뒤로는 처음이군요. 경찰에서 떠나셨다고 들었습니다만……?"

"그렇소. 현재 런던에서 개인적인 일을 하고 있지요."

"혹시 우리에게 도움이 될 만한 정보를 갖고 계십니까?"

"다 알고 있을 텐데요? 나한테 여기에 와달라고 부탁한 사실을 아시지요?"

"아니오. 누가 그런 부탁을?"

"죽은 사람이지요. 그는 자신의 생명이 위태롭다는 것을 알고 있었던 것 같습니다. 하지만, 불행하게도 나를 너무 늦게 부른 것 같군요."

"전혀 예상치 못했습니다!" 그 프랑스인이 소리쳤다.

"그가 자신이 살해당할 것을 알고 있었다고요? 그렇다면, 우리의 추리는 모조리 뒤엎어지는데! 어쨌든 안으로 들어가십시다."

대문으로 들어가 집 쪽으로 걸어가면서 벡스 씨가 계속 말했다.

"담당 예심판사 오테 씨에게 즉시 이 얘기를 해야겠습니다. 판사는 방금 범죄 현장 조사를 끝마쳤습니다. 이제 곧 심문에 들어갈 겁니다. 아주 매력있는 사람이라서, 당신도 좋아하시게 될 겁니다. 아주 동정심이 많아요. 기발하고 탁월한 판사죠."

"범행은 언제 저질러졌나요?" 포와로가 물었다.

"시체는 오늘 아침 9시경에 발견되었습니다. 르노 부인과 의사의 증언으로 보아, 새벽 2시경에 살해된 것으로 추정되고 있습니다. 자, 들어가시지요. 당신의 도움이 필요합니다."

우리는 그 별장의 현관 계단에 도착했다. 홀에 다른 순경이 앉아 있다가 총경을 보고 일어섰다.

"오테 판사님은 지금 어디 계신가?" 총경이 물었다.

"응접실에 계십니다, 총경님."

벡스가 홀 왼쪽의 문을 열어 주어, 우리는 안으로 들어갔다. 오테 씨와 그의 서기가 크고 둥근 탁자 곁에 앉아 있다가, 벡스와 함께 들어간 우리를 쳐다보았다. 총경은 우리를 소개하면서 우리가 왜 이곳에 왔는지도 설명해 주었다.

담당 예심판사인 오테 씨는 키가 크고 마른데다가, 날카로운 검은 눈을 가지고 있었다. 또한 단정히 기른 회색 턱수염을 가지고 있었는데, 말할 때는 습관적으로 그것을 쓰다듬었다. 벽난로 옆에는 꽤 나이 든 남자가 어깨를 구부 정하게 해서 서 있었는데, 그는 의사인 뒤랑 씨라고 우리에게 소개되었다.

총경이 말을 마치자 오테 씨는, "그것참 이상하군요. 선생님, 지금 그 편지 를 갖고 계십니까?"라고 물었다.

예심판사는 포와로가 건네준 편지를 읽어 내려갔다.

"흠, 그는 비밀에 대해 얘기했군요. 그런데 그 음모를 정확히 몰라서 변을 당하고 말았군요. 포와로 씨, 큰 도움이 되었습니다. 여기서 우리의 수사를 도 와주시면 좋겠는데요. 혹시 런던으로 가셔야 합니까?"

"판사님, 여기 남아 있겠습니다. 내 의뢰인의 죽음을 막아 줄 정도로 일찍 오지는 못했지만, 도의상 꼭 살인자를 찾아내야겠습니다."

예심판사는 고개를 숙여 인사했다.

"그런 생각을 갖고 계신다니 정말 훌륭하십니다. 르노 부인께서도 틀림없이 당신의 도움을 받고 싶어 할 겁니다. 또한, 파리 치안국에서도 지로 씨가 오기 로 되어 있습니다. 그러면 당신과 함께 수사과정에서 서로에게 많은 도움을 줄 수 있으리라 확신합니다. 그럼, 지금 저의 심문과정에 참석해 주시겠습니 까? 그렇다면 영광이겠는데요. 혹시 필요한 일이 있으면 말씀하십시오."

"고맙습니다, 판사님. 내가 이 사건에 대해 하나도 모른다는 것을 아시겠지 요? 나는 아는 것이 아무것도 없습니다."

오테 씨가 총경에게 고개를 끄덕여 보이자, 총경이 사건의 전모를 이야기해 주었다.

"오늘 아침에 하녀인 프랑수아즈 할멈이 일을 시작하려고 계단을 내려오다 가 현관문이 조금 열려 있는 것을 보았습니다. 순간적으로 도둑이 들었다는 생각에 놀라서 식당을 살펴보았으나, 은식기들은 그대로 있었지요. 그래서, 틀 림없이 주인어른이 일찍 일어나서 잠시 산책하러 나간 모양이라고 결론짓고는, 열려 있던 문에 대해서는 더 이상 생각지 않았습니다."

"이야기 도중에 미안하지만, 벡스 씨, 그렇게 하는 것이 그의 평소 습관이었 습니까?"

"아니오, 그렇지 않습니다. 그렇지만, 프랑수아즈 할멈은 영국 사람들은 모두 정상이 아니어서 언제라도 이상한 행동을 하기 쉽다는 생각을 가지고 있거든요! 젊은 하녀인 레오니도 보통 때처럼 르노 부인을 깨우러 갔다가, 입에 재갈이 물린 채 밧줄로 온몸이 묶여 있는 여주인을 보고는 기겁을 하고 말았지요. 그와 거의 동시에 르노 씨가 등에 칼을 맞고 죽어서 거의 돌같이 굳은 시체로 발견되었습니다."

"어디에서요?"

"그것이 이 사건에서 가장 이상한 점입니다. 포와로 씨, 시체는 얼굴을 땅바닥으로 향한 채 '열린 무덤 속'에 누워 있었습니다."

"뭐라고요?"

"예, 그 웅덩이는 최근에 파놓은 겁니다. 별장 정원의 경계에서 약 2~3야드 밖에 있지요."

"그때 그는 죽은 지 얼마나 되었습니까?"

뒤랑 박사가 이 질문에 대답했다.

"내가 오늘 아침 10시에 시체를 조사해 보았습니다. 적어도 일곱 시간, 길게 잡아야 열 시간 전에 살해되었다고 생각됩니다."

"흠, 그러면 자정에서 새벽 3시 사이의 시간이겠군요."

"틀림없습니다. 르노 부인의 증언으로도 새벽 2시 이후라는 것이 밝혀졌으니까요. 살인은 틀림없이 순간적으로 벌어진 것으로, 자살이라고 보기는 어렵습니다."

포와로는 고개를 끄덕였고, 다시 총경이 말을 이었다.

"겁에 질린 하인들이 부랴부랴 부인을 풀었습니다. 그녀는 극도의 공포와 밧줄에 묶인 고통으로 인해 거의 의식을 잃은 상태였습니다. 두 명의 복면한 남자들이 침실로 들어와 그녀에게 재갈을 물리고 밧줄로 묶은 다음, 남편은 강제로 밖으로 끌고 간 것으로 보입니다. 이러한 사실은 하인들로부터 간접적으로 들은 겁니다. 그녀는 남편의 끔찍한 일에 대해 듣자마자 흥분과 놀라움으로 큰 충격을 받았지요. 그래서 뒤랑 박사가 도착 즉시 그녀에게 진정제를 처방해 주었는데, 우리는 그녀를 아직 만나보지 못했습니다. 침착한 상태로 깨어났을 때야 비로소 심문할 수 있을 것 같습니다."

총경은 잠시 멈추었다.

"이 집에서 함께 사는 사람은 누구누구입니까, 벡스 씨?"

"하녀인 프랑수아즈 할멈, 그녀는 주느비에브 별장의 먼젓번 주인과도 여러 해 동안 살았습니다. 그러고는 젊은 처녀인 드니즈와 레오니 울라르 자매가 있습니다. 그들의 고향은 바로 이곳 메를랭뷰이며, 부모님은 매우 건실한 사람들이지요. 그리고 르노 씨가 영국에서 데려온 자가용 운전사가 있는데, 그는 휴일에는 집에 없습니다. 마지막으로 르노 부인과 그의 아들 잭 르노 씨가 있습니다. 그렇지만, 아들은 최근에 집을 떠나고 없지요."

포와로는 고개를 숙여 고맙다고 했다.

오테 씨가, "마르쇼!" 하고 불렀다.

순경이 나타났다.

"프랑수아즈 할멈을 이리로 데려오게."

그는 경례를 하고 나갔다가 잠시 뒤에 겁에 질린 프랑수아즈를 데리고 돌아왔다.

"프랑수아즈 아리세인가요?"

"예, 판사님."

"이곳 주느비에브 별장에서 오랫동안 일해 왔다고요?"

"라 비콩테스 부인 밑에서 11년 동안 일하다가 지난봄 별장이 팔렸을 때, 저는 새로 주인이 되신 영국인 나리댁에 그대로 남겠다고 했죠. 그런데 정말 생각할 수도 없는 일이……."

예심판사는 그녀의 말을 끊고는 물었다.

"물론 그렇겠지. 자, 프랑수아즈, 현관문에 관한 문제인데, 밤마다 그 문을 단속하는 것이 누구의 일인가요?"

"제 일입니다, 판사님. 항상 제가 그것을 확인하지요."

"그러면 어젯밤에는?"

"보통 때와 마찬가지로 단단히 잠갔습니다."

"틀림없소?"

"성자의 이름으로 맹세코 그렇습니다, 판사님."

"언제 그렇게 했소?"

"항상 하듯이 10시 30분께였습니다, 판사님."

"집안 식구들은 무엇을 하고 있었나요? 모두 잠자리에 들었었나요?"

"마님은 벌써 몇 시간 전에 잠자리에 드셨고, 드니즈와 레오니는 저와 함께 침실에 올라갔습니다. 나리께서는 여전히 서재에 계셨고요."

"그렇다면, 나중에 그 문을 열 가능성이 있는 사람은 르노 씨뿐이었겠군요?"

프랑수아즈는 넓은 어깨를 으쓱해 보이면서 말했다.

"그분이 무엇 때문에 그렇게 하셨겠어요? 도둑과 살인자들이 들끓고 있는데요! 아, 그렇지! 주인어른은 우둔하지 않으십니다. 그 여자를 꼭 밖으로 내보내려고 하지는 않으셨을 겁니다."

예심판사가 날카롭게 끼어들었다.

"그 여자? 어느 여자를 말하는 거요?"

"저, 주인님을 만나러 왔던 부인이지요."

"어제저녁에 어떤 부인이 그를 만나러 왔었단 말이오?"

"예, 판사님. 다른 날 저녁때도 여러 번 왔습니다."

"그 부인이 누구요? 알고 있소?"

약간 교활한 웃음이 그녀의 얼굴에 퍼졌다.

"그 부인이 누군지 제가 어떻게 알겠습니까? 어젯밤에는 제가 그 여자를 안내하지도 않았는데요."라고 투덜거렸다.

"아니! 지금 경찰하고 장난치는 거요? 저녁때 르노 씨를 찾아오곤 했다는 그 부인의 이름을 말해 보라고!"

담당 예심판사는 탁자를 주먹으로 쾅하고 내리치면서 소리쳤다.

"경찰, 경찰……." 프랑수아즈가 불평하는 투로 말했다.

"저는 경찰과는 관계하고 싶지 않아요. 하지만, 그 여자의 이름은 잘 알지요. 도브뢰이 부인이에요."

총경은 정말 깜짝 놀란 듯이 몸을 앞으로 기울이면서 소리쳤다.

"도브뢰이 부인, 길 아래쪽의 마르그릿 별장에 사는 그 여자 말이오?"

"맞아요, 선생님. 오, 그녀는 정말 아름다워요, 정말로 아름답지!"

그러고는 늙은 하녀는 경멸한다는 듯 고개를 쳐들었다.

"불가능해."

"그러세요? 진실을 말했더니 고작 불가능하다는 말만 하시는군요."

프랑수아즈가 불평스레 말했다.

"천만에, 좀 놀라서 그랬을 뿐이오."

예심판사는 프랑수아즈를 진정시키면서 말했다.

"도브뢰이 부인이 와서 르노 씨를 만났다. 그리고 그들은……."

그는 미묘하게 말을 멈췄다.

"그랬었단 말이지? 틀림없소?"

"제가 어떻게 알겠어요? 주인님은 영국의 귀족이셨어요. 엄청난 부자죠. 반면 도브뢰이 부인은 가난뱅이예요. 딸과 함께 조용히 사는 것이 전부인, 매우 매력적인 여자! 틀림없이 그녀는 파란만장하게 살았을 거예요. 하지만, 그녀는 이젠 젊지 않아요! 여기 있는 저만 해도, 그 부인이 길을 지날 때 남자들이 그녀를 보려고 염치없이 고개를 돌리는 것을 여러 번 보았어요. 게다가, 최근에 그 여자는 돈을 물 쓰듯이 쓰고 다녔지요. 온 마을이 다 알고 있는 사실이랍니다. 그 작은 살림살이로는 벌써 끝장이 났을 텐데요."

그리고 프랑수아즈는 틀림없다는 듯이 고개를 설레설레 흔들었다.

오테 씨는 반사적으로 턱수염을 쓰다듬었다.

"그러면, 르노 부인은?" 그는 좀더 구체적으로 물었다.

"부인은 그 관계, 우정을 어떻게 받아들였소?"

프랑수아즈는 어깨를 으쓱했다.

"마님은 언제나 마음씨가 너무 고우십니다. 아주 예의 바르시고요. 사람들은 마님께서 아무것도 의심하지 않는다고들 수군거렸지요. 그러나 어떻게 그렇겠어요? 내색하지는 않더라도 마음은 몹시 고통스러우셨겠지요. 하루하루 지날 수록 더 창백해지고 야위어 가시는 거예요. 지금의 마님은 한 달 전 여기에 도착하실 때와는 전혀 다른 사람이 되어 버렸습니다. 주인어른께서도 변하셨지요. 누구나 그분의 신경이 극도로 쇠약해진 것을 알 수 있었으니까요. 그러니 누가 놀라거나 하겠어요? 일이 그런 식으로 되어왔으니. 자명한 일이죠. 영국인이 그랬을 거예요, 틀림없이!"

나는 화가 잔뜩 치밀어서 자리에서 벌떡 일어났다. 그러나 예심판사는 그런 부차적인 문제들로 산만해지지 않고 계속 질문을 해나갔다.

"르노 씨가 도브뢰이 부인을 내보내지 않으려고 했을 수도 있다고 했지요? 그런데 그녀는 결국 갔소, 안 갔소?"

"갔습니다, 판사님. 저는 그들이 서재에서 나와서 문으로 가는 소리를 들었거든요. 주인어른께서, '안녕히 가시오.'라고 하시고는 그녀가 나간 뒤에 문을 닫았습니다."

"그것이 언제였소?"

"10시 25분쯤이었습니다."

"르노 씨가 언제 잠자리에 들었는지 알고 있소?"

"우리가 올라오고 나서 10분쯤 지난 뒤에 올라오시는 소리를 들었죠. 계단을 오르내릴 때면 삐걱거리는 소리가 요란해서 잘 들리거든요."

"그것이 전부요? 자는 동안에는 아무 소리도 못 들었소?"

"아무것도 듣지 못했습니다, 판사님."

"아침에 제일 먼저 내려온 하인은 누구요?"

"접니다. 그러고는 곧바로 문이 조금 열려 있는 것을 보았죠."

"아래층의 다른 창문들은 어땠소? 모두 꽉 닫혀 있었소?"

"예, 모두 다요. 수상쩍은 점이나 제자리에 있지 않은 것은 하나도 없었습니다."

"됐어요, 프랑수아즈 가도 좋소."

그 노파는 문쪽으로 발을 끌며 걸어가다가 문지방에서 뒤를 돌아보았다.

"판사님께 한 가지 말씀드릴 게 있어요. 도브뢰이 부인, 그녀는 나쁜 여자예요! 그래요, 여자는 여자를 알아볼 수 있지요. 그녀는 나쁜 여자예요. 그 점을 기억하세요."

그러고는 고개를 점잖게 저으면서 그 방을 나갔다.

"레오니 울라르―." 판사가 불렀다.

레오니는 눈물을 글썽이며 나타났는데, 병적으로 히스테리를 일으키는 것 같았다. 오테 씨는 솜씨 좋게 그녀를 다루었다.

그녀의 증언은 주로 재갈이 물린 채 밧줄에 묶여 있던 안주인에 대한 것이었는데, 좀 과장된 느낌이 없진 않았다. 그녀도 프랑수아즈처럼 자는 동안엔 아무 소리도 듣지 못했다고 했다.

이어서 동생 드니즈가 들어왔다. 그녀는 최근 주인어른이 많이 변했다는 프랑수아즈의 말에 동의했다.

"날이 갈수록 주인님은 점점 더 침울해지셨어요. 식사도 덜 하시고요. 주인님은 항상 기운이 없어 보였어요."

그러면서 드니즈는 자기 나름대로의 추측을 이야기했다.

"틀림없이 마피아의 소행이에요! 그렇지 않다면 복면한 그 두 사람이 누구겠어요? 무시무시한 세상이에요!"

"물론 그럴 수도 있겠지." 예심판사는 부드럽게 말했다.

"이봐요, 아가씨, 어젯밤에 도브뢰이 부인을 안내한 사람이 아가씨였나?"

"어젯밤이 아니에요, 판사님. 그저께 저녁이었어요."

"그렇지만, 프랑수아즈 할멈은 도브뢰이 부인이 어제 여기 왔었다고 하던데?"

"아니에요, 판사님. 어떤 여자분이 어제 르노 씨를 만나러 오긴 했지만, 도브뢰이 부인이 아니었어요."

판사는 놀라서 도브뢰이 부인이 정말 아니었느냐고 다그쳐 물었지만, 그 처녀는 변함이 없었다. 그녀는 도브뢰이 부인과 안면이 있다고 했다. 그런데 어제 온 여자는 피부가 좀 검고, 키도 더 작고, 한층 더 젊었다는 것이다. 아무것도 그녀의 진술을 흔들리게 할 수 없는 듯했다.

"전에 본 적이 있는 여자였소?"

"아니에요, 판사님." 그런 뒤에 그 처녀는 자신 없이 덧붙였다.

"제 생각엔……, 영국사람 같았어요."

"영국사람?"

"예, 판사님. 그 여자분은 유창한 불어로 주인님을 찾았지만, 억양만은 어쩔 수 없었어요. 누구나 억양이 있잖아요, 그렇죠? 게다가, 두 분이 서재에서 나올 때는 영어로 말을 했거든요."

"그들의 말을 알아들었소? 내 말은, 영어를 알아들을 수 있느냐고?"

"저는 영어를 아주 잘해요." 드니즈는 자랑스럽게 말했다.

"그 여자분은 너무 빨리 말해서 뭐라고 했는지 못 들었지만, 주인어른께서 그 여자분에게 방문을 열어 주며 하셨던 마지막 몇 마디는 들었어요."

그녀는 잠시 쉬었다가 조심스럽게 말했다.

"예, 그래요. 그러나 이제는 제발 좀 가주시오!"

"예, 그래요, 그러나 이제는 제발 좀 가주시오?" 예심판사가 반복했다.

그는 드니즈를 보낸 뒤, 신중을 기하기 위해 프랑수아즈를 다시 불러서 그녀가 어제 도브뢰이 부인이 방문했다고 말한 것이 실수였는지 아닌지에 대해 물어보았다.

그러나 프랑수아즈는 뜻밖에도 도브뢰이 부인이 온 것은 어젯밤이었다고, 틀림없이 그녀였다고 완강히 주장했다.

드니즈는 관심을 끌어 보려고 그렇게 말한 거라는 것이다. 그게 분명하다! 그래서, 그녀는 이상한 여자를 등장시켜서 멋진 이야기를 꾸며냈다는 것이다. 게다가, 자기의 영어 실력을 과시하려고 말이다! 사실 주인어른은, 영어로 말했다는 그런 문장을 전혀 말한 적이 없을 것이다. 만일 하셨더라도 그것이 도브뢰이 부인이 아니었다는 증거가 될 수는 없다. 도브뢰이 부인도 영어를 능숙하게 구사하니까. 도브뢰이 부인은 젊은 아들인 르노 씨나 르노 부인과 이야기할 때면 대개 영어를 사용했다—프랑수아즈가 한바탕 자기주장을 늘어놓았다.

"주인어른의 아드님인 잭 르노 씨를 아시지요? 평소에 여기서 지내시는데, 그는 불어를 잘 못하거든요."

판사는 더 고집하지 않고, 대신 운전사에 대해 물어보았다. 그래서, 르노 씨가 어제만은 그 차를 타고 싶지 않으니 운전사에게 가서 쉬라고 했다는 사실을 알았다.

포와로는 당황해 하며 얼굴을 찡그렸다.

"왜 그래요?" 내가 속삭였다.

그는 성급하게 머리를 흔들며 물었다.

"아니, 벡스 씨, 르노 씨는 직접 차를 몰 수 있습니까?"

총경이 프랑수아즈를 쳐다보자 그 노파는 재빨리, "아뇨, 주인어른께서는 직접 운전하시지 않습니다."라고 대답하는 것이었다.

포와로의 얼굴은 더욱 일그러졌다.

"뭐가 걱정스러운지 내게 말 좀 해주세요." 나는 참지 못하고 말했다.

"그래도 모르겠나? 르노 씨는 편지에서 칼레까지 내게 차를 보내 주겠다고 말했잖나."

"차를 빌리려고 했나 보죠?" 내가 추측해 보았다.

"틀림없이 그랬겠지. 그렇지만, 자기 차를 갖고 있는데, 자네 같으면 차를 빌리겠나? 그리고 왜 하필이면 그날을 택해 운전사에게 쉬라고 했겠느냐 하는 것이지. 갑자기, 순간적으로 그랬을까? 무슨 이유로 르노 씨는 우리가 도착하기 전에 운전사를 멀리 보내려 했을까?"

제4장

'벨라' 라고 서명된 편지

프랑수아즈 할멈은 방을 나갔다. 예심판사는 생각에 잠겨 손가락으로 탁자를 탁탁 두드리고 있었다. 한참 만에 그는, "벡스, 우리는 지금 직접적으로 모순되는 증거를 갖게 되었소. 누구 말을 믿어야 할까? 프랑수아즈요, 아니면 드니즈?"라고 물었다.

"그야 드니즈지요." 총경이 분명히 말했다.

"그녀가 손님을 안내했으니까 말입니다. 프랑수아즈는 늙었고, 고집불통에다, 도브뢰이 부인을 싫어하는 것이 확실하잖습니까. 게다가, 우리가 알고 있는 바로도 르노 씨가 다른 여자와 복잡한 관계에 빠져 있다는 것을 짐작할 수 있고요."

"저런!" 오테 씨가 소리쳤다.

"포와로 씨에게 그것을 잊고 안 보여 드렸군."

그는 탁자 위에 있는 종이들을 뒤적여서 편지 한 장을 찾아내더니 내 친구에게 건네주었다.

"포와로 씨, 이 편지는 죽은 사람의 외투 주머니에서 발견되었습니다."

포와로는 그것을 받아 펼쳤다. 종이는 약간 낡고 찢어져 있었으며, 글씨는 서툴게 영어로 쓰여 있었다.

사랑하는 당신에게
왜 이렇게 오랫동안 당신은 아무 소식도 없으신가요?
아직도 저를 사랑하시나요, 정말 그런가요? 얼마 전부터 당신이 보낸
편지는 예전과 달리 차갑고 어색하더니, 요즘은 아예 아무 소식도 없
으시군요. 전 두려워요. 만일 당신이 저를 사랑하지 않는다면……; 야!

그럴 리가 없어요! 항상 이런 생각만 하다니 저 자신이 너무 불쌍해요. 그렇지만 정말로 당신이 저를 사랑하지 않는다면 전 어떻게 해야 할지 모르겠어요—아마 죽어 버릴 거예요! 저는 당신 없이는 살 수 없어요. 가끔 다른 여자가 우리 사이에 끼어 있지 않나 생각하게 돼요. 그럴 순 없어요. 제가 바라는 것은 그뿐이에요. 그리고 당신도 조심하세요. 당신이 그녀를 허락한다면 저는 곧장 당신을 죽이고 말겠어요! 아, 제가 말도 안 되는 공상을 하고 있군요. 당신은 저를 사랑해요. 그리고 저도 당신을 사랑해요. 예, 당신을 사랑해요, 사랑해요, 사랑해요!

오직 당신만의 벨라

이 편지에는 주소도 날짜도 없었다.

포와로는 심각한 얼굴로 그것을 되돌려주었다.

"판사님, 그러면 어떤 추측이라도……?"

예심판사는 어깨를 으쓱해 보였다.

"분명히 르노 씨는 이 영국 여자, 벨라와 깊은 관계였을 겁니다. 그런데 그 뒤 그는 이곳에 와서 도브뢰이 부인을 만나게 되었고, 그녀와 불륜의 관계를 시작하게 되었지요. 그러자, 그는 벨라에게서 마음이 멀어져 버렸고, 그녀는 육감적으로 그걸 느끼게 된 겁니다. 이 편지에는 명백히 협박하는 내용이 들어 있습니다. 포와로 씨, 얼핏 보기에 이 사건은 질투에서 비롯된 단순한 살인 같습니다. 르노 씨가 등에 칼을 맞은 사실도, 그것이 여자의 범행이라는 점을 분명히 지적해 주는 것 같으니까요."

포와로가 고개를 끄덕였다.

"등에 맞은 칼자국으로 봐서는 그렇지요. 예, 하지만, 무덤은 아닙니다! 그 것은 힘들고 고된 일이지요. 여자가 그런 무덤을 팠을 리가 없습니다. 그것은 남자가 한 짓이에요."

총경이 흥분해서 소리쳤다.

"예, 예, 맞아요. 우리가 그걸 생각지 못했군요."

오테 씨가 계속했다.

"제가 말했듯이, 언뜻 보기에는 이 사건이 매우 단순해 보였습니다만, 복면한 두 남자, 그리고 당신이 르노 씨로부터 받은 편지들로 문제가 복잡해졌습니다. 우리는 여기서 아무 관련도 없는 두 가지 상황에 부딪히게 되었습니다. 당신이 받은 편지로 말입니다. 거기에 언급된 위험이라는 것이 벨라라는 여자의 협박이라고 생각하십니까?"

포와로는 고개를 저었다.

"아닐 겁니다. 외딴곳에서 거칠게 살아온 르노 씨 같은 남자가 여자 하나 때문에 남에게 도움을 요청하지는 않았을 겁니다."

예심판사는 힘차게 머리를 끄덕여 동의했다.

"제 생각도 그렇습니다. 이제 그 편지에 대한 설명을 찾아봅시다."

총경이 해결책을 내놓았다.

"산티아고 경찰에 당장 전보를 쳐서, 피살자가 그곳에서 지낼 때의 생활, 그의 여자관계, 사업관계, 친구들, 원한관계 등을 자세히 알아봐 달라고 요청하겠습니다. 그러면, 이 수수께끼 같은 살인에 대한 어떤 실마리를 잡을 수 있을지도 모릅니다."

총경은 동의를 구하려고 주위를 둘러보았다.

"좋은 생각이오." 포와로가 그 말을 받아들였다.

"르노 부인도 우리에게 단서를 줄 수 있을 겁니다." 판사가 덧붙였다.

"르노 씨의 서류들 중에 또 다른 편지는 없습니까?" 포와로가 물었다.

"그렇습니다. 우린 처음부터 서재에서 그의 개인적인 편지나 서류를 찾아보았지요. 그렇지만, 흥미를 끌 만한 것은 아무것도 없더군요. 모두 별문제가 없는 것들이었습니다. 눈에 띌만한 것이라곤 그의 유언장밖에 없었지요. 여기 있습니다."

포와로는 그 문서를 훑어보았다.

"1천 파운드의 유산을 스토너에게라. 그런데 이 사람이 누굽니까?"

"르노 씨의 비서입니다. 그는 영국에 있으면서 주말이면 한두 번 여기로 건너오곤 했지요."

"그 밖의 모든 것은 그의 사랑하는 아내 엘루아즈에게 조건 없이 남겼군요. 간단히 작성되었지만, 완전히 합법적입니다. 두 하녀 드니즈와 프랑수아즈가 증인으로 되어 있는 것을 보니, 의심 가는 데라곤 전혀 없군요."

그는 그것을 되돌려주었다.

"혹시, 주의해서 보셨는지……." 벡스가 말을 꺼냈다.

"날짜 말인가요?" 포와로가 눈을 반짝이며 말했다.

"아, 물론 나도 주의해서 보았습니다. 2주일 전이더군요. 아마도 그때 위험을 처음으로 느낀 것 같습니다. 대부분의 부호는 죽음을 염두에 두지 않고 있다가 유서를 남기지 못한 채 죽거든요. 그렇지만, 조급하게 결론짓는 것은 위험합니다. 유서에 의하면, 르노 씨는 여자관계가 좀 복잡했는데도 부인을 몹시 사랑한 것 같군요."

"그런 것 같습니다." 오테 판사가 미심쩍게 말했다.

"그렇지만, 아들에게는 좀 불공평한 처사로군요. 전적으로 어머니에게 의존해야 하니까. 만일 어머니가 재혼이라도 해서 두 번째 남편이 그녀를 휘어잡게 되면, 이 청년은 자기 아버지의 돈을 1페니도 쓸 수 없게 됩니다."

포와로가 어깨를 으쓱해 보였다.

"인간은 그야말로 자기도취에서 헤어나지 못하는 동물이지요. 르노 씨도 틀림없이 자기 부인만은 재혼하지 않으리라고 생각했을 겁니다. 그래서, 아들의 몫을 어머니의 손에 맡겨 놓은 현명한 예방조치로써 그렇게 했을 겁니다. 부호의 아들들은 대개가 방탕하기로 소문나 있으니까요."

"그럴지도 모르겠군요. 자, 포와로 씨, 틀림없이 범죄 현장에 가보고 싶으실 텐데, 시체를 치워 버려서 유감이군요. 하지만, 여러 각도에서 찍어 둔 사진이 있으니까 필요하다면 언제든지 참고하십시오."

"이렇게 잘 대우해 주셔서 감사합니다."

총경이 일어섰다.

"저와 함께 가시지요, 선생님들."

그는 문을 열고 나가면서, 그를 뒤따르는 포와로에게 가볍게 목례를 했다. 포와로도 공손하게 고맙다는 표시로 고개를 숙였다.

마침내 그들은 홀(hall)로 나왔다.

"저기 저 방이 서재인가 보군, 그렇겠지요?"

포와로가 갑자기 물으면서 마주 보이는 문쪽으로 고갯짓을 했다.

그는, "맞습니다. 그 방을 보여 드리지요."라고 말하면서 문을 열고 안으로 들어갔다.

르노 씨가 자신만의 독특한 개인적인 공간을 위해 고른 그 방은 작지만 고상한 취향으로 장식된 안락한 방이었다. 서류함이 많이 달린 사무용 책상이 창가에 놓여 있었다. 벽난로 앞에는 가죽 덮개를 씌운 커다란 안락의자 두 개가 있었고, 그 사이에는 최근의 서적과 잡지가 흩어져 있는 둥근 테이블이 있었다. 두 벽에는 책장이 있었고, 창문 맞은편 벽에는 오크 나무로 만든 멋진 장식장이 있었다. 그 장식장의 맨 위에는 탄탈로스 스탠드(보통 세 개 한 벌의 술병을 놓는 대(臺)로써, 열쇠가 없으면 병을 꺼낼 수 없다)가 있었다. 커튼은 수수하고 연한 녹색이었고, 융단은 커튼과 잘 어울리는 색조였다.

포와로는 서서 이야기하다가 앞으로 걸어가서 안락의자의 등받이를 살짝 만져보기도 하고, 탁자에서 잡지를 집어보기도 하고, 오크 나무로 만든 장식장 표면을 조심스럽게 손바닥으로 쓸어보기도 했다. 그러고는 매우 만족한 듯한 표정을 지었다.

"깨끗해요?" 내가 웃으며 물어보았다.

그는, 내가 자기의 깔끔한 성격을 염두에 두고 한 말인 줄 알아채고 나를 뚫어지게 바라보았다.

"먼지라곤 전혀 없네, 친구! 단지 이번에만 그렇다면 유감이네만."

그의 날카롭고도 정확한 눈은 방 이곳저곳을 놓치지 않고 살피고 있었다.

"아!"

그는 갑자기 안도의 한숨을 쉬며, "양탄자가 구겨져 있군." 하고 말하고는 몸을 굽혀 그것을 똑바로 폈다.

갑자기 그는 소리를 지르며 일어섰다. 그의 손에는 작은 종잇조각이 쥐어져 있었다. 그는, "영국이나 프랑스나 하인들이 양탄자 밑은 빼먹고 쓸지 않는 것은 마찬가지로군!" 하고 말했다.

벡스가 그 쪽지를 받아들기에, 나도 보려고 가까이 갔다.

"헤이스팅스, 무엇인지 알겠나?"

나는 당황해 하며 고개를 저었다. 하지만 그 특이하게 빛바랜 분홍색 종잇조각은 매우 낯익은 것이었다.

총경의 머리 회전이 나보다 빨랐다.

"수표 조각이군요." 그는 큰소리로 말했다.

그 종잇조각은 대략 사방 2인치(5cm) 정도 되는 정방형이었다. 그 위에는 '뒤브앙'이라는 단어가 잉크로 쓰여 있었다.

"틀림없어요." 벡스가 말했다.

"이 수표는 뒤브앙이라는 사람에게 줄 것이거나, 아니면 그 사람에 의해 발행된 겁니다."

"내 생각엔 그에게 지불해야 할 수표인 듯한데." 포와로가 말했다.

"왜냐하면, 내 착각이 아니라면 그 필체는 르노 씨의 것이 틀림없거든요."

이 사실은 책상 위의 메모와 비교하여 확실해졌다.

"저런! 내가 어떻게 이것을 못 보고 지나쳤는지 알 수가 없군요."

총경이 풀이 죽어서 중얼거렸다.

포와로가 웃었다.

"이런 것들이란 항상 양탄자 밑에서 나오기 마련이지요! 이 친구 헤이스팅스는 내가 조금이라도 구겨진 것을 참지 못하는 성질이라는 것을 잘 알고 있답니다. 그래서 구겨진 양탄자를 똑바로 펴면서, 나는 속으로, '저런! 의자 다리가 뒤로 밀리면서 잡아끄는 바람에 구겨졌구먼. 혹시 그 밑에 노련한 프랑수아즈도 못 보고 지나친 무엇인가가 있을지 몰라.'라고 생각한 것이지요."

"프랑수아즈라고요?"

"드니즈나 레오니일 수도 있지요. 이 방을 청소하는 사람이면 누구든지. 먼지 하나도 없는 것으로 보아 이 방은 오늘 아침에 청소한 것이 분명합니다. 난 이와 같은 작은 일들에서부터 다시 정리해 나가는 버릇이 있지요. 어제, 아마 어젯밤에 르노 씨는 뒤브앙이라는 사람의 요구에 의해 수표를 발행했을 것이오. 그러고는 다음에 그것은 찢기고 바닥에 흩어졌겠지. 오늘 아침에……."

그러나 벡스는 참지 못하고 벌써 벨을 누르고 있었다.

프랑수아즈가 들어와 대답했다. 그렇다. 바닥에는 많은 종잇조각이 흩어져 있었다. 그녀가 그것들을 어떻게 했을까. 물론 부엌에 있는 화덕에 넣어 버렸다! 그밖에 다른 것은 없나?

벡스는 실망해서 그녀를 내보냈다. 잠시 뒤 벡스는 밝은 표정이 되어 책상 쪽으로 달려갔다. 그는 곧 피살자의 수표 장부를 훑어보았다. 그러고는 다시 한 번 실망했다. 장부에는 그 마지막 수표에 관해 기록이 되어 있지 않았던 것이다.

"기운 내시오!"

포와로가 그의 등을 두드리며 소리쳤다.

"틀림없이 르노 부인이 이 뒤브앙이라는 정체불명의 사람에 대해 모든 것을 우리에게 알려 줄지도 모를 일이오."

총경의 얼굴이 밝아졌다.

"그렇겠군요. 가봅시다."

그 방을 나오면서 포와로는, "르노 씨가 어젯밤 손님을 맞이한 곳이 바로 여기로군, 그럼?" 하고 가볍게 말했다.

"그렇습니다만, 어떻게 아셨습니까?"

"'이것'으로, 나는 이것을 안락의자의 등받이에서 발견했소."

그러고는 두 손가락으로 길고 검은 머리카락, 여자의 머리카락을 보여 주는 것이 아닌가!

벡스 씨는 우리를 집 뒤의 조그만 창고로 데려갔다. 그는 주머니에서 열쇠를 꺼내어 열쇠구멍에 꽂았다.

"시체는 여기 있습니다. 두 분이 도착하신 바로 그때, 사진 기자들 때문에 범행 현장에서 이곳으로 옮겨 놓았습니다."

문이 열리고 우리가 안으로 들어가자, 살해된 남자가 흰 천으로 덮여 바닥에 누워 있는 것이 보였다. 벡스 씨는 능숙하게 덮개를 벗겼다.

죽은 르노 씨는 중키에 날씬하고 부드러운 외모를 가진 사람이었다. 나이는 50세 정도로 보였고, 머리는 거의 회색에 가까웠다. 그의 코는 길고 가늘었으며 말쑥하게 면도가 되어 있었고, 두 눈은 바싹 붙어 있었다. 그의 피부는 열대의 태양 아래서 오래 산 사람처럼 구릿빛으로 그을려 있었고, 그의 입술은 반쯤 벌어져 있었으며, 시퍼런 얼굴에는 극도의 놀라움과 공포의 표정이 그대로 새겨져 있었다.

"얼굴만 봐도 그가 등에 칼을 맞았다는 것을 알 수 있겠군."

포와로가 말했다.

그는 아주 조심스럽게 죽은 남자에게로 몸을 굽혔다. 두 어깨뼈 사이에, 연한 황갈색 외투에 다른 천조각을 덧댄 것처럼 둥그스름하게 핏자국이 선명했다. 포와로는 등 가운데, 옷 속으로 나 있는 상처를 자세히 살펴보았다.

"범행에 어떤 흉기를 사용한 것 같습니까?"

"이것이 등에 그대로 꽂혀 있더군요."

총경이 큰 유리병을 보여 주었다. 그 안에는 종이 자르는 칼처럼 보이는 작은 물체가 있었다. 그것은 검은 손잡이와 가늘고 빛나는 칼날을 가지고 있었다. 전체 길이라고 해야 10인치(25cm)도 채 안 되었다.

포와로는 조심스럽게 자기의 손가락 끝에 칼을 대어 보았다.

"틀림없군! 아주 날카로운데! 살인 흉기로는 그만인걸!"

"불행하게도 그 위에는 지문이 전혀 남아 있지 않습니다."

벡스 씨는 실망해서 말했다.

"살인범은 틀림없이 장갑을 꼈을 겁니다."

"물론, 그랬겠지." 포와로가 경멸하듯이 말했다.

"산티아고 사람들조차도 아는 일이지요. 어쨌거나 지문이 없는 것이 오히려 다행이라 볼 수 있소. 사실 지문이라는 것은 너무 단순해서 범인이 아닌 다른 사람의 지문이 남아 있을 수도 있거든. 경찰에겐 잘된 셈이지, 뭐."

그는 고개를 저었다.

"범인은 초보자이거나, 아니면, 시간에 쫓기고 있었던 것 같군요. 나중에 알게 되겠지만."

그는 시체를 원래대로 눕혔다.

"내가 보니 그는 외투 속에 속옷밖에 안 입었군요."라고 포와로가 말했다.

"예, 예심판사도 그 점을 이상하게 생각하고 있습니다."

이때 닫아 놓은 문을 두드리는 소리가 들렸다. 벡스가 성큼성큼 걸어가 문을 열어 보니 프랑수아즈가 서 있었다. 그녀는 잔인하게도 호기심을 갖고 안을 엿보려고 했다.

"무슨 일이오?" 벡스는 참을성 없이 물었다.

"마님, 마님께서 준비가 되셨다고, 판사님을 만날 준비가 되셨다고 연락하라 하시기에……"

"잘 됐군." 벡스는 기운이 나서 말했다.

"오테 씨에게 연락하고, 우리도 곧 가겠다고 말해 주시오."

포와로는 시체를 돌아보며 잠시 우물쭈물했다.

나는 그가 피살자의 이름을 부르면서, 살인범을 찾아낼 때까지는 절대로 쉬지 않겠다는 결심을 큰소리로 공표하려는 줄로 알았다. 그러나 그는 그 순간의 엄숙함과는 전혀 어울리지 않는 말을 힘없고 어색하게 해버리는 것이었다.

"그는 너무 긴 외투를 입었어."

제5장

르노 부인의 이야기

우리는 홀에서 기다리고 있던 오테 씨와 함께 2층으로 올라갔다.

프랑수아즈가 앞장서서 우리를 안내했다.

포와로는 지그재그로 올라가면서 나를 어리둥절하게 하더니 찡그린 얼굴로 이렇게 속삭였다.

"하인들이 르노 씨가 올라오는 소리를 들었다는 것은 이상할 게 없구먼. 이 정도의 삐걱거리는 소리라면 죽은 사람도 깨울 수 있겠네!"

계단을 다 올라가니 작은 통로가 갈라져 있었다.

"하인들의 거처입니다." 벡스가 설명했다.

한쪽 복도를 따라 계속 가다가 프랑수아즈가 그 복도의 오른쪽 마지막 문 앞에 서서 노크를 했다.

가냘픈 목소리의 대답이 흘러나오자, 우리는 창 밖으로 푸른 파도의 출렁이는 모습이 한눈에 보이는 밝은 방으로 안내되었다.

키가 크고 인상적인 한 부인이, 쿠션에 기댄 채 취침용 의자 위에 누워 뒤랑 박사의 간호를 받고 있었다. 부인은 이미 중년으로 접어들었고, 한때는 검은 머리였을 머리칼이 이제는 거의 백발로 변해 버렸지만, 누구라도 그녀에게서 격렬한 생명력과 의지를 느낄 수 있었다. 만일 누구라도 그녀를 본다면, 소위 프랑스 사람들이 '뛰어난 여인'이라고 부르는 존재 앞에 자신이 서 있다고 생각할 것이다.

그녀는 우리에게 머리를 숙여 정중히 인사했다.

"앉으세요, 여러분."

우리는 모두 의자에 앉았고, 예심판사의 서기는 둥근 탁자 옆에 서 있었다.

"부인, 어젯밤 일로 부인께 귀찮게 고통을 드려서 죄송합니다."

오테 씨가 이야기를 시작했다.

"천만에요, 판사님. 그 비열한 살인범들을 잡아 처벌하려면 서둘러야지요."

"좋습니다, 부인. 제가 질문하는 것에만 대답해 주시면 그렇게 피곤하지는 않을 겁니다. 어젯밤엔 몇 시에 잠자리에 드셨습니까?"

"9시 30분쯤이에요, 피곤했거든요."

"남편께서는?"

"한 시간쯤 뒤라고 생각됩니다."

"잠을 잘 못 이루는 것 같지는 않았습니까? 엎치락뒤치락했다든가?"

"아니오, 보통 때하고 비슷했어요."

"어제 있었던 일을 자세히 말씀해 주시겠습니까, 부인?"

"우리는 잠들어 있었어요. 누군가가 손으로 제 입을 세게 막는 바람에 놀라서 깨어났지요. 소리를 지르려고 애썼지만, 입을 막은 손 때문에 그럴 수가 없었죠. 방에는 두 남자가 들어왔는데, 둘 다 얼굴을 가리고 있었어요."

"그 사람들이 어떻게 생겼는지 기억하시겠습니까, 부인?"

"한 사람은 키가 크고, 검은 턱수염을 기르고 있었어요. 또 한 사람은 키가 작고 건장했는데, 그의 턱수염은 붉은색이었어요. 둘 다 모자를 눈까지 폭 내려쓰고 있었지요."

"흠……, 턱수염이 너무 많이 등장하는데."

예심판사는 생각에 잠기며 말했다.

"그럼, 그게 가짜란 말인가요?"

"글쎄요, 부인. 계속하시죠."

"저를 잡고 있던 사람은 키가 작은 남자였어요. 그는 강제로 재갈을 물리고, 밧줄로 손과 발을 묶었어요. 다른 한 남자는 화장대에서 종이 자르는 단검을 가져다가 남편의 심장 위에 대고 서 있었고요. 키 작은 남자가 저를 다 묶자, 둘이 합세를 해서는 남편을 강제로 일으켜서 바로 옆의 옷 갈아입는 방으로 데리고 가더군요.

저는 무서워서 거의 정신을 잃을 지경이었지만, 필사적으로 귀를 기울였습니다. 그들은 너무 낮은 소리로 말해서 무슨 말을 하는지 통 알아들을 수 없었어요. 하지만, 그 말이 남미의 일부 지역에서 사용되는 그런 스페인어라는 것은 알 수 있었지요. 그들은 남편에게 무엇인가 요구하는 것 같았는데, 점점 화가 나는지 목소리가 커지더군요.

키 큰 사람인 것 같았어요. '너는 우리가 무엇을 원하는지 알고 있어. '비밀' 그것이 어디 있지?'라고 묻더군요. 남편이 뭐라고 대답했는지 모르지만, 다른 남자가 난폭하게, '거짓말하지 마! 우리는 이미 다 알고 왔어. 분명히 네가 그것을 가지고 있잖아! 열쇠가 어디 있지?'라고 소리쳤어요.

그러고는 서랍이 열리는 소리가 들리더군요. 그 방의 벽에는 상당량의 예비금을 넣어둔 금고가 있는데, 레오니 말이, 이 금고에 총 자국이 있고 돈은 없어졌다더군요. 하지만, 분명히 그들이 찾던 것은 거기에 없었던가 봐요.

키 큰 남자가 남편에게 즉시 옷을 입으라고 말했거든요. 그런데 집 안에 약간의 소음이 있어서 그들에게 방해가 되었던가 봐요. 그들은 옷을 반밖에 입지 않은 남편을 제 방으로 다시 밀어 넣더군요."

"실례지만, 그 방에는 다른 출구가 없었습니까?" 포와로가 끼어들었다.

"없어요, 선생님. 제 방과 통할 수 있게 되어 있는 문만이 있을 뿐이에요. 키 작은 남자가 앞에 서고 키 큰 남자가 뒤에서 칼로 남편을 위협하면서 남편을 서둘러 데리고 나가더군요.

폴은 그들에게서 벗어나서 제게 오려고 얼마나 애를 썼는지 몰라요. 전 봤어요. 그의 눈은 고통과 두려움에 완전히 질려 있었어요.

그는 자기를 잡고 있는 사람들에게로 몸을 돌려서, '아내에게 꼭 할 말이 있소'라고 했어요. 그러고는 침대 곁으로 와서, '잘 될 거야, 엘루아즈 걱정하지 마. 아침까지는 돌아올 거야.' 하면서 절 안심시켜 주더군요.

남편은 확신 있게 말하려고 애썼지만, 극심한 공포로 떨고 있는 눈동자를 숨길 수는 없었어요. 그러자 그들은 남편을 문밖으로 밀어내면서, '한마디만 더 하면 죽여 버리겠어, 명심해!'라고 닦아세우더군요."

르노 부인은 계속했다.

"그러고 나서 저는 기절해 버렸어요. 그다음으로 기억나는 것은 레오니가 내 손목을 주무르고 브랜디를 가져다 준 일이에요."

"르노 부인, 살인자들이 찾고 있었던 것이 무엇인지 혹 짚이는 데라도 없습니까?"

판사가 물었다.

"전혀, 아무것도요."

"남편께서 뭔가 두려워하고 있다는 사실은 아셨습니까?"

"예, 그이에게 뭔가 변화가 생겼다는 것은 어느 정도 눈치채고 있었어요."

"그게 얼마나 되었습니까?"

르노 부인이 대답했다.

"약 10일쯤."

"더 오래되진 않았습니까?"

"글쎄요, 하여간 저는 그때 알았을 뿐이에요."

"남편에게 그 이유에 관해 전혀 물어보지는 않으셨습니까?"

"한 번 물어봤어요. 남편은 회피하면서 대답을 않더군요. 저는 남편이 어떤 끔찍한 일 때문에 고민하고 있다고 확신했지요. 그렇지만, 남편이 제게 극구 그 사실을 숨기려 했기 때문에 저는 아무것도 눈치채지 못한 체하고 있었어요."

"남편께서 탐정의 도움을 요청했다는 사실은 아셨습니까?"

"탐정이라고요?"

르노 부인은 매우 놀라서 소리쳤다.

"예, 이쪽 분, 에르퀼 포와로 씨에게."

포와로는 머리를 숙여 인사했다.

"이분은 르노 씨의 부탁을 받고 오늘 아침에 도착했습니다."

그러고는 르노 씨의 편지를 주머니에서 꺼내어 부인에게 건네주었다. 그녀는 완전히 안색이 변한 채 그 편지를 읽어 내려갔다.

"이런 줄은 몰랐어요. 틀림없이 남편은 자기에게 닥쳐올 위험을 모두 알고 있었군요."

"자, 부인. 이제 제게 솔직하게 대답해 주십시오. 남편께서 과거 남미에서 사는 동안 살해당할 만한 무슨 사건이나 원한 관계는 없었습니까?"

르노 부인은 깊이 생각해 보았으나, 마침내 고개를 저으며, "아무것도 생각나지 않아요. 분명히 남편에게는 적이 많이 있었어요. 이런저런 방법으로 남편은 부당하게 이득을 취한 경우가 많았거든요. 그렇지만, 정확하게는 하나도 모르겠어요. 그런 사건이 없었던 것은 아닐 거예요. 다만, 제가 모를 뿐이지요."

예심판사는 서글픈 듯이 수염을 쓰다듬었다.

"사건이 일어난 정확한 시각을 아시겠습니까?"

"예, 저는 벽난로 위의 시계가 두 번 울리는 소리를 분명히 들었어요."

그녀는 고개를 돌려 시계를 가리켰다. 8일 만에 한 번씩 태엽을 감아주는 시계가 가죽 케이스에 들어 벽난로 장식 가운데에 있었다.

포와로는 자리에서 일어나 조심스럽게 그 시계를 살펴보고는 만족스러운 표정으로 고개를 끄덕였다.

"여기에도 손목시계가 하나 있군요. 틀림없이 그 살인범들이 위협하기 위해 집어들어서 산산조각이 나도록 내던졌을 겁니다. 이것이 자기들에게 불리한 증거가 될 줄은 미처 몰랐겠죠."

벡스가 소리쳤다. 그는 조심스럽게 유리가 깨어진 시계를 줍다가 갑자기 얼빠진 사람처럼 얼굴이 변했다.

"저런!" 그가 외쳤다.

"무슨 일이오?"

"시곗바늘이 7시를 가리키고 있습니다."

"뭐라고?" 판사도 놀라 소리쳤다.

그러나 포와로는 역시 능숙했다. 놀란 총경에게서 유리가 깨어진 시계를 가져다가 귀에 대어 보고는 미소를 지었다.

"유리는 깨졌지만 시계는 잘 가고 있군."

수수께끼가 풀려서 모두 안도의 표정을 지었다. 그러나 판사는 그에게 다른 점을 상기시켰다.

"지금이 정확히 7시입니까?"

"아니오." 포와로가 정중히 대답했다.

"5시가 조금 넘었습니다. 그 시계는 빨리 가는군요. 본디 그 정도로 빠른가요, 부인?"

르노 부인은 어리둥절한지 얼굴을 찡그렸다.

"그 시계가 좀 빠르기는 해요. 그렇지만, 그렇게 많이 빠른 줄은 저도 미처 몰랐어요."

판사는 그 시계 문제를 일단 접어두고 다른 질문을 계속했다.

"부인, 현관문이 조금 열려 있는 채로 발견되었습니다. 살인범들은 분명히 그 문으로 들어온 듯한데, 강제로 문을 열려고 한 흔적은 없습니다. 어떻게 생각하십니까?"

"아마 남편이 산책을 나갔다가 들어올 때 빗장 지르는 것을 잊었나 보군요."

"그럴 가능성이 있습니까?"

"그럼요, 남편은 정말 넋 잃은 사람 같았거든요."

그녀는 이 말을 하면서, 죽은 남편의 이런 성격이 때때로 그녀를 괴롭혔다는 듯이 눈살을 찌푸렸다.

"이런 추리를 이끌어낼 수 있을 것 같습니다."

갑자기 총경이 말했다.

"그 남자들이 르노 씨에게 옷을 입으라고 강요한 것으로 봐서 '비밀'이 숨겨져 있는 장소, 그들이 그를 데려가려고 한 곳은 약간 멀리 있을지도 모릅니다."

판사는 고개를 끄덕였다.

"그래. 그렇지만, 아침까지는 돌아오겠다고 했으니 그렇게 멀지는 않은 것 같소."

"메를랭뷰 역의 막차가 몇 시에 있지요?" 포와로가 물었다.

"상행은 11시 50분이고 하행은 12시 17분입니다만, 그들은 아마 자동차를 대기시켜 놓았을 것 같습니다."

"물론 그렇겠지요."

포와로가 약간 풀이 죽어서 동의했다.

"그렇군요! 그것도 그들을 추적하는 한 방법이 되겠군요."

판사는 밝은 표정이 되어 계속했다.

"두 외국인을 태운 자동차라면 쉽게 눈에 띌 겁니다. 그것이 중요한 점이오, 벡스."

그는 혼자 빙그레 웃더니, 다시 진지한 태도로 물었다.

"르노 부인, 질문이 하나 더 있습니다. 혹시 뒤브앙이라는 이름을 가진 사람을 아십니까?"

"뒤브앙?"

르노 부인은 생각에 잠기며 천천히 반복하더니, "아니오, 전혀 모르겠는데요."라고 말했다.

"남편께서 그런 이름을 언급하는 걸 한 번도 들은 적이 없습니까?"

"예, 없어요."

"그러면, 벨라라는 이름은 혹시 들어보셨습니까?"

그는 그녀에게서 분노라든가, 아니면 뭔가 알고 있는 듯한 표정을 찾아내려고 르노 부인을 유심히 지켜보았으나, 그녀는 매우 자연스럽게 고개를 내저을 뿐이었다.

"그렇다면, 어젯밤에 남편을 찾아온 손님이 있었다는 것은 아닙니까?"

그때, 그녀의 두 볼이 약간 상기되었으나 곧 침착하게, "아뇨, 누가 찾아왔는데요?"라고 반문했다.

"어떤 부인이었습니다."

"정말이세요?"

판사는 그것으로 만족하고 더 이상 묻지 않았다. 도브뢰이 부인은 범행과는 아무 관련도 없는 것 같았다. 판사는 르노 부인의 말을 필요 이상으로 뒤엎어 놓으려고는 하지 않았다.

그가 신호를 보내자 총경이 알았다는 듯이 고개를 끄덕이고는 밖으로 나가서, 좀 전에 우리에게 보여 준 유리병을 가지고 들어왔다. 총경은 그 병에서 단검을 꺼냈다.

그는 부드럽게 말했다.

"부인, 이것을 아시겠지요?"

그녀는 낮은 비명을 시르며, "어머, 그건 제 단검이에요."라고 말했다. 그러고는 칼끝에 묻어 있는 피를 보고 흠칫 놀라고, 그녀의 두 눈에는 두려움이 번졌다.

"그것은……, 피?"

"그렇습니다, 부인. 남편께서는 이 흉기로 살해되었습니다."

그는 재빨리 그것을 눈앞에서 치워 버렸다.

"이 단검이 어젯밤 화장대 위에 있었던 게 분명합니까?"

"예, 그것은 아들이 선물로 보내 온 것이에요. 그 아이는 전쟁 중에 공군에 있었는데, 나이에 비해 솜씨가 있는 편이죠."

그녀의 목소리에는 어머니로서의 자부심이 들어 있었다.

"비행기의 부품으로 이것을 만들어서 기념으로 제게 주었답니다."

"알았습니다, 부인. 해결해야 할 일이 하나 더 있군요. 아드님은 지금 어디에 있습니까? 지체하지 말고 그에게 전보를 쳐주십시오."

"잭 말인가요? 그 애는 지금 부에노스아이레스로 가고 있을 거예요."

"무엇이라고요?"

"그래요. 어제 남편이 그 애에게 전보를 치더군요. 남편은 잭을 사업차 파리로 보냈었는데, 어제 남미로 보내야 할 일이 생겼던가 봐요. 마침 셰르부르에서 부에노스아이레스로 떠나는 배가 어젯밤에 있어서 서둘러 전보를 친 거예요."

"부에노스아이레스에 어떤 일이 있는지 그 내용을 조금이라도 아십니까?"

"아뇨, 판사님. 저는 그 일의 성격에 대해서는 전혀 모르고 있어요. 하지만, 부에노스아이레스는 아들의 마지막 행선지가 아니고, 거기서 다시 산티아고로 가게 될 거예요."

그러자 판사와 총경이 동시에, "산티아고! 다시 산티아고로!"라고 외쳤다.

포와로가 르노 부인에게 다가간 것은 우리 모두가 그 말에 어리둥절해 있던 바로 그 순간이었다. 그는 꿈에 취한 사람처럼 창문 옆에 서 있었는데, 그 모습을 보고 나는 그가 여태까지 일어난 일들을 제대로 보고나 있었는지 의심스러울 정도였다.

그는 그 부인 곁에 멈춰 서서 목례를 했다.

"대단히 실례지만 부인, 손목을 좀 살펴봐도 괜찮겠습니까?"

갑작스런 요청에 놀랐는데도 르노 부인은 두 손목을 그에게 내밀었다. 양 손목 둘레에는 밧줄이 살을 죈 불그레한 자국이 선명하게 남아 있었다. 그 자국을 살펴보는 동안, 그의 두 눈에 보였던 순간적인 흥분의 빛이 사라지는 것을 나는 확인할 수 있었다.

"얼마나 고통스러우셨습니까?"

그는 몹시 당황한 표정으로 한마디 던졌다.

그러나 판사는 아직도 흥분해서 말하고 있었다.

"아드님에게 즉시 무선으로 연락해야 합니다. 그가 산티아고로 가게 된 용무에 대해 아는 것이 무엇보다도 시급합니다."

그는 서둘렀다.

"그가 가까이 있다면, 부인의 고통을 덜어 줄 수 있을 텐데요."

그가 말을 멈췄다. 그녀는 낮은 목소리로, "남편의 시체를 확인해 달라는 말씀이죠?"라고 말했다.

판사는 고개를 숙인 채 말이 없었다.

"저는 강한 여자입니다, 판사님. 제가 해야 할 일이라면 얼마든지 참아낼 수 있어요. 준비는 되어 있어요. 지금."

"아, 내일 하셔도 충분합니다."

"지금 끝내는 것이 더 좋겠어요."

그녀는 얼굴에 고통스런 경련을 일으키며 낮지만 단호하게 말했다.

"의사 선생님, 저를 좀 부축해 주시겠어요?"

뒤랑 박사가 서둘러 앞장서 가서는 창고 문을 열었다.

잠시 뒤 르노 부인이 문 앞에 나타났다. 그녀는 매우 창백했으나, 굳게 결심을 한 듯했다. 그녀 뒤에는 오테 씨가 만화 영화에 나오는 닭처럼 사죄의 말을 되뇌고 있었다.

그녀는 두 손으로 얼굴을 감싸면서, "잠깐만요, 선생님들, 마음 좀 진정시켜야겠어요."라고 애원했다.

그녀는 천천히 손을 떼고 죽은 남자를 내려다보았다. 그러고는 마침내 지금까지 자신을 지탱해 오던 그 놀라운 자제력을 잃고 말았다.

"폴!" 그녀는 울부짖었다.

"오! 하느님, 내 남편……."

그리고 바닥으로 무너지듯 쓰러져서는 의식을 잃고 말았다.

옆에 있던 포와로가 즉시 눈꺼풀을 올려보고 맥박을 짚어 보았다.

그는 그녀가 정말로 실신했다는 것을 알자 만족해하며 옆으로 비켜섰다.

그는 나의 팔을 잡아끌더니, "어보게, 내가 멍청했어. 나는 여태까지 부인에게서 사랑과 비탄에 잠긴 목소리를 듣지 못하고 있었는데, 이제야 들었네. 나의 추리는 모두 틀렸어. 그러니, 처음부터 다시 시작해야만 되겠네!"라고 속삭이는 것이었다.

제6장

범행 현장

그러는 사이에 의사와 오테 씨가 의식 잃은 부인을 집 안으로 옮겼다. 총경이 그들을 지켜보면서 고개를 저었다.

"불쌍한 여인이야." 그는 혼자 중얼거렸다.

"그녀에겐 너무 심한 충격이군요. 자, 이거, 우리는 아무것도 할 수 없게 되었습니다. 포와로 씨, 범행 장소에 한번 가보시겠습니까?"

"안내해 주시겠습니까, 벡스 씨."

우리는 그 별장 건물을 지나쳐서 현관문 앞을 통과하고 있었다. 포와로는 지나가면서 계단을 바라보고는 만족스럽지 못한 듯이 고개를 저었다.

"하인들이 아무것도 듣지 못했다니 믿을 수가 없군. 세 사람이 한꺼번에 내려왔다면, 계단의 삐걱거리는 소리 때문에 죽은 사람이라도 깨어났겠는데!"

"한밤중이었다는 것을 기억하십시오. 모두를 깊은 잠에 빠져 있었을 겁니다."

그러나 포와로는 그 설명을 전적으로 받아들일 수 없다는 듯이 계속 머리를 흔들었다. 그는 대문에서 현관에 이르는 차도 위에 멈추어 서서 집을 올려다보았다.

"왜 범인들은 현관문이 열려 있는지를 확인하려고 했을까? 정말 경우에 맞지 않는 일이야. 그보다는 오히려 곧장 창문을 부수는 게 더 쉬웠을 텐데."

"하지만, 1층의 창문들은 모두 쇠로 된 덧문으로 단단히 잠겨 있던걸요." 총경이 반박했다.

포와로는 2층 창문을 가리키며, "저것이 우리가 들어갔던 침실의 창문이군, 그렇죠? 그런데 잘 보시오. 그 옆에는 세상에서 제일 오르기 쉬운 나무가 있지 않은가 말이오."

"그럴 수도 있겠군요." 총경이 인정했다.

"만일, 그들이 나무를 타고 올랐다면 화단에 발자국이 남아 있어야만 합니다."

나는 그의 말이 옳다고 생각했다. 현관문으로 이어지는 길 양쪽에는 꽃밭이 있었다. 그런데 문제의 나무는 화단 뒤쪽에 서 있었으므로 발자국을 남기지 않고는 나무에 오를 수가 없게 되어 있었다.

총경이 계속했다.

"보십시오. 건조한 날씨 때문에 차도나 좁은 보도에는 발자국이 없을 수도 있습니다. 하지만 화단의 부드러운 흙 위에는 사정이 좀 다릅니다."

포와로는 화단으로 다가가서 쭈그리고 앉아 땅을 주의 깊게 살펴보았다. 벡스가 말한 것처럼 흙은 너무나 부드러웠다. 하지만, 그 위에는 아무런 자국도 없었다.

포와로는 확신에 찬 표정으로 고개를 끄덕였고 우리는 돌아섰다. 그런데 그는 갑자기 몸을 재빨리 돌리더니 다른 편 화단을 조사하기 시작했다.

"벡스 씨!" 그가 불렀다.

"여기를 보시오. 여기 당신이 찾는 발자국이 많이 있소."

총경이 그에게로 다가가더니 미소를 지었다.

"친애하는 포와로 씨, 이것은 틀림없이 정원사가 신는 커다란 징 박힌 장화 발자국입니다. 어쨌든 이 발자국은 아무 의미가 없습니다. 이쪽에는 나무가 없으니까요. 결국 앞의 이야기와는 전혀 상관없는 것이지요."

"정말로 당신은 이 발자국들이 중요하지 않다고 생각하는 겁니까?"

포와로는 분명히 기가 죽어서 물었다.

"세상에서 가장 중요하지 않은 것이라고 생각합니다."

그러자 포와로는 평소와는 달리 놀랍게도 이렇게 대꾸했다.

"난 당신 말에 동의하지 않소. 오히려 나는 이 발자국들이야말로 우리가 지금까지 본 것들 중에서 가장 중요하다는 생각이 든다오."

벡스는 아무 말도 않고 단지 어깨를 으쓱하기만 했다. 그는 예의 바른 성격이었기 때문에 자기 의견을 강력하게 주장할 수는 없었던 것이다. 대신 그는, "어서 가시지요."라고 말했다.

"물론이지요. 이 발자국 문제는 나중에 조사하면 되니까."라고 포와로는 기분 좋게 말했다.

대문으로 내려가는 차도에서 곧 벗어나 벡스는 직각으로 갈라져 있는 좁은 길로 들어섰다. 약간 경사진 그 길은 오른쪽으로 휘어져 있었고, 길 양쪽은 다른 종류의 관목으로 나뉘어 있었다. 갑자기 바다가 바라다보이는 작은 개간지가 눈앞에 나타났다. 거기에 의자가 하나 놓여 있었고, 멀지 않은 곳에 다 쓰러져 가는 헛간이 있었다. 몇 걸음 더 걸어갔더니 관목들이 깔끔하게 다듬어져 별장 정원의 경계를 표시하고 있었다.

벡스가 앞장서서 이 관목들을 헤치고 빠져나가자, 우리 앞에 넓은 초원이 펼쳐졌다. 나는 주위를 둘러보고는 놀라움으로 가득 찬 탄성을 연발했다.

"아니! 이것은 골프 코스로군요." 내가 소리쳤다.

벡스는 고개를 끄덕였다.

"아직 완공되지는 않았습니다. 다음 달쯤에 개장하려고 했지요. 오늘 아침 일찍이 시체를 발견한 것도 여기서 일하는 사람들이었습니다." 그가 설명했다.

나는 숨이 멎을 정도로 놀랐다. 내가 있는 곳에서 약간 왼쪽으로 그때까지는 못 보았던 좁다란 웅덩이가 있고, 그 옆에 얼굴을 아래로 수그린 한 사내가 있는 것이 아닌가! 잠시 동안 나의 심장은 공포로 인해 마구 뛰었다. 나는 끔찍하게도, 비극이 또 하나 일어났다고 생각한 것이다. 그러나 총경이 성가신 투로 날카롭게 소리치며 앞으로 걸어감에 따라 나의 공상은 깨어져 버렸다.

"순경들은 도대체 뭘 하고 있는 거야? 정당한 허가장 없이는 아무도 현장 가까이에 들여 놓지 말라고 그렇게 말했는데 말이야!"

땅 위에 박힌 듯이 엎드려 있던 남자가 어깨 위로 머리를 들었다.

"그렇지만, 저는 허가장을 갖고 있습니다."라고 말하고는 천천히 일어섰다.

"지로!" 총경이 소리쳤다.

"당신이 와 있으리라고는 전혀 생각도 못 했소. 예심판사도 당신이 도착하기를 학수고대하고 계시오."

그가 말하는 동안 나는 호기심에 가득 차서 새로 나타난 인물을 예리하게 살펴보았다. 파리 출신의 그 유명한 형사의 이름은 익히 들어온 터였으므로, 그를 직접 만나게 된 것이 대단히 흥미로웠다.

그는 매우 키가 크고 나이는 서른쯤 되었으며, 다갈색 머리와 턱수염을 기른 모습에다, 군용차를 몰고 다녔다. 자신이 중요한 존재라는 사실에 민감한 그의 태도에는 오만한 흔적이 역력했다. 벡스가 우리를 소개했다. 포와로가 그와 친하다는 말을 듣자, 그는 흥미로운 듯이 눈을 번득였다. 그가 말했다.

"이름은 이미 들어서 알고 있습니다, 포와로 씨. 당신은 오래전에 아주 유명한 형사이셨다죠, 그렇잖습니까? 하지만, 이제는 방법이 많이 달라졌습니다."

"그런데도 범행은 과거나 현재나 거의 똑같다오."

포와로는 부드럽게 대답했다.

나는 지로가 반감을 품고 있다는 것을 즉시 눈치챌 수 있었다. 그는 다른 탐정이 자기 일에 관계하는 것을 불만스럽게 여기는 게 분명했다. 그래서 나는, 그가 만일 어떤 중요한 단서를 찾아낸다 해도 남에게 알리지 않고 혼자서만 알려고 할 것 같다는 생각이 들었다.

"이곳 예심판사는……."

벡스가 다시 말하기 시작했다. 그러나 지로는 무례하게 그를 가로막았다.

"예심판사가 뭐란 말입니까! 지금 중요한 것은 태양입니다. 이제 30분쯤 지나면 해가 져버려서 아무것도 안 보이게 된단 말입니다. 저는 이 사건의 모든 것을 알고 있어요. 집에 있는 사람들은 내일까지도 잘들 있을 테니 걱정할 것 없고 우리가 만일 살인자들에 대한 단서를 찾게 된다면 그것은 바로 여기일 겁니다. 여기저기 짓밟아 놓은 것이 이곳 경찰 짓 아닙니까? 요즘 경찰은 좀 나아진 줄 알았는데."

"분명히 경찰은 더 훌륭해졌소. 당신이 비난하는 그 발자국들은 시체를 발견한 일꾼들이 부주의하게 남겨 놓은 게요."

지로 형사는 메스껍다는 듯이 중얼거렸다.

"저는 그들 세 명이 산울타리를 통과한 흔적을 찾아냈습니다. 하지만, 그들은 교활하게도 르노 씨의 발자국으로 보이는 가운데 것만을 제외하고는 양쪽의 자국을 조심스럽게 지워 버렸더군요. 그런데 그것 말고도 이 단단한 땅 위에서 수많은 발자국을 보셨을 겁니다. 아무 소용도 없는 이 발자국들 말입니다."

"당신이 애써 찾고 있는 것이 겉으로 보이는 그런 흔적들이란 말이오, 그렇소?" 포와로가 물었다.

지로 형사가 포와로를 노려보며, "물론이지요."라고 대답했다.

매우 엷은 미소가 포와로의 입술에 잠시 머물렀다. 그는 뭔가를 말하려 했으나, 곧 자신을 억제했다. 그러고는 삽이 놓여 있는 곳으로 몸을 굽혔다.

"그것이 바로 무덤 파는 데 사용된 것인 모양이죠?"

지로가 말했다.

"그렇지만, 당신은 거기서 아무것도 찾아내지 못할 겁니다. 이것은 르노 씨의 삽이고, 이것을 사용한 사람은 장갑을 꼈으니까. 저기 있소"

그는 흙 묻은 장갑이 놓인 데를 발로 가리켰다.

"저것도 르노 씨, 아니면, 정원사의 것이겠지요. 내가 말해 볼까요? 이 범행을 저지른 사람들은 요행수를 바라지 않았습니다. 르노 씨는 자신의 단검에 찔려서 자신의 삽에 의해 묻힌 것이지요. 그들은 아무 자취도 남기지 않고 감쪽같이 해치웠다고 믿고 있을 겁니다. 그렇지만, 내가 잡아내고 말 걸! 항상 '뭔가'가 있기 마련이지요. 난 바로 그것을 찾으려는 겁니다."

그런데 포와로는 지금 분명히 다른 어떤 것, 즉 그 삽 옆에 있는 짧고 퇴색한 납으로 된 파이프(管) 조각에 열중해 있었다. 그는 조심스럽게 손가락으로 그 파이프 조각을 만져 보았다.

"이것도 역시 피살자의 것입니까?"라고 묻는 포와로의 질문에서 나는 미묘하게 비꼬는 듯한 기미를 느낄 수 있었다.

지로는 알지도 못하고 관심도 없다는 듯이 어깨를 으쓱했다.

"한참 동안 여기 있었을 테죠. 어쨌든 별것 아닌 것 같군요."

"당신과는 반대로 나는 이것을 발견한 것이 매우 흥미롭다오."

포와로가 부드럽게 말했다.

나는 그가 단순히 이 파리에서 온 형사를 난처하게 만들려고 그랬을 거라는 생각이 들었다. 만일 그랬다면 포와로는 성공한 셈이다. 지로는 무례하게 휙 돌아서서, 낭비할 시간이 없다고 말하고는 몸을 굽혀 땅바닥을 다시 샅샅이 뒤지기 시작했다.

이러는 사이에 포와로는 갑자기 뭔가가 생각난 듯, 정원 울타리 안쪽으로 되돌아가서는 작은 헛간의 문을 열려고 해보았다.

"그 헛간은 잠겨 있어요." 지로가 어깨너머로 말했다.

"그곳은 정원사가 잡동사니를 보관하는 곳입니다. 하지만, 문제의 삽은 거기서 꺼낸 것이 아니라 집 옆의 창고에서 꺼내 온 겁니다."

"놀랍습니다." 벡스가 지로를 보며 넋을 잃은 듯이 내게 속삭였다.

"저 사람은 여기에 온 지 30분밖에 안 되었는데 벌써 모든 것을 알고 있군요! 정말 놀라운 사람입니다! 틀림없이 지로는 오늘날 살아 있는 가장 훌륭한 형사라 할 수 있지요."

나는 그 형사가 정말 싫었지만, 그런데도 감탄하지 않을 수는 없었다. 그 남자의 몸에서 능력이 무수히 분출되어 나오는 것처럼 보였다. 반면에 포와로는 지금까지 별로 유명하지도 않았던 것처럼, 그 이름이 퇴색되고 초라하게 느껴져서 나는 몹시 안쓰러웠다.

그는 이 사건과는 관계없는 어리석고 하찮은 일에만 주의를 기울이고 있는 것 같았다. 그러면서 이런 중대한 시기에 그는 갑자기, "벡스 씨, 무덤 둘레에 그어져 있는 하얀 선이 무얼 뜻하는가요? 경찰에서 조치한 것인가요?"라고 물었다.

"아닙니다, 포와로 씨. 그것은 골프 코스의 표시입니다. 그것은 여기가 '벙커'라는 것을 나타내 주고 있지요."

"벙커?" 포와로는 나에게로 몸을 돌렸다.

"그것은 모래로 채워진 좀 변칙적인 홀(hole)로써, 한쪽이 두둑한 모래 언덕으로 된 거지, 그렇잖은가?"

나는 그렇다고 했다.

"당신은 골프를 치지 않는군요, 포와로 씨?" 벡스가 물었다.

"나요? 당연하지! 무슨 운동이 없어서!" 그는 흥분했다.

"여기저기에 있는 구멍들을 생각해 봐요. 또 온갖 장애물들, 그런 것들은 수학적으로 배열되어 있지도 않지. 골프 코스조차도 자주 한쪽으로 치우치는 걸! 즐겁게 해주는 것이 딱 한 가지가 있지요(그것을 무엇이라고 부르더라?). 티박스들 말이오, 공을 얹어 놓는 거. 적어도 그것들은 균형이 잡혀 있지."

나는 포와로의 눈에 비친 골프 경기의 광경을 생각하고는 웃지 않을 수 없었다. 포와로는 나를 보며 아무런 악감정 없이 정답게 미소 지었다. 그리고 난 뒤 그는, "르노 씨가 골프를 쳤다는 것이 사실이오?"라고 물었다.

"예, 그는 골프에 아주 열심이었지요. 골프장 설립이 진행되어 가는 것도 주로 그의 열성과 거액의 기부금 덕택이지요. 그는 심지어 그것을 설계하는 데에도 개입한걸요."

포와로는 생각에 잠기며 고개를 끄덕였다. 그러고는 이렇게 말했다.

"그들이 시체 묻는 장소를 잘못 선택한 것 같군. 사람들이 땅을 파기 시작하면 모든 게 발견될 것이 틀림없을 텐데."

"맞아요." 지로가 의기양양하게 소리쳤다.

"그것은 바로 그들이 이 지방을 잘 모르는 낯선 사람이라는 것을 증명해 주는 겁니다. 그것은 아주 중요한 간접 증거입니다."

"그렇지." 포와로는 반신반의하면서 말했다.

"아는 사람이라면 아무도 시체를 거기에 묻지 않았겠지. 그렇지 않다면, 만일 그렇지 않다면, 그들은 발견되기를 '원했던 것이오.' 그것은 꽤 어리석은 일이지, 그렇지 않소?"

지로는 대답할 생각조차 하지 않았다.

"그래." 포와로는 다소 불만스런 목소리로 말했다.

"그래, 틀림없이 불합리하고 어리석은 짓이야!"

제7장

수수께끼의 도브뢰이 부인

별장으로 돌아오는 길에 벡스는, 지로가 도착한 사실을 예심판사에게 알려야겠다며, 양해를 구한 다음 서둘러 자리를 떴다.

지로는, 포와로가 원하는 것은 다 보았다고 말했을 때 내심 기뻐하는 눈치였다. 그 장소를 떠나면서 우리가 마지막으로 관찰한 것은, 아예 땅바닥에 엎드려 네발로 기면서, 감탄하지 않을 수 없을 만큼 철두철미하게 탐색하는 지로 형사였다. 이러한 내 생각을 알아챘는지 포와로는 우리 둘만 있게 되었을 때 이렇게 비꼬아 말했다.

"자네, 드디어 자네가 존경하는 형사, 인간 사냥개를 만나게 되었구먼! 그렇지 않나, 친구?"

"어쨌든 그는 뭔가를 '하고' 있습니다." 나는 무뚝뚝하게 대답했다.

"만일 무엇인가가 발견된다면, 그것은 그가 발견하게 될걸요. 그러면 당신은……."

"그렇다면, 나도 발견한 게 있지 않나? 납으로 된 파이프 조각 말일세."

"말도 안 돼요, 포와로. 그것은 이 사건과 아무 관련이 없다는 것을 잘 아시잖아요. 내 말은 확실하게 우리를 살인자에게로 인도해 줄 수 있는, 발자국과 같이 '사소한' 것들을 뜻하는 겁니다."

"여보게, 친구, 2피트 길이의 단서도 어느 모로 보나 2mm짜리 단서만큼 가치 있네. 중요한 모든 단서가 미세해야 한다는 것은 너무 낭만적인 생각일세. 그리고 납 파이프 조각이 이 범행과 아무 관련이 없다는 것에 대해서인데, 자네가 그렇게 말하는 것은 지로가 그랬기 때문이 아닌가? 그만두게."

내가 막 질문을 하려던 참이었다.

"우리 더 이상 말하지 말도록 하세. 지로는 자기 나름대로 조사하도록 내버려 두세. 그리고 나는 내 생각에 맡겨두고, 이 사건은 정말 간단한 것 같네. 하지만, 아직은 만족할 수가 없어! 왜 그런지 알겠나? 두 시간이나 빠른 그 손목시계 때문이네. 그리고 앞뒤가 들어맞지 않는 의심스러운 점이 몇 가지 있고, 예를 들면, 살인범들의 목표가 복수였다면 그들은 왜 르노가 자고 있을 때 칼로 찔러 버리지 않았느냐 하는 점이지."

"그들은 '비밀'을 찾아내려 했잖습니까?"

내가 그에게 그 사실을 상기시켜 주었다.

"그렇다면 그 '비밀'이 어디에 있겠나? 그들이 그에게 옷을 입힌 것으로 봐서는 아마 약간 먼 곳이겠지. 하지만, 그는 집에서 부르면 들릴 만큼 가까운 곳에서 살해된 채로 발견되었어. 그리고 또, 단검과 같은 흉기가 쉽게 손이 닿는 곳에 부주의하게 놓여 있었다는 것도 흔한 일은 아니지."

그는 잠시 얼굴을 찡그리며 멈추더니 계속했다.

"왜 하인들은 아무것도 듣지 못했을까? 누군가가 그들에게 수면제를 먹인 것일까? 집 안에 공범자가 있어서 그 공범자가 현관문을 열어 놓았을까? 이런 점들이 의아하네."

그는 이야기를 뚝 그쳤다. 그 사이에 집 앞 차도에 도착했던 것이다. 갑자기 그가 나에게로 몸을 돌렸다.

"여보게, 내가 자네를 놀라게 해줄까, 기쁘게 해주겠단 말일세! 나는 자네의 책망에 몹시 마음이 아팠네! 우리도 몇몇 발자국을 조사해 보세."

"어디 있는 발자국 말입니까?"

"저기 오른쪽 화단에 발자국이 있었잖나. 벡스는 그것이 정원사의 발자국이라고 했는데, 정말 그런지 아닌지 어디 한번 알아보도록 하세. 보게, 정원사가 손수레를 끌고 다가오고 있구먼."

과연 나이 든 남자가 손수레에 묘목을 가득 싣고 차도를 가로질러 오고 있었다. 포와로가 그를 부르자, 그는 손수레를 세워 놓고 난처해하면서 우리 쪽으로 다가왔다.

"그 사람에게 장화와 발자국을 비교해 물어보려는 거지요?"

나는 숨을 죽여 가며 물어보았다. 포와로에 대한 나의 믿음이 조금 되살아났다. 그가 이 오른쪽 화단에 있는 발자국이 중요하다고 했으니, 아마 틀림없이 그럴 것이다.

"맞았네." 포와로가 말했다.

"하지만, 저 사람이 이상하게 생각하지 않을까요?"

"그렇지 않을 걸세."

그가 우리에게 가까이 왔으므로 우리는 더 이상 얘기할 수 없었다.

"제게 뭐 알아보실 일이라도 있습니까, 선생님?"

"그렇소. 여기서 정원사를 하신 지는 오래되었나요?"

"24년입니다, 선생님."

"그리고 이름이……?"

"오귀스트입니다, 선생님."

"제라늄이 너무 근사해서 감탄하고 있었어요. 정말 비할 데 없이 훌륭하군요. 심은 지 오래되었소?"

"좀 됐습니다. 화단을 멋지게 꾸미려면 새로운 것을 꾸준히 심고, 수명이 다 된 것은 뽑아 버려야만 하지요. 시든 꽃을 딸 때도 잘해야 하고요."

"어제 새 화초를 심은 것 같은데요, 맞습니까? 저쪽 가운데와 또 맞은편 화단에도 심었지요?"

"선생님은 아주 예리한 눈을 갖고 계시는군요. 정원을 일구어 꽃을 심는 데는 꼬박 하루나, 혹은 그 이상이 걸리죠. 예, 저는 어젯밤에 양쪽 화단에 새로 열 개의 화초를 심었습니다. 선생님도 틀림없이 아시겠지만, 꽃은 태양이 뜨겁지 않을 때 심어야 하거든요."

오귀스트는 포와로가 관심을 보이는 것이 기뻐서 매우 수다스러워졌다.

"저기에 아주 썩 좋은 것이 있군요. 한 송이 꺾어 줄 수 있겠소?"

포와로는 손가락으로 화단의 꽃을 가리키면서 말했다.

"물론이지요, 선생님."

그 늙은 정원사는 화단 안으로 걸어 들어가서 포와로가 칭찬한 꽃을 조심스럽게 한 가지 꺾어 왔다. 포와로는 감사를 아끼지 않았고, 오귀스트는 일을 계속 하기 위해 손수레 쪽으로 갔다.

"자네, 보이지?"

포와로는 정원사의 징 박힌 장화 발자국을 조사하려고 몸을 굽히면서, 미소를 머금고 말했다.

"아주 간단하잖나."

"무슨 말씀인지 잘 모르겠는데요."

"발이란 장화 속에 있는 것이 아닌가? 자네의 그 탁월한 지적능력을 충분히 사용해 보게. 자, 발자국이 어떻게 나 있나?"

나는 조심스럽게 화단을 살폈다.

"화단에 있는 발자국들은 모두 똑같은 것 같습니다."

나는 조심스럽게 살펴보느라 한참 만에 대답했다.

"그렇게 생각하나? 좋아. 나도 동의하네."

포와로는 별 관심 없다는 투로 말했다. 그는 다시 뭔가 다른 것을 골똘히 생각하고 있었다.

"머리가 좀 이상해지셨군요."

"저런! 무슨 말이야! 그게 무슨 뜻이야?"

"내 말뜻은요, 이제 당신이 발자국에 대한 관심을 포기하게 될 거라는 겁니다."

그런데 놀랍게도 포와로는 고개를 저었다.

"아니, 아니야, 이 친구야! 드디어 나는 제대로 궤도에 오른 걸세. 아직 분명하지는 않네만, 내가 벡스에게 한 말처럼, 이 발자국들은 이 사건에서 가장 중요하고 흥미로운 것이야! 그 불쌍한 지로, 그가 이 발자국들을 전혀 눈치채지 못했다 해도 놀랄 일은 아니지."

바로 그때 현관문이 열리면서 오테 씨와 총경이 계단을 내려왔다.

"아, 포와로 씨, 우리는 당신을 찾으러 나오는 길입니다."

예심판사가 말했다.

"너무 늦기는 했지만, 도브뢰이 부인을 찾아가 보려고 합니다. 그녀는 르노 씨의 죽음으로 인해 몹시 당황해 하고 있을 겁니다. 또한 우리는 그녀에게서 어떤 단서를 얻는 행운을 갖게 될지도 모르잖습니까? 르노 씨가 자기 부인에게는 털어놓지 않았던 비밀, 그것을 자기를 매혹시켰던 그 여자에게는 말했을지도 모르는 일이죠. 우리는 삼손(델릴라에게 머리카락을 뽑힌 남자)의 약점을 잘 알고 있잖습니까."

나는 오테 씨의 생생한 표현에 감탄했다. 그리고 한편으론 그 예심판사가 지금까지 자기를 추리극의 연극배우로 놓고, 철저히 자신을 즐기고 있었던 게 아닌가 하는 의심이 들기도 했다.

"지로 씨는 우리와 함께 가지 않습니까?" 포와로가 물었다.

"지로는 이 사건을 자기식으로 처리하고 싶은 것 같더군요."

오테 판사가 무심하게 말했다.

예심판사에 대한 지로의 거만한 태도를 보면, 그가 판사를 탐탁잖게 여기고 있다는 사실을 누구나 알 수 있었다. 우리는 그에 관해 더 이상 왈가왈부하지 않고 대열을 지어 걸었다. 포와로는 예심판사와 함께 걸었고, 나와 총경은 몇 발걸음 뒤에서 따라갔다.

"프랑수아즈의 말이 대체로 옳은 것 같습니다."

그는 확실한 어조로 나에게 말했다.

"내가 본서에 연락해 보았거든요. 지난 6주간, 다시 말해서 르노 씨가 메를랭뷰에 온 이래로, 도브뢰이 부인은 은행에 3회에 걸쳐서 거액의 돈을 예금했더군요. 모두 합하면 20만 프랑이나 되지 뭡니까!"

"세상에! 4천 파운드에 해당하는군요!" 내가 소리쳤다.

"정확히 그렇습니다. 예, 그는 정말 그녀에게 홀딱 빠져 있었던 것이 틀림없습니다. 하지만, 그가 비밀을 그녀에게 털어놓았는지는 봐야 알겠지요. 예심판사는 희망을 갖고 있습니다만, 나는 생각이 좀 다릅니다."

이런 대화를 나누는 동안 우리는 도로에서 갈라진 좁은 길을 따라 걸어 내려가고 있었다.

그 도로는 바로 그날 오후 포와로와 내가 차를 멈췄던 곳이었다. 그때야 비로소 나는 수수께끼의 여인 도브뢰이 부인의 집인 마르그릿 별장이 아까 아름다운 처녀가 서 있었던 바로 그 작은 집이라는 사실을 깨달았다.

"그녀는 매우 조용하게, 주위와의 접촉을 삼가면서 여러 해 동안 여기서 살아왔습니다."

총경이 고개로 집을 가리키며 말했다.

"그녀는 메를랭뷰에서 사귄 사람 외에는 아무런 친구나 친척도 찾아오지 않는 것 같습니다. 그리고 남편에 대해서도 결코 입을 열지 않기 때문에, 그가 살았는지 죽었는지조차도 모르는 형편입니다. 그녀의 과거, 남편 등 그녀에 대한 모든 것이 수수께끼입니다. 이해하시겠죠?"

나는 점점 흥미로워져서 고개를 끄덕였다.

"그러면, 딸이 하나 있다지요?" 나는 용기를 내어 물어보았다.

"정말 예쁜 처녀입니다. 겸손하고, 헌신적이고, 모든 덕성을 다 갖췄죠. 그녀가 비록 자기 자신의 과거에 대해 아무것도 모른다 하더라도, 그녀에게 구혼하려는 남자들은 필수적으로 그것을 알고 싶어 할 테죠. 그러면……, 그래서 사람들이 그녀를 불쌍히 여기지요."

총경은 냉소적으로 어깨를 으쓱했다.

"하지만, 그것은 그녀의 잘못이 아니잖습니까!"

나는 분노를 참지 못하며 말했다.

"아닙니다. 당신이라면 어떻게 하겠습니까? 남자들은 자기 아내의 과거에 대해서는 남달리 특별하게 생각하는 법입니다."

마르그릿 별장 문 앞에 도착하게 되어 더 이상의 논쟁은 할 수 없었다. 오테 씨가 벨을 눌렀다.

잠시 지난 뒤 안에서 발걸음 소리가 들리더니 문이 열렸다. 입구에는 그날 오후에 보았던 나의 젊은 여신이 문고리를 잡고 서 있었다. 그녀는 우리를 보자 양 볼이 창백해지고, 두 눈은 근심에 가득 차 한없이 커졌다. 그녀는 틀림없이 두려움에 사로잡혀 있는 것이다!

"도브뢰이 양." 오테 씨가 모자를 벗으면서 말했다.

"폐를 끼치게 되어 대단히 미안합니다. 하지만, 법 절차상 때문에……, 이해하시겠지요? 어머니께 내가 왔다는 것과 잠깐 만나보았으면 고맙겠다고 좀 전해 주겠소"

잠시 동안 그녀는 움직이지 않고 서 있었다. 마치 갑작스럽게 일어나 다스리기 어려운 마음의 동요를 가라앉히려는 듯이 왼손으로 옆구리를 누르고 있었다. 그러나 곧 그녀는 자신을 억제하고 낮은 소리로, "가서 말씀드리겠습니다. 안으로 들어오세요."라고 말했다.

그녀는 홀의 왼쪽 방으로 들어가서 낮은 목소리로 이야기했다. 그러자 음색이 거의 똑같고, 좀더 딱딱한 억양의 부드럽고 원숙한 또 하나의 목소리가 흘러나왔다.

"물론이지. 들어오시라고 해라."

잠시 뒤, 우리는 드디어 수수께끼의 여인, 도브뢰이 부인과 얼굴을 마주하게 되었다.

그녀는 자기 딸만큼 키가 크지는 않았으나, 그 부드러운 자태는 완벽하고도 성숙한 우아함을 풍기고 있었다. 그녀의 머리는 딸과는 달리 검은색이었는데, 성모 마리아의 머리처럼 한가운데에 가르마를 타서 빗었다. 그리고 내리뜨고 있는 눈꺼풀로 반쯤 덮인 그녀의 눈은 푸른색이었다. 통통한 볼에는 보조개가 있었고, 입술에는 알 수 없는 묘한 미소가 늘 감도는 듯이 보였다. 그녀에게는 너무 지나칠 정도로 여자다운, 한번 보면 즉시라도 그 매력에 빠지지 않을 수 없는 분위기가 있었다. 젊음을 잘 간직하고 있긴 했지만, 분명히 젊지는 않았다. 하지만, 그녀의 매력은 나이를 초월한 것이라는 느낌이 들었다.

산뜻한 흰색 칼라와 커프스가 달린 검은 드레스를 입고서 두 손을 꽉 잡고 서 있는 그녀는, 말로 표현하기 어려운 묘한 태도로 애원하는 듯했고, 또한 아주 무기력해 보였다.

"저를 보자고 하셨나요, 판사님?" 그녀가 말을 꺼냈다.

"예, 부인."

오테 씨는 목을 가다듬고, "저는 르노 씨 살인사건을 수사하고 있습니다. 그 사실을 들으셨겠지요, 예?"

그녀는 말없이 고개를 끄덕였다. 그녀의 표정은 전혀 변하지 않았다.

"우리는 부인이 이 사건에 도움을 줄 수 있는지를 알아보러 온 겁니다."

"제가요?"

그녀는 깜짝 놀라는 어조였다.

"그렇습니다, 부인. 그리고 저, 우리가 부인과만 대화할 수 있으면 좋겠는데요."라고 말하며 판사는 의미 있게 처녀 쪽을 바라보았다.

도브뢰이 부인은 딸을 쳐다보며, "마르트, 애야."라고 달래듯이 말했다.

그러나 그 처녀는 고개를 저었다.

"싫어요, 엄마. 나가지 않겠어요. 난 이제 어린애가 아닌걸요. 스물두 살이나 되었어요. 여기 있게 해주세요."

도브뢰이 부인은 뒤돌아서 예심판사를 보며, "보셨지요, 판사님." 하고 말했다.

"도브뢰이 양이 있으면 얘기가 자유롭지 못할 텐데요?"

"딸아이 말처럼 그 애는 이제 어린애가 아니에요."

예심판사는 잠시 망설이다가 뜻을 굽혔다.

"좋습니다, 부인. 원하는 대로 하십시오. 우리는 부인께서 저녁때 피살자의 별장에 가곤 했다는 사실에 대해 믿을 만한 근거를 갖고 있습니다. 맞습니까?"

그 부인의 창백하던 얼굴이 붉게 물들었다. 그러나 그녀는 조용하게, "그런 질문은 하실 권리가 없으십니다."라고 말했다.

"부인, 우리는 살인사건을 조사하는 중입니다."

"그래서요, 그게 어쨌다는 거죠? 저는 그 사건과는 아무 관계도 없습니다."

"부인, 그 얘기는 나중에 하도록 합시다. 어쨌든 죽은 사람을 잘 알고 계시지요? 살해되기 전에 그가 부인에게 자기는 어떤 위험으로부터 위협당하고 있다는 말을 한 적이 있습니까?"

"한 번도 없었어요."

"혹시 그가 산티아고에서 있었던 일에 대해 얘기하면서, 자기에게 원한을 가진 사람이 있다고 하진 않았나요?"

"전혀 들은 바가 없어요."

"그렇다면, 부인은 우리에게 아무 도움도 못 주시겠다는 말입니까?"

"미안합니다. 하지만, 저는 정말 여러분이 왜 저에게 오셨는지 모르겠군요. 여러분이 알고 싶어 하는 것은 그의 부인이 말해 줄 수 있는 문제들이잖습니까?"

그녀의 목소리는 약간 빈정거리는 듯 억양이 흐려졌다.

"르노 부인은 아는 모든 것을 우리에게 이야기했습니다."

"아!" 도브뢰이 부인이 말했다.

"제가 좀 의심스러운 것은……."

"무엇이 궁금하다는 겁니까, 부인?"

"아니, 아무것도 아니에요."

예심판사는 그녀를 쳐다보았다. 그는 자기가 지금 결투를 하고 있고, 상대는 그리 만만치 않다는 것을 알았다.

"부인은 계속 르노 씨가 아무것도 이야기하지 않았다고 하시겠습니까?"

"판사님은 왜 그가 저에게 뭔가 털어놓았을 거라고 생각하시는 거죠?"

그는 마음을 단단히 먹고 무자비하게 말했다.

"왜냐하면, 부인, 남자들은 자기 부인에게도 하지 않는 이야기를 정부에게는 곧잘 하거든요."

"뭐라고요!"

그녀는 펄쩍 뛰었다. 그녀의 눈에는 불꽃이 튀었다.

"지금 저를 모욕하시는군요! 그것도 딸 앞에서! 아무것도 말하지 않겠어요. 집에서 나가 주시면 고맙겠습니다!"

그녀는 자존심이 무척이나 강한 여자였다.

우리는 창피당한 학생들처럼 마르그릿 별장을 나왔다. 예심판사는 화가 나서 혼자 투덜거렸다. 포와로는 집을 나오면서부터 생각에 깊이 잠겨 발걸음을 옮기고 있었다. 그러더니 갑자기 생각에서 벗어나, 오테 씨에게 가까운 곳에 호텔이 있느냐고 물었다.

"시내 쪽에 벵 호텔이라는 아담한 곳이 있습니다. 도로 아래쪽으로 몇백 야드밖에 안 됩니다. 거기 묵으시는 것이 수사하는 데는 편하겠군요. 그럼, 내일 아침에 만나도록 하시지요."

"예, 수고하십시오, 오테 씨."

서로 인사를 나눈 다음, 포와로와 나는 메를랭뷰 마을 쪽으로 가고 나머지는 주느비에브 별장으로 향했다.

"프랑스 경찰은 대단하구먼." 포와로가 그들을 보면서 말했다.

"그들이 모든 사람들의 일상생활에 대해서 갖고 있는 정보는, 가장 평범하고 사소한 것에 이르기까지 보통이 아닐세. 르노 씨가 여기에 온 지 6주밖에 안 되었는데도, 그들은 피살자의 취향과 행적에 대해 완전히 파악하고 있고, 또 즉각 도브뢰이 부인의 은행계좌와 최근에 예금된 금액에 관한 정확한 정보까지 얻어낼 수 있으니 말일세! 틀림없이 서류뭉치가 대단할 거야. 그런데 저게 뭐지?"

그는 날카롭게 돌아섰다.

누군가가 모자도 안 쓴 채 길을 따라 우리 쪽으로 달려오고 있었다. 그것은 마르트 도브뢰이었다.

"죄송합니다."

그녀는 우리에게 다다르자 숨을 헐떡이며 소리쳤다.

"저는, 저는 이러면 안 된다는 것을 알고 있어요. 엄마에게는 말씀하시면 안 돼요. 저, 사람들 말이, 르노 씨가 돌아가시기 전에 탐정을 불렀다고 하던데, 그게 사실인가요? 혹시 그분이 당신이 아닌가요?"

"그렇소만, 아가씨." 포와로가 부드럽게 말했다.

"그건 분명한 사실이오. 그런데 아가씨는 그걸 어떻게 알았지요?"

"프랑수아즈가 우리 아멜리에게 말해서 알게 되었어요."

마르트는 얼굴을 붉히며 설명했다.

포와로는 얼굴을 찡그렸다.

"비밀이란, 이런 종류의 사건에서는 불가능하군! 그렇다고 문제 될 건 없지. 자, 아가씨, 알고 싶은 게 뭐요?"

그 처녀는 약간 망설였다. 그녀는 말하고는 싶지만, 한편으론 아직 두려운 모양이었다. 마침내 그녀는 거의 속삭이다시피 작은 소리로, "저, 누구를 의심하고 계시나요?"라고 물었다.

포와로는 그녀를 날카롭게 쳐다보았다. 그러고는, "아가씨, 현재로서는 좀 막연합니다."라고 얼버무렸다.

"예, 저도 알아요. 그래도 저……, 특별히 누구를?"

"그런데 왜 그런 것을 알고 싶어 하죠?"

처녀는 그 질문에 매우 당황한 듯이 보였다. 그 순간, 바로 그날 오후에 포와로가 한 말이 떠올랐다.

'걱정스러운 눈을 가진 처녀!'

"르노 씨는 언제나 제게 친절히 대해 주셨어요."

그녀가 침착하게 대답했다.

"그러니, 제가 관심을 갖는 것은 당연한 일 아니겠어요?"

"그렇군요." 포와로가 말했다.

"자, 아가씨, 현재 용의자는 두 명 안팎으로 보고 있어요."

"둘이라고요?"

그녀의 목소리에는 놀라움과 함께 안도의 기미도 있었다.

"그들의 이름은 아직 모르지만, 산티아고에서 온 두 명의 칠레인으로 추정됩니다. 자, 아가씨, 이제 젊고 예쁘다는 것이 어떤 것인지 알았겠죠? 내가 직업적인 비밀을 다 누설해 버릴 정도니 말이오!"

그 처녀는 즐거운 듯이 웃다가, 약간 수줍어하면서 고맙다고 인사했다.

"돌아가야겠어요. 엄마가 기다리실 거예요."

되돌아가는 그녀의 뒷모습은 현대의 아탈란타(그리스의 걸음이 빠른 여신)같이 보였다. 나는 그녀의 뒷모습을 물끄러미 바라보며 멍하니 있었다.

"이봐." 포와로가 비꼬는 듯한 투로 부드럽게 말했다.

"우리, 밤새도록 여기 이렇게 박힌 듯 붙어 있어야 하나? 단지 자네가 젊고 예쁜 여자에게 홀딱 빠져서 말일세. 자네 머릿속이 갈피를 못 잡고 혼란스러운 모양이지?"

나는 웃으면서 사과했다.

"정말 예쁘군요. 누구라도 그녀에게 반하면 그럴 수밖에 없을 거예요."

포와로는 신음하는 듯한 소리로, "저런! 마음이 그렇게 약해서야 원!" 하고 말했다.

내가 물었다.

"포와로, 스타일즈 저택의 살인사건이 해결되던 때를 기억하세요?"

"그때 자네는 즉시 매력적인 두 여성을 사랑하게 되었지. 하지만, 둘 다 자네에게 맞는 여자는 아니었지? 맞아, 기억하네."

"그때 나더러 아마 언젠가는 다시 함께 사냥을 할 수 있을 거라고 말하면서 위로하셨잖아요."

"그래서?"

"지금이에요, 우리는 다시 사냥을 하게 될 것이고, 그리고……."

나는 말을 잠시 멈추고 쑥스러운 듯이 웃었다.

그러나 포와로는 매우 진지한 표정으로 고개를 저어서 나를 놀라게 했다.

"아, 여보게, 마르트 도브뢰이 양에게 마음을 두어서는 안 돼. 그녀는 자네에게 맞는 여자가 아닐세, 절대로. 이 포와로의 충고를 잊지 말게."

"왜요?" 내가 소리쳤다.

"총경이 그녀는 얼굴만큼 마음씨도 착하다고 한 걸요! 완벽한 천사라고요!"

"내가 지금까지 경험한 가장 악독한 범인 중 몇몇은 천사의 얼굴을 갖고 있었다네."

포와로는 기운을 내서 말했다.

"뇌세포의 보기 흉한 꼴은 아주 쉽게 성모 마리아의 얼굴로 나타나지."

"포와로!" 나는 소름이 끼쳐서 소리쳤다.

"설마, 아직 어린애같이 순진한 처녀를 의심하는 것은 아니겠지요?"

"바보 같은 소리! 흥분하지 말게! 내가 그녀를 의심하고 있다고는 하지 않았네. 하지만, 사건의 진상을 알고 싶어 하는 그녀의 열망이 보통이 아니라는 것은 자네도 인정해야 하네."

"이번만은 내가 더 잘 알아요. 그녀가 걱정하는 것은 자기 자신이 아니라 어머니예요."

"여보게, 여느 때처럼 자네는 아무것도 제대로 모르고 있어. 도브뢰이 부인은 딸이 걱정해주지 않더라도 자기 앞가림을 할 줄 아는 여자야. 내 말이 지금 자네에게는 좀 괴롭게 들리겠지만, 그래도 나는 솔직하게 말해야겠네. 그 처녀에게 마음을 두지 말게. 그녀는 자네에게 맞는 여자가 절대 아냐. 나, 에르퀼 포와로는 그것을 알고 있단 말일세. 빌어먹을! 만일에 내가 그 얼굴을 어디서 보았는지, 그것만 기억할 수 있다면!"

"어느 얼굴이요? 그 딸?"

나는 놀라서 물었다.

"아니, 어머니."

포와로는 내가 놀란 것을 알고는 단호하게 머리를 끄덕였다.

"그래, 그 어머니의 얼굴. 오래전에 내가 벨기에 경찰에서 일하고 있을 때였지. 나는 실제로는 그녀를 본 적이 없고, 단지 어떤 사건과 관련된 사진에서 본 것 같네. 내 생각에……."

"뭐예요?"

"내가 잘못 알고 있는지 모르겠네만, 그것은 살인사건이었다고 생각되는군!"

제8장

예기치 않은 만남

우리는 다음 날 아침 일찍 별장으로 갔다. 안면 있는 정문의 보초 순경도 우리를 방해하지 않고, 대신 정중하게 경례를 했다.

하녀인 레오니가 막 계단에서 내려오고 있었는데, 몇 마디 말을 나누는 것이 별로 싫은 눈치는 아니었다.

포와로가 르노 부인의 건강이 어떠냐고 물었다.

레오니는 고개를 저었다.

"르노 부인께서는 지금 두려움으로 제정신이 아니십니다. 정말 불쌍해요! 마님은 아무것도 안 드시려고 해요, 정말 아무것도요! 유령처럼 창백한걸요. 마님을 보면 정말 가슴이 찢어지는 듯합니다. 아, 만일 저라면 다른 여자와 관계를 맺으면서 저를 속인 남자를 위해서 그렇게 슬퍼하지는 않을 거예요!"

포와로는 동정이 간다는 듯이 고개를 끄덕였다.

"아가씨 말이 맞아. 하지만, 아가씨라고 별달리 했겠소? 사랑을 하고 있는 여자의 마음은 많은 잘못도 용서하는 법이지. 그런데 지난 몇 달 사이에 두 분이 서로 욕하고 싸울 때도 여러 번 있었을 것 같은데?"

레오니는 다시 고개를 저었다.

"한 번도 없었어요, 선생님. 저는 마님이 대드는 것은 한 번도 들어본 적이 없었어요. 심지어 원망도 하지 않으신걸! 마님은 천사의 성격과 마음씨를 가지셨어요. 주인어른과는 전혀 달라요."

"르노 씨는 천사 같은 성격이 아니었나 보군."

"그것과는 거리가 먼죠. 그분이 한번 화나시면 온 집 안이 들썩들썩했죠. 그분과 아드님이 싸우시는 날이면, 맙소사! 마을 시장에서도 들을 수 있었을 거예요. 그분들은 그렇게 크게 소리 지르거든요."

"흠, 그런데 최근엔 언제 그렇게 싸웠소?" 포와로가 물었다.

"오! 젊은 르노 씨가 파리로 가기 바로 전이었어요. 기차가 거의 출발할 시간이었지요. 그분은 서재에서 나와서는 홀에다 둔 가방을 급히 들었어요. 그분이 역까지 타고 갈 자동차는 손질이 되어 대기하고 있었고요. 저는 거실 청소를 하고 있다가 그분이 지나가는 것을 보았죠. 얼굴이 백지장처럼 하얗더군요. 양 볼만이 붉게 상기되어 있었고요. 아, 정말 그분이 그렇게 화난 것은 처음 봤어요!"

레오니는 자기가 하는 말을 즐기고 있었다.

"그런데 무엇 때문에 부자간에 다투게 되었소?"

"그건, 잘 모르겠습니다." 레오니가 말했다.

"그분들이 고함을 지른 것만은 확실해요. 목소리가 너무 크고 높고, 또 너무 빨랐기 때문에 영어에 능통한 사람만이 알아들을 수 있었을 거예요. 선생님, 그 뒤에도 그분은 온종일 천둥을 울려대는 구름 같은 얼굴을 하고 있었어요. 그분을 기쁘게 한다는 것은 불가능했지요."

2층에서 문 닫는 소리가 나자 레오니는 수다를 멈추었다.

"프랑수아즈가 저를 찾을 거예요."

그녀는 그제야 뒤늦게 할 일을 깨달았는지 서둘기 시작했다.

"그 늙은이는 언제나 잔소리만 늘어놓거든요."

"잠깐만, 아가씨. 예심판사는 지금 어디 계시오?"

"그분들은 자동차를 살펴보겠다고 차고에 가셨어요. 총경님이 그 차가 사건이 일어난 그날 밤에 사용되었을지도 모른다고 생각하시나 봐요."

"무슨 생각으로 그러는 거지?"

그 처녀가 사라지자 포와로가 중얼거렸다.

"나가서 그들과 합세하실 거죠?"

"아니, 난 거실에서 그들이 돌아오기를 기다리겠네. 오늘같이 따뜻한 아침에도 거기는 추울 걸세."

"만일에 당신이 싫어하지만 않는다면, 저……." 나는 주저하며 말했다.

"전혀 그렇지 않네. 자네 나름대로 조사하고 싶은 게지, 응?"

"그래요. 나는 지로를 찾아보았으면 해요. 그가 이 근처 어디에 있으면 만나서 어떤 결론에 이르렀는지 알고 싶습니다."

"그 인간 사냥개……."

포와로는 안락의자에 몸을 기대고 눈을 감으면서 중얼거렸다.

"여보게, 나중에 보세."

나는 현관문으로 걸어 나왔다.

확실히 더운 날씨였다. 나는 우리가 어제 갔었던 길로 돌았다. 범죄 현장을 나 혼자서 살펴보고 싶었던 것이다. 그러나 곧장 그 장소로 가지 않고 옆으로 돌아서 관목 숲으로 들어갔다. 그러면, 골프장으로 바로 나오게 되어 있었다. 만일 지로가 아직도 거기에 있다면 나는 그가 내 존재를 알아채기 전에 그의 수사법을 관찰하고 싶었다. 하지만, 관목 숲이 너무도 빽빽해서 뚫고 지나가기가 여간 힘들지 않았다. 내가 마침 그 골프 코스 위에 나타났을 때, 정말 예기치 않게 그 조림지(造林地) 쪽으로 등을 기대고 서 있던 젊은 처녀와 부딪치게 되었다.

당연한 이야기지만 그녀는 감정을 억제하지 못하고 비명을 질렀다. 그런데 나도 또한 놀라서 소리 지르지 않을 수 없었다. 그녀는 바로 기차에서 만났던 신데렐라였던 것이다!

우린 양쪽 다 놀라고 말았다.

"당신은!" 우리 둘은 동시에 외쳤다.

그 젊은 처녀가 먼저 침착을 되찾았다.

"어머나! 여기서 뭘 하고 계시는 거예요?" 그녀가 소리쳤다.

"아니, 아가씨는 뭘 하는 거요?" 나는 대꾸했다.

"내가 당신을 본 그저께만 해도 착한 어린이처럼 서둘러 영국의 집으로 가고 계시더니, 국회의원 권력으로 왔다 갔다 할 수 있는 정기 승차권이라도 얻으신 모양이죠?"

나는 그녀의 마지막 말을 무시했다.

"내가 지난번에 아가씨를 기차에서 만났을 때 아가씨는 착하고 어린 소녀같이 서둘러 집의 언니에게로 가고 있었는데, 어떻게 된 거요? 언니는?"

그녀는 새하얀 이를 드러내며 웃었다.

"걱정해 주셔서 고마워요. 언니는 잘 있어요. 덕분에요."

"아가씨와 같이 여기에 있나요?"

"언니는 마을에 있어요." 그 말괄량이는 정중하게 말했다.

"아가씨에게 언니가 있다니 믿어지지 않는데." 나는 웃었다.

"만일 있다면 그녀의 이름은 해리스일 거요!"

"제 이름을 기억하세요?" 그녀가 웃으며 물었다.

"신데렐라라고만 했었는데, 이제야 진짜 이름을 가르쳐주려는군, 호."

그녀는 짓궂게 쳐다보며 고개를 저었다.

"당신이 왜 여기 오셨는지조차도 말씀 안 하셨잖아요?"

"오, 그거! 내 생각에, 아가씨에게 내 직업상 업무 중 하나가 '휴양'이라고 말한 것 같은데."

"이런 호화판 프랑스 해수욕장에서 휴양하신다고요?"

"자기가 어디로 갈 것인지를 알기만 하면 굉장히 싸게 먹히지."

나는 그녀를 예리하게 쳐다보았다.

"하지만, 아가씨는 이틀 전에 만났을 때까지만 해도 이리로 오려는 생각이 전혀 없었잖소?"

"우리 둘 다 실망하게 된 거죠." 신데렐라 양은 간결하게 잘라 말했다.

"자, 저는 당신에게 필요한 만큼은 모두 말했어요. 젊은 애들이라면 그렇게 꼬치꼬치 캐묻지는 않을 거예요. 그런데 당신은 아직도 여기서 무엇을 하고 있는지 말 안 하셨잖아요. 해변에서 바람난 소년처럼 마음대로 지내시나 보죠?"

나는 고개를 저었다.

"다시 한 번 잘 생각해 봐요. 지난번에 내 친구가 탐정이라고 말한 게 기억나지 않소?"

"예!?"

"그리고 혹시 여기서, 주느비에브 별장에서 일어난 살인사건에 대해서 들어보았소?"

그녀는 나를 뚫어지게 바라보았다. 그녀의 가슴속에서는 신음 소리가 새어

나왔고, 그녀의 눈은 점점 커져서 동그래졌다.

"설마, 당신이 그 사건에 관계하고 있다고 말씀하시는 것은 아니겠죠?"

나는 그렇다는 표시로 고개를 끄덕여 보였다. 내가 이긴 것이 틀림없다. 그녀가 나를 판단하는 것 그대로, 그녀의 감정은 명백하게 겉으로 드러났다.

몇 초 동안 그녀는 말없이 나를 노려보았다. 그러고는 힘차게 머리를 끄덕였다.

"그래요? 믿어지지 않는군요! 그렇다면, 저에게 이 근처를 좀 보여 주세요. 그 끔찍한 광경을 보고 싶어요."

"무슨 소리를 하는 거요?"

"제 말은, 아이 참, 제가 살인사건을 얼마나 좋아하는지 말씀드렸잖아요? 당신은 제가 무엇 때문에 하이힐을 신고 발목의 위험을 무릅쓰면서까지 이런 험한 숲을 지나 여기에 왔다고 생각하세요? 저는 몇 시간 동안이나 이 근처에서 들어갈 구멍만 찾고 있었어요. 처음에 정문으로 들어가려고 했더니, 늙은 구식 순경이 아무도 못 들어가게 막더군요. 그 남자에게는 트로이의 헬렌도, 클레오파트라도, 스코틀랜드의 메리 여왕까지 모두 모여도 아무 소용이 없을 거예요. 여기서 당신을 만나다니 정말 운이 좋았어요. 자, 이제 제게 사건 현장을 보여 주세요."

"여기를 보여 달라고? 잠시 기다려 봐요. 그럴 순 없어요. 아무도 안으로 들어갈 수 없게 되어 있거든. 그 사람들은 무섭도록 엄격하다고."

"당신과 당신 친구는 거물급이 아닌가요?"

나는 막중해진 나의 위치를 부정하기 싫었다.

"아가씨는 빈틈이 없군!" 나는 힘없이 말했다.

"보고 싶은 것이 무엇이오?"

"오, 모든 거예요! 사건이 일어난 장소와 흉기, 시체, 그리고 지문이라든가, 그 밖에 흥미 있는 것이라면 무엇이든지요."

그녀의 잔인한 흥분 섞인 호기심이 나를 불쾌하게 만들었다.

나는 언젠가 가련한 남자들이 법정에서 자기들의 범죄로 인해 생명의 위협을 받고 있을 때, 그 법정을 에워싸고 모여든 한 떼의 여자들이 누굴까 하고 궁금히 여겼었다.

그런데 이제야 알 것 같았다. 그들은 젊고, 불건전한 흥분에 대한 갈망에 사로잡혀, 체면이나 좋은 평판 따위는 아랑곳없이 어떻게라도 화제를 일으키고 싶어 하는 신데렐라와 같은 여자들인 것이다. 나는 나도 모르게 그 처녀의 생기 넘치는 아름다움에 매혹되었다. 하지만, 마음속에는 아직도 불만스럽고 불쾌한 처음의 감정이 남아 있었다. 그 예쁜 얼굴 뒤에 잔인한 마음이 숨겨져 있다니!

"뽐내도 좋아요." 그 여자가 갑자기 말했다.

"하지만, 너무 잘난 체하지는 마세요. 만일 당신이 이 일에 대해 문책이라도 받게 되면, 딴청을 부리면서 속임수를 당했다고, 당신은 그것에 관계하지 않으려고 했었는데 어쩔 수 없었다고 발뺌하는 것은 아니시겠지요?"

"아니오, 하지만……."

"만일 당신이 휴일에 여기 있었다면 역시 저처럼 이 주위를 배회하지 않았을까요? 물론 그러셨을 거예요."

"나는 남자고, 아가씨는 여자요."

"당신이 생각하는 여자란, 이를테면 생쥐 한 마리를 보고서, 의자에 앉은 채로 비명이나 지르는 그런 종류인가요? 그건 모두 옛날이야기예요. 어쨌든 저에게 이 둘레를 보여 주시겠지요, 그렇죠? 그렇게 하시는 것이 어쩌면 엄청난 영향을 미치게 될지도 몰라요."

"어떻게?"

"경찰은 모든 기자들의 출입을 금했잖아요. 그러니 제가 어떤 한 신문에 특종을 낼 수 있을지도 몰라요. 지금 신문사에서는 이 별장 내부의 사소한 정보에 대해서도 얼마나 많은 돈을 지불하는지 모르시지요?"

나는 망설였다. 그녀는 작고 부드러운 손을 내 손 안으로 밀어 넣었다.

"제발, 그렇게 해주세요."

나는 항복했다. 그리고 내심 내가 흥행사의 역할을 즐기고 있음을 알 수 있었다. 결국 이 아가씨가 좀 전에 지적한 도덕적인 태도는 내 소관이 아니니까. 나는 예심판사가 뭐라고 할 것이 약간 마음에 걸렸지만, 아마 아무런 일도 없을 것이라고 나 자신을 안심시켰다.

나는 먼저 시체가 발견된 장소로 그녀를 데려갔다. 한 순경이 보초를 서고 있었는데, 그는 나를 알아보고는 경례를 했고, 내 동행인에 대해서도 아무런 의심을 품지 않았다. 순경은 아마 그녀를 내가 내세울 증인 정도로 여겼던 모양이다.

나는 신데렐라에게 사건이 발견되었을 때의 상황을 설명했고, 그녀는 주의 깊게 듣다가 가끔 영리한 질문을 던졌다. 그런 다음 우리는 별장 쪽으로 발걸음을 옮겼다. 나는, 솔직히 말해서, 누구를 만나지나 않을까 걱정이 되어 주위를 흘긋흘긋 살펴보며 조심스럽게 나아갔다. 관목 숲을 지나서, 나는 집 뒤쪽의 작은 창고로 그녀를 데리고 갔다.

어제저녁 때 벡스가 이 문을 다시 잠그고 나서, "우리가 2층에 있는 동안 지로 씨가 요청해 오면." 하면서 순경인 마르쇼에게 열쇠를 맡겨 둔 것을 기억해냈다. 나는 십중팔구 지로 형사가 창고를 둘러본 다음 열쇠를 마르쇼에게 되돌려주었을 거라고 생각했다. 그 아가씨에게 잠시 관목 숲 속에 있으라 일러두고 나는 집으로 들어갔다. 마르쇼는 거실 문밖에서 일을 보고 있었다. 안에서 속삭이는 음성이 들려왔다.

"오테 씨를 찾고 계십니까, 선생님? 안에 계십니다. 다시 프랑수아즈를 심문하고 계시지요."

"아니오." 나는 허둥지둥 대답했다.

"나는 그를 만나려는 것이 아니고, 규정에 어긋나지 않는다면 바깥 창고 열쇠를 좀 빌리려고요."

"물론이지요." 그는 그것을 흔쾌히 내주었다.

"여기 있습니다. 판사님께서 선생님 필요할 때 쓰시도록 모든 편의를 제공하라고 하셨거든요. 밖에서 할 일을 마치거든 제게 열쇠를 되돌려주십시오. 그러면 다 됩니다."

"물론 그렇게 하지요."

나는 마르쇼의 눈에서 그가 나를 적어도 포와로와 동등한 수준으로 중요시하고 있음을 깨닫고는 만족스러운 전율을 느꼈다. 그 처녀는 나를 기다리고 있었다. 그녀는 내 손 안의 열쇠를 보자 기쁨의 탄성을 올렸다.

"당신이 정말 그걸 얻었어요?"

"물론이오." 나는 냉랭하게 말해 주었다.

"그렇지만 아가씨는 내가 지금 하고 있는 일이 규칙 위반이라는 것을 알아야 해요."

"정말 멋진 분이세요, 잊지 않겠어요. 어서 가요. 집 쪽에서는 우리를 볼 수 없겠죠, 예?"

"잠깐만." 나는 서둘러 앞장서서 가는 그녀를 세웠다.

"아가씨가 굳이 안으로 들어가겠다면 막지는 않겠소. 하지만, 꼭 그래야겠소? 아가씨는 무덤도 보았고, 그 주변도 보았고, 사건의 사소한 일까지 다 들었어요. 그것으로도 충분하지 않을까? 소름끼치도록 끔찍할 텐데. 알다시피 별로 기분 좋지도 않고."

그녀는 잠시 동안 나를 쳐다보며 속을 알 수 없는 사람이라는 표정을 지었다. 그러고는 웃었다.

"빨리 가기나 하세요. 그 참상을 봐야겠어요."

우리는 창고 문 앞까지 말없이 걸어갔다. 내가 문을 열었으며 우리는 안으로 들어갔다. 나는 시체 옆으로 가서 어제 오후에 벡스 씨가 그랬던 것처럼 덮개를 아래로 부드럽게 끌어내렸다.

뒤에 서 있던 처녀의 입술에서 숨이 빨라지는 소리가 새어나왔다. 나는 몸을 돌려 그녀를 바라보았다. 그녀의 얼굴은 공포로 뒤덮여 있었고, 그토록 명랑했던 좀 전까지의 기분은 온데간데없이 사라져 버렸다. 나의 충고를 듣지 않더니만, 이제 그것을 무시한 대가를 치르는 것이다. 이상하게도 나는 그녀에게 아무런 동정심도 느낄 수 없었다. 그녀가 지금 그런 공포를 겪는 것은 당연하다. 나는 시체 쪽으로 몸을 돌렸다.

"봤소? 등에 칼을 맞았소." 내가 말했다.

그녀의 목소리는 거의 알아들을 수 없을 만큼 작았다.

"무엇으로요?"

나는 턱으로 유리병을 가리켰다.

"저 단도로."

그 처녀는 갑자기 비틀거리더니 뒤로 쿵 하고 쓰러져 버렸다.

나는 몸을 굽혀 그녀를 일으켰다.

"창백하군. 여기서 나갑시다. 아가씨에겐 너무 지나쳤어."

"물 좀……." 그녀가 겨우 입술을 달싹였다.

"빨리, 물……."

나는 그녀를 남겨 두고 집으로 달려갔다. 다행히도 근처에 하인들이 없어서 아무 눈에도 띄지 않고 물 한 컵과 브랜디 몇 방울을 구할 수 있었다.

몇 분 안에 나는 되돌아왔다. 그 처녀는 내가 나갈 때처럼 누워 있었는데 브랜디와 물을 좀 마시더니 놀랍게 회복되었다.

"여기서 나를 나가게 해줘요. 오, 제발, 빨리요!"

그녀는 몸서리를 치면서 소리쳤다.

두 팔로 그녀를 부축하면서 내가 그녀를 바깥으로 데리고 나오자, 그녀는 뒤의 문을 잡아당겼다. 그러고는 길게 한숨을 내쉬었다.

"이젠 괜찮아요. 오! 무시무시하군요. 왜 절 안으로 들어가게 내버려 두셨어요?"

이 말이 너무 여자답게 느껴져서 나는 웃지 않을 수 없었다. 나는 내심으로 그녀가 이렇게 약해진 것이 불만스럽지만은 않았다. 그녀는 내가 생각했던 것처럼 무감각하지는 않다는 것이 증명된 셈이다. 결국 그녀는 어린애보다 나을 것도 없고, 그녀의 호기심은 지각이 없는 탓이었던 것이다.

"아가씨도 알겠지만, 나는 최선을 다해 아가씨를 말렸어요."

나는 부드럽게 말했다.

"제가 생각해 봐도 그래요. 자, 그럼, 이만 가야겠어요."

"이봐요, 그래 가지고서는 아무 데도 갈 수 없어. 더구나 혼자서는 상태가 좋지 않아요. 메를랭뷰까지는 내가 동행해 주겠소."

"아니에요. 이제 저는 괜찮아요."

"다시 현기증이 나면 어쩌려고? 아냐, 내가 같이 가야겠어."

그녀는 계속 강력하게 거절했다. 그러나 결국 내가 그녀를 설득해서 시내의 변두리까지 함께 가게 되었다. 우리는 먼저 왔던 길을 되밟아서, 무덤을 지나 먼 길로 돌아갔다. 여기저기 흩어져 있는 상점이 보이기 시작하자 그녀는 멈춰 서서 손을 내밀었다.

"안녕히 가세요. 바래다주셔서 정말 고마워요."

"정말 괜찮겠소?"

"아주 좋아요. 고마워요. 저를 구경시켜 준 것이 아무 문제도 일으키지 않았으면 좋겠어요."

나는 그 생각을 가볍게 부정했다.

"그럼, 안녕히 가세요."

"다시 만나요." 내가 고쳐 말했다.

"계속 여기 머무르게 되면 다시 만날 수 있을 거요."

그녀는 나에게 미소를 던졌다.

"그래요, 그때 다시 만나요."

"잠깐만 기다려 봐요, 아가씨, 주소를 가르쳐 주겠소?"

"저는 파르 호텔에 머물고 있어요. 작지만 아주 좋은 곳이에요. 내일 저를 만나러 오세요."

"그럽시다."

나는 다소 필요 없는 친절을 베풀면서 말했다.

나는 그녀가 보이지 않을 때까지 지켜보며 서 있다가, 돌아서서 별장으로 되돌아왔다. 창고 문을 잠그지 않은 것이 생각났다. 다행스럽게도 아무도 그것을 눈치채지 못한 것 같았기에, 나는 문을 제대로 잠근 다음 열쇠를 순경에게 돌려주었다. 그리고 또 갑자기, 신데렐라가 자기 주소를 가르쳐 주었지만, 아직 내가 그녀의 이름을 모르고 있다는 사실을 깨달았다.

제9장

지로 형사, 몇 가지 단서를 찾아내다

응접실에서는 예심판사가 정원사 오귀스트 노인을 심문하고 있었다. 같이 있던 포와로와 충경이 날 보더니 미소와 목례로 형식적인 인사를 했다.

나는 조용히 미끄러지듯 의자에 앉았다. 오테 씨는 열심히, 그리고 극도로 조심스럽게 수사에 임했으나, 중요한 것은 아무것도 이끌어내지 못했다.

오귀스트는 원예용 장갑이 자기 것이라고 인정했다. 그것은 앵초과에 속하는 식물을 취급할 때 끼는 것인데, 그 식물은 어떤 사람들에게는 유독하다. 그는 그것을 언제 마지막으로 꼈는지는 잘 모르겠다고 했다. 그것이 없어졌는지 어쨌는지도 모르고 있었던 것이다. 그것을 어디에 두었었더라? 한번은 이곳에, 다른 때는 저곳에, 삽은 작은 연장 헛간에 가면 얼마든지 집어 올 수 있다. 그 헛간은 잠겨 있나? 물론, 그것은 잠겨 있다. 그러면 열쇠는 어디에 두는가? 저런! 그것은 물론 열쇠구멍에 끼워 둔다. 훔쳐 갈 것도 없었으므로 누가 강도나 살인범들을 생각이나 했겠는가? 라 비콩테스 부인 시절에는 그런 일이 전혀 없었다.

오테 씨는 정원사와의 얘기는 다 마쳤다고 하면서 그를 내보내고 혼자 중얼거렸다. 나는 포와로가 화단에 난 발자국에 대해 알 수 없는 고집을 부리던 것이 기억나서, 정원사가 얘기할 때 그를 자세히 살펴보았다. 그는 그 사건과 아무 관계가 없거나, 아니면 완전한 배우였다.

그가 막 문을 나서려는데 갑자기 내게 한 가지 생각이 떠올랐다.

"미안합니다만 오테 씨, 저 사람에게 질문을 하나 해도 되겠습니까?"

"물론입니다."

이리하여 기운을 얻은 나는 오귀스트에게로 몸을 돌렸다.

"당신은 장화를 어디에 둡니까?"

"아, 두말하면 잔소리죠!" 그 노인이 투덜거렸다.

"어디에서든 장화는 제 발과 함께 있소."

"그럼, 밤에 잘 때는요?"

"제 침대 밑에 둡니다."

"그럼, 누가 그것을 닦아 줍니까?"

"아무도 안 닦아요. 그걸 왜 닦습니까? 젊은 사람처럼 그걸 신고 정문에서 뽐내고 다니는 것도 아닌데. 물론 일요일에는 다른 장화를 신지요. 하지만, 그렇지 않은 경우에는……!"

그는 어깨를 으쓱해 보였다.

나는 실망해서 고개를 저었다.

예심판사가 말했다.

"자, 자, 수사는 아직 별로 진전되지 못했습니다. 틀림없이 산티아고에서 전보가 올 때까지는 계속 비슷한 상태겠지요. 누가 지로를 보지 못했습니까? 정말이지 그 사람은 예의가 없어! 나는 그 사람을 보내 버릴 좋은 방안을 생각해 냈습니다. 그것은……."

"멀리 보낼 수는 없을걸요, 판사님."

그 조용한 음성이 우리를 놀라게 했다.

지로는 밖에 서서 열린 창으로 안을 들여다보고 있었던 것이다. 그는 방 안으로 뛰어들어 왔다. 그러고는 탁자 쪽으로 갔다.

"저 여기 있습니다, 판사님. 마음대로 하십시오. 제가 곧장 나타나지 않은 데 대해 용서를 구합니다."

"천만에요, 천만에." 예심판사는 다소 당황해 하며 말했다.

"물론 저는 일개 형사일 뿐입니다." 지로는 계속했다.

"저는 심문에 대해서는 아무것도 모릅니다. 하지만, 제가 심문을 한다면 창문을 열어놓은 채 하고 싶지는 않을 겁니다. 밖에 있는 사람이 모든 형편을 쉽게 들어 버려서는 안 될 것 같기에 말입니다. 뭐 문제 되는 것은 아닙니다만."

오테 씨는 화가 나서 얼굴이 붉어졌다. 예심판사와 이 사건을 맡은 형사 사이에는 따뜻한 감정이라고는 전혀 없는 차가운 냉기가 감돌고 있었다.

그들은 처음부터 서로 충돌했다. 아마, 무슨 일이 있어도 사정이 더 좋아지지는 않을 것이다. 지로의 눈에 모든 예심판사는 바보였고, 자기 자신을 중요하게 여겨 온 오테 씨에게 있어서도 파리의 형사인 주제에 사람을 얕보는 듯한 그 태도는 몹시 울화통이 터지는 일이었다.

예심판사는 다소 날카롭게 말했다.

"그래서요, 지로, 틀림없이 당신은 놀랄 만한 일에 시간을 보냈을 텐데? 그러니, 우리에게 지금 당장 살인범의 이름을 알려 줄 수 있겠지, 그렇지 않소? 그들을 찾을 수 있는 정확한 장소도 알아냈소?"

지로는 이런 비꼬는 말에도 동요되지 않고 대답했다.

"적어도 저는 그들이 어디서 왔는지는 알고 있습니다."

"뭐라고?"

지로는 주머니에서 두 개의 물건을 꺼내어 탁자 위에 놓았다. 우리는 그 둘레로 모여들었다. 그 물건은 아주 간단한 것이었다. 담배꽁초 한 개와 아직 타지 않은 성냥개비였다. 그 형사는 포와로에게로 돌아섰다.

"이것들에서 무엇이 보입니까?" 그가 물었다.

그의 음색에는 어딘가 야수적인 데가 있었다. 그 때문에 나의 뺨이 달아올랐다. 그러나 포와로는 동요되지 않았다. 그는 어깨를 으쓱해 보였다.

"담배꽁초 하나와 성냥개비지요?" 포와로는 양손을 펼쳤다.

"이것은 나에게 글쎄……, 아무것도 말해 주지 않는데."

"아!" 지로는 만족한 음성으로 말했다.

"당신은 자세히 살펴보지 않으셨군요. 이것은 보통 성냥이 아닙니다. 적어도 이 지방의 것은 아니지요. 남미에서 흔한 종류입니다. 다행스럽게도 불을 켜지 않은 것이에요. 그렇지 않았더라면 알아차리지 못했을 텐데요. 분명히 그 사람들 중 누군가가 다 피운 담배를 버리고 새것에 불을 붙였을 겁니다. 그렇게 하는 도중에 성냥갑에서 성냥개비를 흘린 거지요."

"그러면 나른 성냥개비는?" 포와로가 물었다.

"어느 성냥개비 말입니까?"

"불을 켜는 데 사용한 성냥개비 말입니다. 그것도 발견했소?"

"아니오."

"아마 당신은 샅샅이 뒤지지는 않았나 보군."

"샅샅이 찾아보진 않았습니다만……"

그 순간 형사는 화가 나서 나가려는 듯이 보였다. 그러나 가까스로 자신을 억제했다.

"포와로 씨, 당신은 농담을 좋아하시는군요. 하지만 어쨌든, 타버린 성냥이 있든 없든 간에, 담배꽁초만으로도 충분합니다. 그것은 감초잎이 들어 있는 남미 담배가 틀림없거든요."

포와로는 알았다는 듯이 고개를 까닥 움직였다.

총경이 말했다.

"담배꽁초와 성냥개비는 르노 씨의 것일지도 몰라요. 생각해 보시오. 그는 남미에서 돌아온 지 2년밖에 되지 않았잖소."

"아닙니다." 그 형사가 확실하게 대답했다.

"저는 이미 르노 씨의 물건을 조사해 보았습니다. 그가 피우는 담배와 성냥은 매우 다른 종류였습니다."

"그렇다면, 그 낯선 사람들이 무기도 장갑도 삽도 준비해 오지 않고 여기 창고에서 그렇게 손쉽게 찾아냈다는 것이 이상하게 생각되지 않소?"

포와로가 물었다.

지로는 약간 우쭐한 태도로 미소를 지었다.

"분명히 의심이 가는 점이죠. 정말이지 제가 끌어낸 추리가 없으면 그것은 설명될 수 없습니다."

"아하! 공범자, 집 안에 공범자가 있군." 오테 씨가 말했다.

"아니면, 집 밖에 있을 수도 있죠." 지로는 야릇한 미소를 지으며 말했다.

"집 밖에 공범자가 있다고 생각하시오? 그건 좀 인정할 수 없군. 우연히 문을 잠그지 않은 채 잠들지 않은 한 범인들은 집 안의 공범자가 열어놓은 문을 통해 들어올 수밖에 없지 않소?"

"동의합니다, 판사님. 그들이 들어올 수 있도록 현관문은 열려 있었지요. 그렇지만, 열쇠를 가진 사람이라면 밖에서도 쉽게 문을 열 수 있겠지요."

"아니, 누가 열쇠를 가지고 있단 말이오?"

지로는 어깨를 으쓱해 보였다.

"그것에 대해 말씀드리자면 물론 열쇠를 가진 사람 중 아무도 자신이 그 범행을 도울 수 있었다는 사실을 인정하려 들지 않을 겁니다. 하지만, 어떻든 열쇠를 가지고 있는 사람이 몇 있습니다. 예를 들면, 아들인 잭 르노 씨 같은 사람이죠. 그가 남미로 가고 있었다는 것은 사실입니다. 하지만, 그가 열쇠를 잃어버렸다거나 도둑맞았을 수도 있지요. 그다음에 정원사가 있습니다―그는 여기서 오랫동안 살아왔지요. 또, 젊은 하녀 중에서 애인을 갖고 있는 처녀도 있을지 모릅니다. 그러면 열쇠를 가져다가 복사하는 일은 매우 쉽지요. 여러 가지 가능성이 있습니다. 그리고 제가 판단하건대, 열쇠를 갖고 있을 가능성이 엄청나게 큰 또 한 사람이 있습니다."

"누구요? 그 사람이."

"도브뢰이 부인입니다." 형사는 무심하게 말했다.

"뭐라고?" 예심판사는 얼굴을 약간 수그리면서 말했다.

"그러면, 당신은 그 일에 대해서도 이미 들었겠군?"

"저는 모든 것을 다 들었습니다." 지로는 태연하게 말했다.

"당신이 결코 듣지 못했을 거라고 장담할 수 있는 것이 한 가지 있소."

오테 씨는 더 우월한 정보를 갖고 있다는 사실에 기쁜 표정을 지으며, 법석 떨지도 않고 찬찬히 사건 전날 밤의 알 수 없는 방문객에 관한 이야기를 들려주었다. 그는 뒤브앙이라는 이름이 적힌 수표 쪽지에 대해서도 언급했으며, 마지막으로 벨라라는 서명된 편지를 지로에게 건네주었다.

지로는 말없이 듣다가, 그 편지를 주의 깊게 살펴보고는 되돌려주었다.

"모두 흥미 있는 것이로군요, 판사님. 하지만, 저의 의견은 변함이 없습니다."

"그렇다면 당신의 의견이란?"

"지금은 말하지 않는 것이 더 좋겠습니다. 이제 막 조사를 시작했을 뿐이라는 것을 기억해 주십시오."

"지로 씨, 내게 한 가지만 말해 주시오." 갑자기 포와로가 말했다.

"당신의 추리에 의하면 그 문이 처음에 열린 이유가 설명됩니다. 하지만, 왜 현관문을 열린 채로 그냥 두었는지는 설명할 수 없소. 상식적으로 보아도 그들이 떠나면서 뒤에 있는 문을 잠그는 것은 당연하지 않겠소? 만일 순경이 가끔 순찰이라도 돌았다면, 그들은 발견되어서 그 자리에서 잡혔을 것이오."

"흥! 그 친구들이 그것을 잊은 게지요. 실수한 겁니다. 당신 말이 맞습니다."

그러자, 포와로는 놀랍게도 전날 저녁 벡스에게 한 것과 거의 똑같은 말을 했다.

"나는 당신 말에 동의하지 않소. 문이 열린 채로 있었던 것도 그들의 사전 계획이나 필요에 의해 그런 것이오. 그 사실을 인정하지 않는 추리라면 어떤 것이라도 결국에는 수포로 돌아갈 것이오."

우리는 모두 깜짝 놀라 그를 주목했다. 아마도 포와로는 성냥개비에서 끌어낸 이야기가 결과적으로 자신의 무지만 드러내게 되어 창피를 당하자, 지금까지처럼 혼자 만족해서, 지로같이 훌륭한 사람에게 떨지도 않고 명령조로 말해 버린 것 같다고 나는 생각했다.

그 형사는 턱수염을 꼬면서, 다소 도전적인 시선으로 내 친구를 바라보았다.

"제게 동의하지 않는다고요? 그러면, 이 사건에 대해서 어떻게 설명하시겠습니까? 당신의 생각을 한번 들어보십시다."

"나에게는 한 가지 사실이 중요한 것으로 여겨집니다. 지로 씨, 한번 잘 기억해 보시오. 이 비슷한 사건이 전에도 있었다는 생각이 들지 않소? 이 사건이 당신에게 뭔가 회상시키는 점이 있지 않으냐 말이오."

"비슷하다고요? 회상시킨다고요? 당장은 기억이 나지 않습니다. 하지만, 그렇지 않은 것 같은데요."

"아니오." 포와로가 조용히 말했다.

"오래전에 저질러졌던 아주 유사한 살인사건이 분명히 있었소."

"언제, 어디서요?"

"아, 그것이 불행스럽게도 나는 그때가 언젠지 좀처럼 기억나질 않소. 하지만, 이제 곧 기억해 낼 것이오. 나는 당신이 도움을 주리라고 생각했었는데."

지로는 믿어지지 않는다는 듯이 코웃음을 쳤다.

"복면한 범인들은 여러 사건을 저지르고 다닙니다. 그런 자세한 것들을 모두 기억할 수는 없지요. 범행은 대체로 서로 비슷하지 않습니까?"

"개인적으로 독특한 특성 같은 것을 가지고 있소."

포와로는 갑자기 강의하는 듯한 어조로 우리에게 말했다.

"나는 지금 범죄 심리에 대해 말하고 있소. 범죄자들은 자기만의 특이한 방법을 쓰게 되지요. 그래서, 경찰이 강도 사건을 수사하는 경우에도 단지 그 수법만으로도 범인을 단시간 내에 추측할 수 있다는 것을 지로 씨는 잘 아실 것이오(헤이스팅스, 재프 경감도 그런 말을 하곤 했었지). 인간은 모방하는 동물입니다. 매일의 반복되는 생활에서 합법적인 것도 모방하고, 법에 위배되는 것도 모방하지요. 만일 어떤 사람이 범죄를 저질렀다면, 앞으로 그는 그것과 매우 유사한 범행을 하기 쉽습니다. 자기 부인들을 연쇄적으로 목욕탕 속에 집어넣고 죽인 영국의 한 살인범이 그 점을 잘 말해 주지요. 그가 만일 여러 가지 방법을 변화시켜 사용했더라면 그는 지금까지 잡히지 않았을지도 모릅니다. 하지만, 그는 한번 성공한 것은 다시 성공할 수 있으리라 믿고, 인간 본성의 보편적인 명령에 복종한 것이지요. 결과적으로 자신의 부족한 창의력에 대한 죗값을 받은 겁니다."

"무슨 말씀을 하시려는 겁니까?" 지로는 비웃듯이 말했다.

"계획과 실행에 있어서 정확히 일치하는 두 범행이 있다면, 당신은 그 뒤에 있는 동일한 두뇌를 볼 수 있다는 것이오. 지로 씨, 나는 그 두뇌를 찾고 있소 —곧 찾게 될 것이오. 여기에 바로 이 사건의 결정적인 단서가, 심리학적인 단서가 있소. 지로 씨, 당신은 담배꽁초와 성냥개비에 대해 모든 것을 알고 있는지는 모르지만 나, 에르퀼 포와로는 인간의 마음을 알고 있소!"

그리고 이 우스꽝스러운 작은 남자는 강조하는 듯이 자기의 이마를 톡톡 두드렸다. 지로만이 감동되지 않은 채 여전히 거만한 얼굴을 하고 있었다.

포와로는 계속했다.

"당신의 이해를 돕기 위해 당신이 아직 모르고 있는 한 가지 사실을 더 얘기해 주겠소. 그 비극이 일어난 다음 날 조사하다 보니, 르노 부인의 손목시계가 두 시간이나 빨라져 있더군요. 그것을 조사해 보고 싶을 텐데?"

지로는 노려보았다.

"아마, 원래 빨리 가는 시계였겠지요?"

"사실은 나도 그렇다고 들었소."

"그런데 왜요?"

"그렇지만, 두 시간이나 빠른 것은 정도가 지나치지."

포와로는 부드럽게 말했다.

"그리고 화단에 나 있는 발자국에도 문제가 있소."

그는 고개로 열린 창문 쪽을 가리켰다.

지로는 성큼성큼 걸어가서 밖을 내다보았다.

"여기 이 화단을 말하는 겁니까?"

"그렇소."

"하지만, 아무런 발자국도 없잖습니까?"

"그럴 거요."

포와로는 탁자 위에 있는 책들을 똑바로 정리하면서 말했다.

"거기는 아무것도 없소."

잠시 동안 거의 살인적인 분노로 지로의 얼굴은 잿빛이 되었다. 그는 자신을 괴롭힌 사람 쪽으로 한 걸음 성큼 다가갔다.

그런데 그 순간 응접실 문이 열리면서 마르쇼가 이렇게 말했다.

"비서인 스토너 씨가 영국에서 지금 막 도착했습니다. 들어오시게 할까요?"

제10장

가브리엘 스토너

방 안으로 들어온 남자는 인상적인 모습이었다. 키가 크고 균형이 잘 잡힌 체격에, 햇볕에 그을린 목과 얼굴을 가진 그는 모여 있는 사람들을 압도했다. 지로조차도 그 옆에서는 현기증을 일으키는 것처럼 보였다. 내가 그를 좀더 잘 알게 되면서, 나는 그가 결코 평범치 않은 사람이라는 것을 깨달았다.

영국 태생인 그는 전 세계를 두루 방랑했다. 그는 아프리카에서 어마어마한 사냥 대회를 주선했고, 캘리포니아에서는 목장을 경영했으며, 남양 제도에서는 무역을 했었다. 그는 또 뉴욕 철도왕의 비서로 일했으며, 사막에서 아랍의 친한 부족들과 함께 장막 생활을 하며 1년 정도를 보내기도 했다.

그의 정확한 눈이 오테 씨에게서 멈추었다.

"이 사건을 맡고 있는 담당 예심판사이시죠? 뵙게 되어 반갑습니다, 판사님. 무시무시한 일입니다. 르노 부인은 어떻습니까? 잘 견뎌내고 있습니까? 이 사건으로 부인이 엄청난 충격을 받았을 텐데요?"

"끔찍합니다. 소름끼치는 일이오." 오테 씨가 말했다.

"이곳 경찰의 총경인 벡스 씨를 소개합니다. 이쪽은 치안국에서 온 지로입니다. 이분은 에르퀼 포와로 씨입니다. 르노 씨가 이분을 불렀지만 너무 늦게 편지가 전달되는 바람에 결국 비극을 막지는 못했지요. 포와로 씨의 친구인 헤이스팅스 대위입니다."

스토너는 흥미롭다는 표정으로 포와로를 바라보았다.

"그가 당신을 불렀단 말입니까?"

"그렇다면, 당신은 르노 씨가 탐정을 부르기로 한 사실을 몰랐군요?"

벡스가 끼어들었다.

"예, 저는 몰랐습니다. 하지만, 그렇게 놀라운 일은 아닙니다."

"왜요?"

"그 노인은 요즈음 뭔가에 놀라 있었습니다. 그것이 무엇인지에 대해서는 모르겠습니다. 그분은 저에게 털어놓지 않았거든요. 우리는 그런 얘기를 나눈 적이 한 번도 없었어요. 하지만, 그분은 놀라 있었습니다, 무엇엔가 지독하게!"

"흠! 그런데도 당신은 그 이유에 전혀 관심을 기울이지 않았습니까?"

오테 씨가 말했다.

"이미 말씀드렸잖습니까, 판사님."

"용서하시오, 스토너 씨. 이제 몇 가지 형식적인 질문을 시작하겠습니다. 당신의 이름은?"

"가브리엘 스토너입니다."

"르노 씨의 비서가 된 지는 얼마나 되었습니까?"

"약 2년 전, 그분이 남미에서 돌아왔을 때입니다. 우리 둘 다 알고 지내는 친구를 통해서 그분을 소개받았는데, 그분이 제게 비서가 되어 달라고 하더군요. 그분은 굉장히 훌륭한 분이었습니다."

"그는 당신에게 남미에서의 생활에 대해 많이 이야기했습니까?"

"예, 꽤 많이."

"그가 산티아고에 있었는지 아닌지 아십니까?"

"여러 차례 그곳에서 생활했었다고 알고 있습니다."

"그가 거기서 일어났던 특별한 사건, 그러니까 누군가에게 복수심을 품게 했다든지 하는 일에 대해 언급한 적은 없습니까?"

"전혀 없었습니다."

"그가 거기에 머무는 동안 알게 된 비밀에 대해 말한 적은 있습니까?"

"아니오."

"그러면, 그는 지금까지 비밀에 대해서 한마디도 한 적이 없단 말입니까?"

"제가 기억하기에는 그렇습니다. 하지만, 그런데도 그분은 항상 수수께끼에 둘러싸여 있는 것 같았지요. 예를 들면, 저는 그분이 소년 시절이나 남미에 살기 이전의 생활에 대해서는 전혀 들어본 적이 없습니다. 제가 알기로는 그분은 프랑스계 캐나다 사람이었는데, 캐나다에서의 삶에 대해서도 얘기한 적이 없습니다. 그분은 자신에게 필요하다면 냉정하게 입을 다물고 있을 수도 있는 사람입니다."

"그래서, 당신이 아는 한 그에게는 어떠한 적도 없으며, 당신은 우리에게 그가 살해당한 이유라고 추측되는 그 어떤 비밀에 대한 아무런 단서도 말해 줄 수 없다는 말인가요?"

"그렇습니다."

"스토너 씨, 당신은 지금까지 르노 씨와 관련하여 뒤브앙이라는 이름을 들어본 적이 있습니까?"

"뒤브앙, 뒤브앙……."

그는 생각에 잠기면서 그 이름을 불러 보았다.

"모르겠는데요. 그렇지만 친숙한 듯하기도 합니다."

"르노 씨의 친구인 벨라라는 이름의 여인은 아십니까?"

스토너는 다시 고개를 저었다.

"벨라 뒤브앙? 이것이 완전한 이름입니까? 그것참 이상하군요! 분명히 제가 아는 이름입니다. 하지만, 당장은 이 사건과 무슨 관련이 있는지 기억나지 않는군요."

예심판사는 헛기침을 했다.

"잘 알고 있겠지만, 스토너 씨, 이런 사건의 경우는 이렇습니다. 절대 은폐시켜서는 안 되며, 숨김없이 진술해야 합니다. 아마도 당신은 르노 부인을 염려하고 있는 것 같은데, 당신은 그 부인에게 존경과 애정을 품고 있군요. 아닙니까?"

오테 씨는 자기 문장을 요약해서 말했다.

"절대로 숨김없어야만 합니다."

스토너는 두 눈에 가느다란 이해의 빛을 띠면서, 그를 빤히 쳐다보았다.

"판사님 말을 전혀 모르겠군요." 그는 부드럽게 말했다.

"르노 부인은 어디 계십니까? 저는 그 부인에게 깊은 존경과 애정을 갖고 있습니다. 부인은 보기 드물게 훌륭한 분이거든요. 하지만, 제 진술이 부인에게 어떤 영향을 준다는 말입니까?"

"만일 이 벨라 뒤브앙이라는 여자가 그녀 남편의 여자친구, 아니 그 이상이라는 것이 증명된다면?"

"아하!" 스토너가 말했다.

"이제야 판사님 말을 알겠군요. 하지만, 판사님은 잘못 생각하셨습니다. 저의 전 재산을 걸고 내기해도 좋습니다. 그 노인은 여자라곤 쳐다보지조차 않았는걸요. 그분은 자기 부인만을 열렬히 사랑했습니다. 그들은 제가 아는 한 가장 애정이 깊은 부부입니다."

오테 씨는 천천히 고개를 저었다.

"스토너 씨, 우리는 확실한 증거를 갖고 있습니다. 바로 벨라가 르노 씨에게 보낸 편지인데, 그 속에는 그녀에게 싫증 난 르노 씨를 비난하는 내용이 담겨 있었습니다. 게다가, 우리가 갖고 있는 또 하나의 증거에 의하면, 르노 씨는 살해당하기 얼마 전부터 근처 별장에 세들어 살고 있는 프랑스 여자, 도브뢰이 부인과 불륜의 관계를 맺고 있었습니다. 당신 말에 의하면 여자는 거들떠보지도 않는다는 그분이 말입니다."

그 비서의 눈이 가늘어졌다.

"잠깐만요, 판사님. 지금 뭔가 잘못 짚고 계신 겁니다. 저는 폴 르노를 잘 압니다. 지금 하신 말씀은 전적으로 불가능합니다. 다르게 해명되어야 할 겁니다."

예심판사는 어깨를 으쓱했다.

"어떤 식으로 말이오?"

"무엇 때문에 당신들은 그것이 불륜의 관계였다고 생각하시는 겁니까?"

"도브뢰이 부인은 저녁이면 곧잘 그를 찾아왔습니다. 또한, 르노 씨가 주느비에브 별장에 온 이후에 도브뢰이 부인은 은행 계좌에 거액의 돈을 예금시키게 되었고요. 모두 합치면 영국 돈으로 4천 파운드나 됩니다."

"그건 맞는 것 같습니다." 스토너가 조용하게 말했다.

"제가 그분의 말에 따라 그만한 돈을 몇 번 은행에 집어넣었으니까요. 하지만, 그것은 불륜의 관계는 아니었을 겁니다."

"흥! 이봐요, 그렇다면 그 밖에 무엇이란 말이오?"

"공갈 협박으로 뜯어낸 것이겠지요!"

스토너는 난폭하게 탁자를 내리치면서 말했다.

"그렇지 않으면 무엇이겠습니까?"

"아! 당치 않은 말이오." 오테 씨는 자기도 모르게 고개를 저었다.

"공갈 협박에 의한 갈취요." 스토너는 반복했다.

"그는 착취를 당했던 겁니다, 그것도 아주 비싸게. 두 달 동안 4천 파운드라니, 어휘! 제가 르노 씨에게는 수수께끼가 있다고 했지요? 분명히 도브뢰이 부인은 그것을 알아내어 협박했을 겁니다."

"그럴 수도 있겠군요. 틀림없이 그럴 수도 있겠어요."

총경이 흥분해서 소리쳤다.

"그럴 수도 있겠다고요?" 스토너는 고함을 쳤다.

"그게 틀림없습니다. 말해 보십시오. 당신들은 르노 부인에게 그 불륜의 관계에 관해 물어보셨습니까?"

"아닙니다. 우리는 될 수 있는 대로 그녀에게는 고통을 주지 않으려고 했습니다."

"고통이라고요? 왜요? 부인은 여러분 앞에서 웃었을 겁니다. 그녀와 르노 씨는 백에 하나 나올까 말까 한 그런 부부인걸요."

"아, 그 말을 들으니 다른 것이 또 하나 떠오르는군요." 오테 씨가 말했다.

"르노 씨가 자신의 유언장 처리에 대해서 당신에게 비밀리에 이야기한 적이 있습니까?"

"저는 그것에 대해 모두 알고 있습니다. 그분이 그것을 작성한 다음, 제가 변호사에게 갖다 주었으니까요. 원하신다면 상속자들의 이름을 가르쳐 드릴 수도 있습니다. 거기서 알았지요. 반은 부인에게, 나머지 반은 아들에게 상속했더군요. 저에게도 약간의 유산을, 제 생각엔 1천 파운드를 남기셨습니다."

"그 유언장은 언제 작성된 겁니까?"

"1년 반쯤 전입니다."

"스토너 씨, 르노 씨가 살해당하기 2주 전에 새로운 유언장을 작성했다는 것을 들으면 놀라시겠군요?"

스토너는 분명히 매우 놀랐다.

"그런 줄은 몰랐습니다. 그것은 어떻게 작성되어 있습니까?"

"그 많은 재산을 모두 아무런 조건도 없이 부인에게 물려주었습니다. 아들에 대한 언급은 전혀 없고요."

스토너는 한숨을 길게 내쉬었다.

"그 청년에겐 좀 심했군요. 물론 어머니는 그를 매우 사랑했지만, 더욱 넓게 보면 그는 아버지에 대한 신뢰가 부족한 듯이 보였습니다. 그것이 르노 씨의 자존심에 거슬렸을 겁니다. 그래도 여전히 르노 씨 부부가 좋은 사이인 것은 확실합니다."

"정말 그렇겠군요, 정말 그래요." 오테 씨가 말했다.

"아마 우리는 몇 가지 점에서 생각을 고쳐야 할지도 모르겠습니다. 현재 산티아고에 전보를 쳐서 답장이 오기를 기다리고 있습니다. 그때가 되면 틀림없이 모든 것이 단순하고 명백해질 겁니다. 그리고 공갈 협박이라는 당신의 주장이 사실이라면, 도브뢰이 부인은 틀림없이 우리에게 가치 있는 정보를 줄 수 있을 겁니다."

포와로는 불쑥 이렇게 말했다.

"스토너 씨, 영국인 운전사 매스터스는 르노 씨와 오래 살았습니까?"

"1년이 좀 넘었습니다."

"그가 남미에 있었는지에 대해 혹시 아십니까?"

"거기에는 없었던 것이 확실합니다. 르노 씨 댁에 오기 전에 그는 잉글랜드 지방의 글로스터셔 군에서 제가 잘 아는 사람과 지냈거든요."

"그에게는 아무런 혐의가 없다고 대답할 수 있습니까?"

"물론이지요."

포와로는 다소 풀이 죽어 보였다.

이러는 동안 예심판사가 마르쇼를 불렀다.

"르노 부인에게 내 말을 전해 주게. 잠시 얘기를 나누고 싶은데, 부인께 폐가 되지 않도록 내가 2층에서 기다리겠다고 말이야."

마르쇼는 경례를 하고 나갔다.

몇 분이 지나자, 문이 열리고 죽은 듯이 창백한 르노 부인이 들어와서 우리는 모두 깜짝 놀랐다.

오테 씨는 의자를 내밀며 부인의 행동에 무언의 항의를 했고, 그녀는 미소로 감사의 표시를 했다. 스토너는 그녀의 한쪽 팔을 부축하며 능숙하게 동정을 표시했다. 그런데 분명히 그는 실수로 말을 잘못한 것 같았다. 르노 부인은 오테 씨에게로 돌아섰던 것이다.

"묻고 싶은 것이 있으시다고요, 판사님?"

"허락해 주신다면요. 부인, 우리는 남편께서 프랑스계 캐나다인이라는 사실을 알았습니다. 그분의 성장기나 젊은 시절에 대해 알려 주실 수 있습니까?"

그녀는 고개를 저었다.

"남편은 자기 자신에 대해서는 항상 함구무언이었습니다, 판사님. 저도 남편이 불행한 어린 시절을 보낸 것 같다고만 추측할 뿐이니까요. 그때의 일을 좀처럼 말하기 싫어하더군요. 우리는 전적으로 현재와 미래만을 생각하며 살아왔습니다."

"그분의 과거에 무슨 수수께끼가 있지는 않습니까?"

르노 부인은 가볍게 미소 지으며 고개를 저었다.

"그렇게 낭만적인 것은 아무것도 없어요. 확실합니다, 판사님."

오테 씨도 미소를 지어 보였다.

"사실, 우리도 멜로드라마 같은 것을 기대하는 것은 아닙니다. 한 가지만 더……." 그는 망설였다.

스토너가 성급히 말해 버렸다.

"이분들은 이상한 생각을 하고 있습니다, 르노 부인. 르노 씨가 이웃에 사는 도브뢰이 부인과 불륜의 관계를 맺고 있었다고, 그렇게 보인다고 생각하고 있습니다."

르노 부인의 얼굴이 진홍색으로 물들어 갔다. 그녀는 머리를 홱 쳐들었는데, 입술을 꽉 깨물고 있었고 얼굴에는 경련이 일었다.

스토너는 놀라서 그녀를 쳐다보고만 서 있었으나, 벡스는 몸을 앞으로 굽히며 천천히 말했다.

"고통스럽게 해 드려서 죄송합니다만, 부인, 도브뢰이 부인이 남편의 정부였다고 믿을 만한 이유가 있습니까?"

고통스럽게 흐느끼면서 르노 부인은 얼굴을 두 손에 묻었다. 그녀의 어깨는 발작적으로 들썩거렸다.

마침내 그녀는 고개를 들고 띄엄띄엄 말했다.

"그녀는……, 그랬을지도 몰라요."

나는 평생 그때의 스토너만큼 놀라서 멍해진 사람을 본 적이 없다. 그는 완전히 대경실색해 있었던 것이다.

제11장

잭 르노

나는 그다음부터 대화가 어떻게 전개되었는지 말할 수가 없다. 바로 그 순간 문이 난폭하게 열리고, 키가 큰 젊은이가 방 안으로 성큼성큼 걸어 들어왔기 때문이다.

잠시 동안 나는 죽은 사람이 다시 살아온 듯한 무시무시한 감정에 사로잡혔었다. 그런 뒤에야 나는 생생하고 윤기나는 새카만 머리칼을 가지고, 작은 파문을 일으키며 우리 가운데 들어온 것이 이제 갓 성인이 된 앳된 젊은이라는 것을 깨달았다. 그는 다른 사람들이 있다는 것에는 전혀 신경 쓰지 않고, 성급하게 르노 부인에게로 걸어갔다.

"어머니!"

"잭!" 그녀는 두 팔로 그를 껴안으면서 소리쳤다.

"애야, 그런데 어떻게 여기에 왔느냐? 너는 이틀 전에 셰르부르에서 앙조라 호를 타고 떠난 줄로 알았는데?"

그러더니 그녀는 갑자기 다른 사람들이 있다는 것을 깨닫고는 정중하게 돌아섰다.

"제 아들입니다, 여러분."

"아하! 당신은 앙조라 호를 타지 않았군요?"

오테 씨는 그 젊은 남자의 인사를 받으며 말했다.

"그렇습니다. 막 떠나려고 하는데 앙조라 호가 엔진 고장을 일으켜 24시간 동안 꼼짝 못하고 발이 묶여 버렸지요. 그래서, 어젯밤에야 겨우 떠날 수 있게 되었습니다. 그런데 우연히 석간신문에서 우리에게 닥친 그 끔찍한 비극을 보게 되었습니다."

그의 음성은 자꾸 끊어졌고 눈에는 눈물이 가득 괴었다.

"가엾은 아버지……, 불쌍한 아버지……."

르노 부인은 꿈속에 있는 사람처럼 그를 바라보면서 되풀이해 물었다.

"그래, 너는 배를 타지 않았단 말이냐?"

그리고 그녀는 매우 지친 기색으로 혼잣말처럼 중얼거렸다.

"그래, 지금은 그게 문제가 아니지."

"앉으시죠, 르노 씨." 오테 씨는 의자를 가리키며 말했다.

"얼마나 슬프겠소. 그 소식으로 해서 충격이 크리라 생각되오. 하지만, 한편으론 당신이 항해를 못 떠나게 된 것이 천만다행이오. 나는 당신이 이 수수께끼 같은 사건을 해결하는 데 도움이 될 만한 정보를 우리에게 줄 수 있으리라 기대하고 있소."

"좋으실 대로 하십시오, 판사님. 무엇이든 물어보세요."

"우선, 당신의 여행이 아버지의 요청으로 하게 되었다고 알고 있는데, 맞습니까?"

"그렇습니다, 판사님. 저는 아버지로부터 지체 없이 부에노스아이레스로 가라는 전보를 받았습니다. 거기서 안데스 산맥을 넘어서 칠레의 발파라이소를 거쳐 산티아고까지 가라고 적혀 있더군요."

"그러면, 그 여행의 목적은?"

"모르겠습니다, 판사님."

"뭐라고?"

"저도 잘 모릅니다. 보십시오, 여기 그 전보가 있습니다."

예심판사는 그것을 받아서 소리를 내어 읽었다.

"'오늘 밤 부에노스아이레스로 향하는 앙조라 호를 타고 즉시 셰르부르를 떠나거라. 최종 목적지는 산티아고다. 다음 지시가 산티아고에서 너를 기다리고 있을 것이다. 실수하지 말거라. 극도로 중대한 문제다. 아버지로부터.' 전에도 이런 편지를 받은 적이 있었습니까?"

잭 르노는 고개를 저었다.

"서신이라곤 그것밖에 받아 본 적이 없습니다. 물론 저는 아버지가 거기 오래 사셨기 때문에 남미에 대한 관심이 많다는 것은 알고 있었지요. 하지만, 평소에 저를 거기로 보내려는 생각조차 않고 계셨습니다."

"당신도 물론 남미에서 오랫동안 생활했겠군요, 르노 씨?"

"저는 어릴 때 그곳에 살았습니다. 하지만 학교는 영국에서 다니고, 휴가만 그 나라에서 보냈지요. 그래서, 생각하시는 것보다는 남미에 대해 잘 모르는 편입니다."

오테 씨는 머리를 끄덕이고는, 지금까지 해온 순서를 따라 질문하기 시작했다. 잭 르노는, 산티아고나 그 밖의 남미 대륙에 아버지가 피해를 준 사람들이 있는지에 대해서 전혀 모르겠다고 대답했다. 또한, 그는 최근 아버지의 태도에 어떤 변화가 일고 있었는지도 몰랐으며, 아버지에게서 비밀에 관해 들어본 적도 없다고 대답했다. 그는 자신이 남미로 떠나게 된 것은 단지 사업과 관련된 것일 거라고 생각했다.

오테 씨가 잠시 질문을 멈추자, 지로가 나지막한 목소리로 끼어들었다.

"판사님, 저도 르노 씨에게 몇 가지만 질문하고 싶습니다."

"좋소, 지로. 원하는 대로 하시오." 예심판사는 냉정하게 말했다.

지로는 의자를 끌어당겨 탁자에 다가앉았다.

"당신은 아버지와 사이가 좋았나요, 르노 씨?"

"물론입니다." 그 젊은이는 거만하게 대답했다.

"당신은 지금 분명히 그렇다고 말했습니다?"

"예."

"아무런 말다툼도 없었나요?"

잭은 어깨를 으쓱했다.

"누구나 가끔 의견 차이가 있을 수도 있잖습니까."

"그렇지, 그렇고말고. 하지만, 만일 어떤 사람이, 당신이 파리로 떠나기 전날 당신과 당신 아버지 사이에 큰 싸움이 있었다고 얘기한다면, 그 사람은 분명 거짓말을 하고 있다고 말할 수 있을까요?"

나는 지로의 천재성에 찬사를 보내지 않을 수 없었다. 그가, '나는 모든 것을 알고 있습니다.'라고 자랑했던 말이 결코 아무 근거도 없는 허풍이 아니었다. 잭 르노는 그 질문에 분명히 당황해 했다.

"우리는, 우리는 분명 논쟁을 했습니다." 그는 인정했다.

"아! 논쟁이라고요! 그 논쟁 중에 당신은 이런 말을 했지요. '아버지가 죽으면, 내 마음대로 할 수 있어요.'라고 말입니다."

"했을지도 모르죠." 잭은 중얼거렸다.

"잘 모르겠습니다."

"그에 대한 대답으로 당신 아버지는 이렇게 말했습니다. '나는 아직 죽지 않았어!' 그에 대해 당신은, '아버지가 죽었으면 좋겠어요!'라고 대답했지요?"

그 청년은 아무 대답도 못 했다. 그는 눈앞의 탁자 위에 있는 물건들을 신경질적으로 만지고 있었다.

"어서 대답해 보시오, 르노 씨." 지로는 날카롭게 말했다.

그 청년은 화가 나서 무거운 종이 자르는 칼을 바닥에 내던지며 외쳤다.

"그것이 무슨 문제라는 말입니까? 당신이 알아도 아무 상관없는 일이에요. 예, 저는 아버지와 싸웠습니다. 그런 말도 모두 했습니다. 저는 너무 화가 나서 무슨 말을 했는지 기억조차 할 수 없어요. 저는 얼마나 흥분했었는지, 잘못했으면 그 자리에서 아버지를 죽였을지도 모릅니다."

그는 얼굴이 상기되어서 반항적으로 의자에 등을 기댔다.

지로는 미소를 지으며, 의자를 약간 뒤로 빼고는 말했다.

"다 되었소. 심문을 계속하십시오, 판사님."

"그래야지." 오테 씨가 말했다.

"그렇다면, 무엇 때문에 싸웠소?"

"대답하고 싶지 않습니다."

오테 씨는 의자에 앉았다.

"르노 씨, 경찰과 장난하면 안 됩니다!" 그는 큰소리로 말했다.

"무엇 때문에 싸웠지요?"

르노 청년은 어린애같이 부루퉁하고 침울해진 채 계속 침묵을 지켰다.

그런데 다른 목소리가 침착하고 조용하게 말했다. 바로 에르퀼 포와로의 목소리였다.

"원하신다면 내가 알려 드리지요, 판사님."

"당신이 아십니까?"

"물론, 압니다. 마르트 도브뢰이 양 때문에 싸웠지요."

르노는 놀라 펄쩍 뛰었고, 예심판사는 몸을 앞으로 당겼다.

"그런가요, 르노 씨?"

잭 르노는 고개를 끄덕였다.

"예." 그는 인정했다.

"저는 도브뢰이 양을 사랑하고 있으며, 그녀와 결혼할 생각입니다. 그래서, 그 사실을 아버지께 말씀드렸더니 몹시도 화를 내시더군요. 제가 사랑하는 처녀를 모욕하는 말을 참고 들을 수 없었던 것은 저로서는 당연한 일이었죠. 그래서, 저는 이성을 잃었었습니다."

오테 씨는 르노 부인에게로 시선을 돌렸다.

"부인께선 아들이 그 아가씨를 사랑하고 있다는 사실을 알고 계셨습니까?"

"저는 그 사실을 늘 염려하고 있었습니다." 그녀는 간단하게 대답했다.

"어머니!" 청년이 소리쳤다.

"어머니마저 그러시다니! 마르트는 예쁜 만큼 착한 여자예요. 그녀를 반대하는 이유가 도대체 뭐죠?"

"내게 도브뢰이 양을 반대하는 특별한 이유가 있는 것은 아니다. 다만 네가 영국 여자건 프랑스 여자건 간에, 의심스러운 과거를 가진 여자의 딸과 결혼하는 것이 싫을 뿐이야!"

그녀의 목소리에는 도브뢰이 부인에 대한 원한이 뚜렷이 나타나 있었다. 그래서, 나는 그녀가 자신의 남편과 관계가 있는 즉, 자신의 라이벌의 딸과 사랑에 빠졌다는 아들의 고백을 듣고는 얼굴을 찌푸린 이유를 잘 알 수 있었다.

르노 부인은 계속 예심판사에게 이야기했다.

"저는 마땅히 그 사실을 남편에게 알렸어야 했지요. 하지만, 저는 그 일이 그냥 내버려 두면 사그라지는 처녀 총각의 단순한 불장난이었으면 하고 바랐던 겁니다. 지금은 침묵을 지켰던 저 자신을 몹시 나무라고 있지만, 그때는 제가 말씀드렸듯이, 남편이 다른 일로 몹시 걱정에 싸여 있는 것 같았기 때문에, 주로 걱정을 더해 주지 않으려는 데에만 관심을 쏟았었지요."

오테 씨는 고개를 끄덕였다. 그는 다시 잭에게 묻기 시작했다.

"당신이 도브뢰이 양에 대한 생각을 말했을 때, 아버지께서 놀라시던가요?"

"아버지는 기습당한 것처럼 보였습니다. 그러고는 그런 생각은 깨끗이 지워 버리라고 단호하게 말씀하시더군요. 결코 그 결혼을 승낙하지 않을 거라면서요. 저는 흥분해서, 반대하는 이유가 무엇이냐고 물었지요. 그에 대해 아버지는 만족스럽게 대답해 주지는 않고, 다만 그 모녀를 둘러싸고 있는 수수께끼에 대해 무시하는 듯이 말씀하셨습니다. 저는 마르트와 결혼하려는 것이지 그녀의 과거와 결혼하려는 것이 아니라고 대답했지만, 아버지는 소리를 치며 그 문제에 대해서는 더 이상 거론할 가치가 없다며 잘라 말씀하시더군요.

모든 것이 수포로 돌아가게 되었습니다. 그 부당함과 횡포가 저를 미치게 만들었습니다. 무엇보다도 아버지 자신은 밖에 나가서 그 모녀에게 친절히 대해 주고 항상 집으로 초대하는 것 같았거든요. 저는 울화통이 터져서 우리는 본격적으로 싸우게 되었어요. 아버지는 저에게, 제가 전적으로 아버지에게 의존해서 살고 있다는 점을 강조하시더군요. 그래서 저는 아버지가 돌아가신 뒤에는 제 마음대로 할 거라고 대들었지요."

포와로가 재빨리 물었다.

"그때 젊은이는 아버지의 유언장 내용을 알고 있었소?"

"재산의 반은 제게 남기셨고, 나머지 반은 어머니께 맡겼는데, 어머니도 돌아가시고 나면 제게로 오게 되어 있다는 것을 알고 있었습니다."

젊은이가 대답했다.

"아까 하던 이야기를 계속해 봐요." 예심판사가 말했다.

"우리는 감정이 격해져서 서로에게 마구 소리를 지르며 심한 언쟁을 했습니다. 그런데 갑자기 파리행 열차를 놓치겠다는 생각이 들더군요. 저는 여전히 격한 감정이 사그라지지 않았는데도 역을 향해 달려가야 했지요. 하지만, 저는 한 템포 늦추어서 마음을 가라앉혔습니다. 그러고는 마르트에게 편지를 써서 집에서 일어난 일을 알리고, 답장을 써주면 위안이 되겠다고 했지요. 그녀는 우리의 태도가 확실하기만 하면, 어떤 반대가 있더라도 우리에게 길이 있을 것이라고 했습니다.

서로에 대한 우리의 애정은 시련을 당하면서 더욱 확실히 증명된 것이지요. 부모님들이, 제가 그녀에게 가볍게 반해 버린 것이 아니라는 사실을 아셨다면, 틀림없이 우리에게 부드러워졌을 겁니다. 물론 저는 그녀에게, 아버지가 결혼을 반대하시는 근본적인 이유는 말하지 않았습니다. 저는 거칠게 행동해서 좋을 게 없다고 생각했지요. 아버지는 파리에 있는 제게 자상한 어조로 몇 통의 편지를 보내오셨더군요. 하지만, 거기에서도 우리의 의견 차이나 반대의 이유 등에 대해서는 전혀 언급하지 않으셨습니다. 그래서, 저도 같은 말투로 답장을 보냈지요."

　　"그 편지를 보여 줄 수 있습니까?" 지로가 말했다.

　　"지금 당장은 그것을 가지고 있지 않은데요."

　　"괜찮습니다." 형사가 말했다.

　　르노가 잠시 그를 쳐다보았으나, 예심판사는 개의치 않고 다시 질문을 시작했다.

　　"다른 문제로 넘어가서, 뒤브앙이라는 이름을 알고 있소, 르노 씨?"

　　"뒤브앙? 뒤브앙……?" 잭이 말했다.

　　그는 천천히 몸을 앞으로 굽혀서 자기가 내던졌던 종이 자르는 칼을 집어 들었다. 그러고는 고개를 들면서, 자기를 지켜보던 지로와 눈이 마주쳤다.

　　"뒤브앙? 아니오. 모르겠는데요."

　　"이 편지를 읽어 보시오, 르노 씨. 그리고 당신 아버지께 이 편지를 보낸 사람이 누군지 생각해 보시오."

　　잭 르노는 편지를 받아서, 그것을 죽 훑어보았다. 그러는 동안 그의 얼굴에는 핏기가 올랐다.

　　"아버지에게 온 편지라고요?"

　　그의 목소리는 분명히 감정적이고 분노한 어조였다.

　　"그렇소. 우리는 그것을 그분의 외투 주머니에서 발견했지요."

　　"저……."

　　그는 망설이면서, 매우 가느다란 시선을 어머니 쪽으로 던졌다.

　　예심판사는 금방 눈치를 챘다.

"지금까지는 전혀 알 수 없소만, 혹시 누가 썼는지 알 만한 단서라도 있을 까요?"

"전혀 모르겠는데요."

오테 씨는 한숨을 길게 내쉬었다.

"이 사건은 전혀 감이 잡히지 않는 오리무중이군. 자, 내 생각으로는, 이 편 지는 이제 제외해 버려도 좋을 것 같은데요? 그것이 가르쳐 준 것은 아무것도 없잖소. 어떻게 생각하시오, 지로?"

"그렇습니다, 분명히." 지로는 힘주어 동의했다.

"하지만, 처음에는 그것으로 인해 멋지고 간단하게 풀리리라 생각했는데!"

예심판사는 한숨을 쉬었다. 그러다가 그는 르노 부인과 눈이 마주치자 몹시 당황해 했다.

"아, 예……." 그는 탁자 위의 서류더미로 몸을 굽히며 헛기침을 했다.

"그러니까, 우리가 어디까지 얘기했지요? 그렇지, 흉기 차례군. 르노 씨, 이 문제 때문에 괴로워할까 봐 걱정이오만. 그 칼은 당신이 어머니께 선물한 것 이라고요? 정말 슬프고 애통하게도……."

잭 르노는 몸을 숙였다. 편지를 읽는 동안 상기되었던 그의 얼굴이 이번에 는 죽은 사람처럼 창백해졌다.

"판사님은 제 아버지가 그 칼로, 비행기 부품으로 만든 종이 자르는 칼로 살해되었다고 말씀하시는 겁니까? 하지만, 그것은 불가능합니다! 그렇게 작은 것으로 어떻게!"

"안됐지만, 르노 씨, 그것은 사실이오. 아주 작은 도구이지만, 날카롭고 다루 기 쉬운 흉기가 되기도 합니다."

"그것이 어디에 있습니까? 제가 볼 수 있을까요? 아직도 저……, 시체에 꽂 혀 있습니까?"

"오, 아니오. 뽑아 놓았소. 그것을 보고 싶다고? 정말이오? 부인께서 이미 확인하긴 했지만, 직접 보는 것도 좋겠지. 자, 벡스 씨, 수고 좀 해주겠소?"

"예, 판사님. 제가 즉시 가져오겠습니다."

"르노 씨를 창고로 데리고 가는 것이 더 좋지 않을까요?"

지로가 천천히 말했다.

"틀림없이 아버지의 시신을 보고 싶을 겁니다."

그 청년이 떨면서 싫다는 몸짓을 하자, 가능하면 언제나 지로의 반대 입장을 취해 온 예심판사가 이렇게 대답했다.

"아니, 지금은 안 돼요. 벡스 씨가 여기로 가져오는 편이 낫겠소."

총경이 방을 나가자, 스토너는 잭에게로 다가가서 그의 손을 꽉 쥐었다. 비스듬히 그늘이 방 안 사람들의 얼굴 위에 물들자 포와로는 일어나 촛대를 조절하기 시작했다. 예심판사는 질투로 인한 살인이라는 처음의 추리에 미련을 버리지 못하고 좀 절망적으로 집착하면서, 그 수수께끼의 연애편지를 한 번 더 죽 훑어보고 있었다.

갑자기 방문이 활짝 열리고 총경이 뛰어들어 왔다.

"판사님! 판사님!"

"무슨 일이오?"

"단도가! 사라졌어요!"

"뭐라고, 사라졌다고?"

"자취를 감췄습니다. 없어졌어요. 들어 있던 유리병이 비어 있어요!"

"정말입니까?" 내가 소리쳤다.

"있을 수 없는 일입니다. 오늘 아침에만 해도 보았는데……."

말이 입속에서 사그라졌다. 온 방 안의 시선이 나에게로 집중되었다.

"무슨 말을 하는 겁니까? 오늘 아침이라니?" 총경이 소리쳤다.

"나는 오늘 아침에 거기서 분명히 그것을 보았습니다."

나는 천천히 말했다.

"정확히 말하면 한 시간 30분 전에."

"당신이 그때 그 창고에 갔었다고요? 열쇠는 어떻게 구했나요?"

"순경에게 부탁했습니다."

"도대체 거기는 왜 갔었습니까?"

나는 망설이다가 죄다 털어놓기로 결심했다.

"판사님, 제가 중대한 실수를 한 가지 범했습니다. 관대하게 처분해 주십시오."

"저런! 계속해 보십시오."

나는 쥐구멍에라도 들어가고 싶은 심정으로 말했다.

"사실은, 오늘 아침에 저는 안면이 있는 젊은 처녀를 만나게 됐습니다. 그런데 그녀가 가능한 한 모든 것을 보고 싶어 해서, 그래서, 저어, 간단히 말하면, 제가 열쇠를 가져다가 그녀에게 시체를 보여 준 겁니다."

"아니 그럴 수가!" 예심판사는 화가 치밀어 올라 소리쳤다.

"당신은 정말 중대한 실수를 범했습니다, 헤이스팅스 대위. 그것은 규칙 위반입니다. 그런 어리석음을 범하지 말았어야 했는데!"

"저도 알고 있습니다." 나는 기운 없이 말했다.

"더 심한 말을 들어도 당연합니다, 판사님."

"당신이 그 처녀를 여기로 부른 건 아닙니까?"

"절대 그런 건 아닙니다. 정말 우연히 만났습니다. 제가 그녀를 이렇게 예기치 않게 만난 뒤에야 안 것이지만, 그녀는 우연히 메를랭뷰에 머무르게 된 영국 처녀입니다."

"자, 자." 예심판사가 부드럽게 말했다.

"그것은 분명 규칙 위반입니다만, 그 처녀는 틀림없이 젊고 아름다웠겠지요, 그렇지요? 젊다는 것이란! 오, 청춘, 청춘!"

그는 감상적으로 한숨을 쉬었다.

그러나 예심판사처럼 낭만적이지 않고, 좀더 현실적인 총경이 이야기를 이었다.

"그런데 당신은 나올 때 문을 닫고 잠그지 않았습니까?"

"문제는 바로 그것이었습니다." 나는 천천히 말했다.

"그것 때문에 저 자신을 나무라고 있는 겁니다. 글쎄, 그 아가씨가 그 광경을 보고 쓰러져 버리더군요. 거의 기절한 상태였지요. 그래서, 나는 그녀에게 물과 브랜디를 좀 얻어다 먹이고는, 마을까지 바래다주었습니다. 너무도 흥분한 나머지 나는 문 잠그는 것을 잊어서, 다시 별장에 돌아와서야 창고문을 잠갔습니다."

"그러자면 적어도 20분 정도는 지났겠군." 총경이 천천히 말했다.

"그렇습니다." 내가 말했다.

"20분이라……" 총경이 생각에 잠기며 중얼거렸다.

"그것참 전례 없이 유감스러운 일이군."

오테 씨도 괴로운 표정을 지으며 말했다.

갑자기 다른 음성이 들려왔다.

"그것이 애석하다고 생각하십니까, 판사님?" 지로였다.

"물론이오."

"저런! 제 생각에는 썩 잘된 일 같은데요!"

지로는 냉정하게 대답했다.

이렇게 엉뚱하게 두 사람이 논쟁을 하게 되어, 나는 몹시 당황했다.

"잘 되었다고요, 지로?"

예심판사는 조심스럽게 그를 노려보며 물었다.

"예, 그렇습니다."

"왜 그렇소?"

"왜냐하면, 우리는 지금 살인범이나, 또는 그의 공범자가 한 시간 전까지만 해도 별장 근처에 있었다는 사실을 알게 되었기 때문이지요. 그걸 알고도 우리가 그를 붙잡지 못한다면 이상한 일이 될 겁니다."

그의 목소리에는 협박적인 어조가 담겨 있었다. 그가 계속했다.

"그는 그 단도를 손에 넣으려고 대단한 모험을 했습니다. 아마 그 위에 있는 지문이 발견될까 봐 두려웠던 게지요."

포와로는 벡스에게로 몸을 돌렸다.

"거기엔 아무것도 없다고 하지 않았소?"

지로는 어깨를 으쓱해 보였다.

"아마 그자는 확신할 수 없었던 모양이지요."

포와로는 그를 쳐다보았다.

"당신이 틀렸소, 지로 씨. 살인범은 장갑을 끼고 있었어요. 반드시 그랬을 거요."

"저는 그것이 살인범 자신이라고 말하지는 않았습니다. 그 사실을 모르는 공범자가 그랬을지도 모르지요."

"공범자들은 그 사실을 더 잘 알고 있단 말입니다!"

포와로는 중얼거렸으나, 더 이상은 말하지 않았다.

예심판사의 서기는 탁자 위의 서류를 모으고 있었다. 그러는 동안 오테 씨는 우리에게 이렇게 말했다.

"우리 일은 이제 끝났습니다. 르노 씨, 당신이 증언한 내용을 한번 죽 훑어보겠습니다. 모든 진행 절차는 가능한 한 비공식적인 것으로 하겠습니다. 사람들이 내 방법을 독창적이라고 합니다만, 더 독창적이라 할 만한 사람이 있습니다. 사건은 이제 유명한 지로 형사의 현명한 손에 달렸습니다. 그 사람은 또한 번 이름 떨치게 될 겁니다. 사실, 나는 그 사람이 아직 살인범을 못 잡은 것이 의아할 정도입니다. 부인, 다시 한 번 애도의 뜻을 표합니다. 여러분께도 행운이 있기를 바랍니다."

그는 서기와 총경과 함께 일어서서 방을 나갔다.

포와로는 자신의 회중시계를 꺼내어 시간을 보고 말했다.

"점심 먹으러 호텔로 가세, 친구. 그리고 오늘 아침에 있었던 자네의 무분별한 행동에 대해 자세히 들어보세. 아무도 우릴 보고 있지 않으니 작별을 고할 필요도 없네."

우리는 조용히 방을 나갔다. 예심판사는 곧장 차를 타고 떠났다.

내가 계단을 내려가려는데, 포와로가 나를 잡아끌었다.

"여보게, 잠깐만."

그는 민첩하게 자를 꺼내어, 아주 진지하게 홀에 걸려 있는 외투의 길이를 칼라에서 아래 끝단까지 재었다. 그것은 원래 여기에 걸려 있었던 것이 아니었다. 아마도 스토너 씨나 잭 르노의 것인 모양이다. 그리고 나서 포와로는 만족한 듯이 중얼거리며 자를 주머니에 넣고, 우리는 밖으로 나왔다.

제12장

포와로, 몇 가지 중요한 점을 밝혀내다

"외투 길이는 왜 재셨어요?"

뜨거운 도로를 따라 느릿느릿 걸어 내려가면서 나는 호기심이 생겨 물어보았다.

"저런! 그것이 얼마나 긴지 못 보았나!" 내 친구는 침착하게 대답했다.

나는 화가 났다. 수수께끼 같은 중대한 비밀을 아무것도 아닌 것처럼 취급하는 그의 고칠 수 없는 습관이 예외 없이 나를 자극한 것이다.

그렇지만, 나는 잠자코 꼬리를 물고 일어나는 내 생각에 빠져들었다.

르노 부인이 아들에게 한 말에 대해 그 순간에 특별히 신경 쓰지 않았었는데, 갑자기 중요한 의미가 있는 듯이 생각되었기 때문이다.

"그래서 너는 배를 타지 않았구나?"

그녀는 이렇게 말하고 다음과 같이 덧붙였다.

"아니, 지금은 그게 문제가 아니지."

그녀의 말은 무슨 의미일까? 그 말의 참뜻을 파악할 수가 없다. 의미가 있는 것은 분명한데, 그녀는 우리가 생각하는 것보다 많이 알고 있는 것일까? 그녀는 남편이 아들에게 어떤 일을 맡겨 비밀리에 남미로 보낸 내막에 대해 하나도 모른다고 말했었다. 그렇지만, 그것이 위장이 아닐까? 그녀가 마음만 먹는다면 알려 줄 수도 있는데……. 그리고 그녀의 침묵은 신중히 생각하고 용의주도하게 계획된 음모의 연속은 아닐까?

그것에 대해 생각할수록 점점 더 내가 옳다는 확신이 생겼다. 르노 부인은 자신이 말하기로 마음먹은 것보다 더 많이 알고 있다. 그런데 아들을 보자 놀라서 순간적으로 비밀을 드러낸 것이다. 나는 그녀가 비록 살인자는 모른다고 해도 살인의 동기만은 분명히 알고 있으리라 확신했다. 하지만, 몇 가지 중대한 이유로 그녀는 침묵을 지키고 있음이 틀림없다.

"자네, 깊은 생각에 빠졌군."

포와로는 곰곰 생각하며 발걸음을 옮기고 있는 나를 깨웠다.

"자네를 그렇게 매혹시킨 것이 무엇인가?"

나는 *그가* 내 의심을 비웃으리라는 것을 예상하면서도, 그에게 내 심중을 털어놓았다. 그런데 놀랍게도 그는 신중하게 고개를 끄덕였다.

"자네 말이 옳아, 헤이스팅스. 나도 처음부터 그녀가 뭔가 숨기고 있다고 확신했네. 그녀가 범죄에 적극적으로 가담하지 않았다면, 적어도 묵인은 했을 거라고 생각했지."

"당신이 '그녀를' 의심했다고요?" 나는 소리쳤다.

"그렇고말고, 물론이지! 그녀는 굉장한 이익을 보게 되어 있네. 사실 새 유언장으로 이익을 얻는 사람은 그녀밖에 없거든. 그래서, 처음부터 그녀를 주목했지. 자네는 내가 지난번에 그녀의 손목을 살펴보던 것을 기억하나? 나는 그때 그녀가 직접 자기에게 재갈을 물리고 밧줄로 묶지 않았나 알고 싶었네. 그런데 속임수를 쓴 흔적은 없더군. 밧줄은 실제로 살이 패도록 단단히 묶였었네. 그래서, 그녀 단독으로 범행을 저질렀을 가능성은 배제되었지.

하지만, 여전히 그녀가 범행을 묵인했거나, 아니면 공범자에게 시켰을 가능성은 있다네. 게다가, 그녀가 들려준 이야기는 이상하게도 처음 듣는 것이 아니었어. 알아볼 수 없도록 복면한 사람이라든지, '비밀'에 관해 언급했다는 것 등이 그랬네. 나는 전에 이런 것들을 듣거나 읽은 적이 있네. 그리고 또 다른 사소한 문제로 그녀가 진실을 말하고 있지 않다는 사실을 확신하게 되었지. '손목시계' 헤이스팅스, 바로 그 '손목시계'라네!"

또 그놈의 손목시계 얘기였다!

포와로는 호기심에 가득 찬 눈으로 나를 보면서 말했다.

"여보게, 자네도 알겠나? 이해했나?"

"아니오." 나는 약간 샐쭉하게 대답했다.

"나는 알지도 못하고 이해하지도 못해요. 당신은 이 복잡한 사건을 모두 추리해냈겠지만, 내가 설명을 부탁해도 소용없을 거예요. 항상 당신은 모든 것을 마지막 순간까지 비밀로 해두니까요."

"화내지 말게, 이 친구야." 포와로는 미소를 지으며 말했다.

"원한다면 자네에게 설명해 주겠네. 하지만, 지로에게는 한마디도 하지 말게, 알겠나? 그는 나를 아무 쓸모없는 늙은이로 취급하고 있어. 나는 공평하게 그에게도 힌트를 주었지. 그렇지만, 그가 그것에 주의하지 않더라도 할 수 없지. 그것은 그의 일이니까."

나는 포와로에게 신중하게 행동하겠다고 장담했다.

"좋아! 그러면 이제 우리의 작은 회색 뇌세포들을 사용해 보세. 여보게, 자네 의견으로는 그 비극이 언제 일어났다고 생각하나?"

"왜요, 새벽 2시경이라고 하지 않았습니까?" 나는 당황해서 말했다.

"기억하시잖아요, 르노 부인이 우리에게 범인들이 방 안에 있을 때 시계 소리를 들었다고 진술했었잖습니까."

"맞아. 그래서 그걸 믿고 자네와 예심판사, 벡스와 그 밖의 모든 사람들은 아무런 의문을 품지 않고 그 시간을 받아들였네. 하지만, 나 에르퀼 포와로는 르노 부인이 거짓말을 했다는 사실을 알 수 있지. 그 살인은 적어도 두 시간은 더 빨리 일어났을 걸세."

"하지만 의사가……."

"검시를 하고 나서, 그들은 일곱 내지 열 시간 전에 죽었다고 했네. 여보게, 어떤 이유 때문인지, 그들은 불가피하게 살인이 실제 일어난 시간보다 더 늦게 일어난 것처럼 가장해야 했던 걸세. 자네, 그 시계가 내팽개쳐진 것을 보고 그것이 가리키는 시간이 범행 시간이라고 누군가가 말했던 것을 기억하나? 그러니, 그 시간은 르노 부인의 증언에만 따라서는 안 되지. 누군가가 그 시곗바늘을 두 시간 빠르게 돌려놓고는, 그것을 난폭하게 바닥에 던졌네. 그런데 가끔 그렇듯이, 그들 뜻대로 되지 않았어. 유리는 깨졌지만, 시계는 멈추지 않은 것이지. 그들 편에서 본다면 그것은 아주 운이 없는 방법이었어. 왜냐하면 그것으로 인해서 나는 즉시 두 가지 점에 주의하게 되었거든. 첫째는, 르노 부인이 거짓말을 하고 있다는 것과, 둘째는 시간을 늦춰야 할 만한 필수적인 이유가 있었다는 점이지."

"그렇다면, 어떤 이유일까요?"

"아, 그것이 문젤세! 그 점에 있어서 우리는 전혀 아는 게 없네. 아직은 설명할 수가 없어. 관계가 있을 법하게 떠오르는 생각이 하나 있긴 한데……"

"그게 뭔데요?"

"막차가 12시 17분에 메를랭뷰를 떠난다는 사실이네."

나는 천천히 계속 물었다.

"그랬군요. 범행이 약 두 시간 뒤에 일어난 것처럼 보이면, 혐의를 받지 않을 알리바이를 갖게 될 테니까요!"

"그렇다네, 헤이스팅스. 바로 그거야!"

나는 재빨리 말했다.

"그러면, 역에 물어봐야겠군요. 틀림없이 누군가가 그 기차로 떠난 두 외국인을 보았을 겁니다. 즉시 가봐야 해요."

"자네, 그렇게 생각하나, 헤이스팅스?"

"물론입니다. 지금 역으로 가시지요."

포와로는 팔을 툭툭 치며 나의 들뜬 마음을 가라앉혔다.

"원한다면 어서 가보게, 친구. 하지만, 자네가 굳이 간다고 해도 나라면 두 외국인 얘기는 묻지 않겠네."

내가 그를 뚫어지게 쳐다보자, 그는 다소 참지 못하겠다는 듯이 말했다.

"아이고! 자네, 설마 그 시시한 장광설을 모두 믿는 것은 아니겠지? 복면한 남자들이라든가, 그 외에 지어낸 이야기들 말일세!"

그의 말에 너무 당황해서 나는 어떻게 반응해야 할지 몰랐다. 그는 침착하게 계속했다.

"자네, 내가 지로에게 이 사건의 방법에 있어 사소한 점들이 낯설지 않다고 말한 것을 들었지? 그런데 거기엔 두 가지 가능성이 있네. 전에 한번 범행을 저질렀던 사람이 이번 것도 꾸몄거나, 아니면 유명한 사건의 기사를 읽은 것이 무의식중에 살인범의 기억에 남아 있다가 사소한 일에서 실행되었거나, 그 둘 중의 하나겠지. 그 점에 대해서 정확하게 말할 수 있으려면……"

그는 잠시 말을 끊었다.

나는 속으로 몇 가지 잡다한 문제들을 생각하고 있었다.

"하지만, 르노 씨의 편지는 어떻게 설명하겠습니까? 거기에는 분명히 '비밀'과 산티아고가 언급되어 있는데요"

"르노 씨의 인생에는 틀림없이 비밀이 있었네. 그 점은 확실해. 하지만, 내 생각에, 산티아고는 우리의 주의를 다른 데로 돌리게 하려고 만들어 낸 것 같아. 우리를 미궁에 빠뜨리려고 말이지. 또한 르노 씨가 가까운 곳에 있는 사람을 의심하지 못하게 하려고 그런 방법을 사용했을 거야. 오, 헤이스팅스, 그를 협박한 위험은 산티아고가 아니라 손닿기 쉬운 이곳 프랑스에 있었던 거야"

그가 매우 진지하게, 그리고 확신을 가지고 이야기하는 바람에 나도 그렇게 믿을 수밖에 없었다. 하지만, 한 가지가 아직 의혹으로 남았기에 마지막으로 물어보았다.

"그렇다면, 시체 근처에서 발견된 성냥개비와 담배꽁초는요? 그것들은 무엇이란 말입니까?"

"일부러 던져 놓은 것이지! 지로나, 또는 그런 부류의 사람들이 찾아내도록 의도적으로 치밀한 계획 하에 던져 놓은 걸세. 아, 지로, 그는 영리하네. 목적을 달성할 거야. 또, 훌륭한 사냥개도 될 테고! 그러고는 아주 만족해하겠지. 그는 몇 시간 동안 배를 깔고 기어다니다가는, '내가 찾아낸 것을 보시오.'라고 말하겠지. 그러고는 다시 나에게, '당신은 여기서 무엇을 알아낼 수 있습니까?'라고 묻겠지. 그러면 나는 매우 진실하게, '아무것도 알 수 없군요' 하고 대답하고, 지로는, 그 위대한 지로는 비웃으면서 혼자 이렇게 생각하겠지. '오, 저 멍청이! 이젠 늙었어!' 하지만, 우린 알아내게 될 걸세."

하지만, 나의 마음은 주된 사실로 되돌아가 있었다.

"그렇다면, 복면한 남자들과 관련된 그 모든 이야기는⋯⋯?"

"거짓말일세"

"그럼, 실제로는 무슨 일이 일어난 겁니까?"

포와로는 어깨를 으쓱했다.

"그것을 우리에게 말해 줄 수 있는 사람은 단 하나, 르노 부인뿐이네. 하지만, 그녀는 말하지 않을 걸세. 협박과 애원에도 움직이지 않았으니까. 놀라운 여자일세, 헤이스팅스. 나는 그녀를 보자마자 평범한 여자로 취급해서는 안 된다는 것을 알아차렸지. 내가 자네에게 말했듯이, 처음에 나는 그녀가 범행과 관련되어 있다고 생각했네. 나중에는 그 의견을 바꾸었지만 말일세."

"무엇 때문에 그랬습니까?"

"남편의 시체 앞에서의 자연스럽고 진실하게 슬퍼하는 모습 때문이었네. 맹세코 그녀의 그 오열(嗚咽)은 진심이었네."

"그래요. 아니라고 할 사람은 아무도 없습니다." 내가 말했다.

"미안하지만 친구, 사람은 누구나 실수할 수 있는 법이니까. 기막힌 여배우라고 한번 생각해 보게. 그녀의 비통한 체하는 연기에 넋을 잃지 않도록 말일세. 그래도 그것이 사실이라고 생각되는가? 그렇지 않네. 그래서, 나는 스스로 만족하기 위해서, 내가 받은 인상과 신념을 확고히 해준다는 증거를 필요로 하게 되었네. 위대한 범인은 항상 위대한 배우일 수 있으니까. 이 경우에 있어서의 나의 확신은 내가 받은 인상이 아니라, 르노 부인이 정말로 기절했다는 부정할 수 없는 사실에 근거한 것일세. 나는 그녀의 눈꺼풀을 들어보고, 그녀의 맥박을 짚어 보았네. 그것은 연기가 아니었어. 그 졸도는 진짜였어.

그래서, 나는 그녀의 고통이 사실이며, 가장되지 않았다는 것을 믿게 되었지. 게다가, 관심이 없었다면 그다지 중요하지도 않았겠지만, 그녀가 발작을 일으켰다는 사실도 또 하나의 근거가 될 수 있네. 르노 부인이 억제할 수 없는 슬픔을 나타내 보이기 위해서 일부러 한 행동이라고 하기에는 지나친 것이었어. 그녀가 남편 시체를 볼 때 그런 심한 행동까지 가장 할 필요는 전혀 없으니까. 아닐세, 르노 부인은 남편을 살해한 범인이 아냐.

하지만, 그녀는 왜 거짓말을 했을까? 그녀는 손목시계에 대해서도 거짓말을 했고, 복면한 사람에 대해서도 그랬고, 또 세 번째 것에 대해서도 거짓말을 했네. 자, 헤이스팅스, 문이 열려 있었던 것을 자네는 어떻게 설명했나?"

"저, 깜빡 실수한 거라고 생각합니다. 범인들이 문 잠그는 것을 잊은 거죠."

나는 약간 당황해 하며 말했다.

포와로는 고개를 저으며 한숨을 내쉬었다.

"그것은 지로의 설명일세. 별로 만족스럽지가 않아. 그 열린 문 뒤에는 아직 내가 헤아릴 수 없는 어떤 의미가 있네."

"한 가지 생각이 났어요." 내가 갑자기 소리쳤다.

"좋아! 들어보세."

"들어보세요. 우리는 르노 부인의 이야기가 거짓이라는 것에 동의했습니다. 그렇다면, 르노 씨가 약속(아마 살인자와의 약속이겠지요)을 지키기 위해 밖으로 나가면서, 다시 돌아오려고 문을 열어 두었을 수도 있을 것 같은데요. 하지만, 그는 돌아오지 않았고, 다음 날 아침 등에 칼을 맞은 채 발견된 거죠."

"그럴 듯한 추리로군, 헤이스팅스. 하지만, 자네는 두 가지 특징적인 점을 간과하고 있네. 우선, 누가 르노 부인에게 재갈을 물리고, 밧줄로 묶었느냐 하는 점이야. 살인범들이 그랬다면, 도대체 그들은 무엇 때문에 그렇게 하기 위해 다시 별장으로 돌아와야 했을까? 두 번째는, 이 세상에 아무도 속옷 위에 외투만 입고 약속을 지키러 나가는 사람이 없다는 걸세. 남자들이 때론 파자마 위에 외투만 입는 일이 있긴 있지. 하지만, 다른 경우는 결코 있을 수 없네!"

"정말 그렇군요." 나는 다소 풀이 죽어서 말했다.

"그렇지." 포와로는 계속했다.

"우리는 어딘가에서 열린 문에 대한 수수께끼의 해답을 얻어야만 하네. 내가 확신하고 있는 한 가지는, 그들이 그 문으로 나가지 않았다는 것일세. 그들은 창문으로 나갔어."

"하지만, 그 밑의 화단에는 발자국이 없었잖습니까?"

"없었지. 그렇지만 있었던 것이 틀림없어. 들어보게, 헤이스팅스 자네도 들었듯이 정원사 오귀스트는 그 전날 오후에 양쪽 화단에 모두 꽃을 심었네. 한쪽 화단에는 큰 징이 박힌 장화 자국이 많이 있었어. 그런데 다른 쪽에는 전혀 없어! 알겠나? 누군가가 그 위로 지나간 거야. 그러고는 발자국을 없애느라고 갈퀴로 화단 바닥을 고르게 만든 거야."

"어디서 갈퀴를 구했을까요?"

"그 점은 어려울 게 없네."

"왜 하필이면 그들이 창문으로 나갔다고 생각하십니까? 분명히 그들이 창문으로 들어와서, 현관문으로 나갔다고 생각하는 것이 더 그럴듯한데요."

"물론 그럴 수도 있겠지. 하지만, 나는 그들이 틀림없이 창문으로 나갔다고 생각하네."

"당신이 잘못 생각하고 계시는 것 같군요."

"아마 그럴지도 모르지."

나는 포와로의 추리가 나에게 열어 준 새로운 문제를 염두에 두고 생각에 잠겼다. 나는 화단과 손목시계에 대한 그의 은밀한 암시를 추리해 내려고 고심했던 것을 회상했다. 그의 말은 그때 전혀 무의미하게 들렸었다. 그러나 이제야 비로소 나는 그가 몇몇 사소한 것으로부터, 이 사건을 둘러싸고 있는 많은 수수께끼들을 얼마나 탁월하게 풀어나가는가 하는 것을 깨달았다. 나는 내 친구에게 늦은 경의를 표했다.

그는 내 생각을 읽기라도 했는지 점잖게 고개를 끄덕였다.

"방법! 자네, '방법'을 터득해야만 해! 자네가 알고 있는 사실을 정리해 보게. 자네의 생각도 정리해 보고. 그래서, 만일 어떤 사소한 사실이라도 들어맞지 않거든, 그것을 버리지 말고 주의 깊게 생각해 보는 거야. 그것이 무엇을 의미하는지 잘 모르겠더라도, 그것이 의미 있다고 확신하는 거야."

"결국, 우리는 지금까지 알았던 것보다도 굉장히 많이 알게 되었지만, 실상 누가 르노 씨를 죽였느냐 하는 문제에는 조금도 접근하지 못했군요."

"아닐세. 사실 우리는 굉장히 접근했어." 포와로는 기분 좋게 말했다.

그 사실이 그에게 특별한 만족을 주는 것처럼 보여서, 나는 의아해하며 그를 응시했다. 그는 나와 눈이 마주치자 미소를 지었다.

"하지만, 더 잘 된 걸세. 전에는 막연하게나마 그가 어떻게 누구에 의해서 살해되었다는 명백한 추리가 있었지. 이제 그런 추리는 모두 사라지고, 우리는 어둠 속에 있게 되었네. 수백 가지 모순점이 우리를 혼란에 빠뜨리고 성가시게 굴고 있어. 하지만, 그게 오히려 더 잘 된 걸세. 훌륭해. 혼란한 데서 앞길이 나오는 법이니까. 하지만, 자네가 어디서 출발해야 할지 알게 되면, 즉 사건이 단순하고 명백하게 보이면 조심스럽게 다루어야 하네! 그것은 이제 '요리'된 걸세. 알겠나? 위대한 범인은 단순하다네. 그러나 그렇게 위대한 범인도 사실 극소수에 불과하지. 대게는 늘 흔적을 덮어 버리려다가 자신도 모르게 비밀을 드러내 놓거든. 여보게, 나는 언제나 정말 위대한 범인(범행을 하고, 그 다음에는 아무것도 하지 않는 그런 범인)을 만나게 될까? 나, 에르큘 포와로조차도 그런 범인을 잡는 데는 실패할 걸세."

그러나 나는 포와로의 말을 듣고 있지 않았다. 한 가지 생각이 나의 머릿속을 번뜩 스쳤다.

"포와로! 르노 부인 말이에요! 이제야 알겠어요. 그녀는 틀림없이 누군가를 감싸 주고 있는 거예요."

말없이 나의 말을 받아들이는 포와로의 태도에서, 그도 이미 알아차렸다는 것을 깨달았다.

"맞아." 그는 생각에 잠기며 말했다.

"누군가를 감싸주고 있거나, 아니면, 누군가를 숨기고 있는 걸세. 둘 중 하나야."

나는 그 두 단어의 차이를 잘 알 수 없었지만, 진지하게 내 생각을 전개해 나갔다. 포와로는 여전히 아무 설명도 없이 이렇게 반복했다.

"아마 그럴 거야. 맞아. 분명 그럴 거야. 하지만, 나는 아직도 모르겠어. 이 모든 것 뒤에는 매우 깊은 뭔가가 있네. 자네도 알게 될 걸세. 뭔가 굉장히 깊은 것이 있어."

그러고는 호텔에 들어서게 되자, 그는 내게 조용히 하라는 표정을 지어 보였다.

제13장

걱정스러운 눈을 가진 처녀

우리는 정말 맛있게 점심을 먹었다. 포와로는 우리의 대화가 남들에게 알려질까 봐 호텔 식당에서는 그 비극에 대해 별로 논하고 싶어 하지 않는 것 같았다. 그러나 한 가지 주제가 마음을 채우고 있을 때는 언제나 그렇듯이, 다른 관심사는 아무것도 없는 것 같은 기분이다.

잠시 동안 말없이 식사하다가, 포와로는 심술궂게 나를 쳐다보았다.

"그런데 자네의 그 무분별한 행동 말일세! 그 이야기나 좀 자세히 해보게."

나는 얼굴이 달아오르는 것을 느꼈다.

"아, 오늘 아침에 있었던 일 말입니까?"

나는 극히 무관심한 어조로 말하려고 애를 썼다. 그러나 나는 포와로의 맞수가 못 되었다. 그는 두 눈을 반짝이며, 단 몇 분 만에 나에게서 모든 이야기를 끄집어냈다.

"저런! 매우 낭만적인 이야기로군. 그 매력적인 젊은 아가씨 이름이 뭔가?"

나는 모른다고 고백해야만 했다.

"한결 더 낭만적이군! 최초의 만남은 칼레행 열차에서고, 두 번째는 여기서라. 연인들의 만남에서 여행의 끝은—이런 속담이 있지 않나?"

"놀리지 마세요, 포와로."

"어제는 도브뢰이 양이더니, 오늘은 신데렐라 양이라! 자네는 필경 터키 사람의 심장을 가진 모양이군, 헤이스팅스! 자네도 하렘을 지어야겠어!"

"그만 놀리세요. 도브뢰이 양은 매우 아름다운 처녀예요. 나는 정말로 그녀를 좋아해요. 주저하지 않고 그 점을 인정할 수 있습니다. 하지만, 신데렐라는 아무것도 아니에요. 나는 그녀를 다시 보고 싶은 마음은 없어요. 그녀와는 기차를 타고 가다가 심심하지 않게 이야기를 나누었을 뿐인걸요. 그리고 그녀는 내가 지금까지 열심히 찾아온 그런 부류의 여자가 아니에요."

"왜?"

"저, 혹시 신사인 체하는 것처럼 들릴지 모르지만, 그녀는 적어도 말씨에 있어서만큼은 조금도 숙녀답지 않거든요."

포와로는 부드러운 표정으로 고개를 끄덕였다. 그는 이제 놀리는 말투를 버리고, "그렇다면 자네는 가문과 교육을 중시하는 게로군?" 하고 물었다.

"나를 구식이라고 하실지 모르지만, 나는 자신의 신분을 벗어나서 결혼하는 것을 좋게 생각하지 않습니다. 그것은 결코 성공하지 못해요."

"나도 자네에게 동의하네, 친구. 백 번 중 아흔아홉 번은 자네가 말한 대로 일세. 하지만, 항상 백 번째가 있게 마련이야. 그러나 자네가 그 처녀에게 다시 만나자고 청하지 않았듯이, 백 번째도 잘 일어나지 않는다네!"

그의 수수께끼 같은 이 마지막 말로 인하여, 나는 그가 매우 날카롭게 나를 주시하고 있다는 것을 알았다.

내 눈앞에서, '파르 호텔'이라는 글씨가 불을 뿜어내며 쓰인 것처럼 보였다. 그리고 '저를 만나러 오세요.'라고 했던 그녀의 목소리와, '가겠소'라고 '열정적'으로 대답했던 내 목소리를 다시 들었다.

그래, 그것이 어쨌단 말인가? 나는 그때는 가겠다고 했었다. 그러나 그 이후에 나는 생각할 시간을 가졌고 그 처녀를 좋아하지 않는다는 것을 깨달았다. 그것에 대해 냉정하게 생각한 뒤에 나는 내가 그녀를 몹시도 싫어한다는 결론에 이르렀다. 나는 철없는 처녀의 불건전한 호기심을 만족시켜 준 데 대한 자신의 어리석음을 책망했다. 그리고 그녀를 다시 보고 싶은 마음은 조금도 없었다.

나는 포와로에게 매우 명랑하게 대답했다.

"그녀가 나에게 자기를 찾아오라고 했지만, 나는 물론 가지 않을 작정이에요."

"왜, '물론'이라고 했나?"

"저……, 가고 싶지 않으니까요."

"알았네."

그는 잠시 동안 나를 주의 깊게 살펴보았다.

"흠, 잘 알겠어. 자넨 현명하네. 자네가 한 말에 충실하도록 하게."

"그것이 당신의 변함없는 충고로군요."

나는 약간 짜증을 내며 말했다.

"아, 이봐, 이 포와로를 믿게. 언젠가 자네가 원한다면 내가 자네에게 잘 어울리는 짝을 골라 주겠네."

"고맙지만, 별로 가망이 없을 것 같군요." 나는 웃으며 말했다.

포와로는 한숨을 쉬며 고개를 젓고 중얼거렸다.

"영국 사람들이란! 전혀 아무 방법도 쓰려 하지 않고, 운에 맡겨 버린다니까!" 그는 눈살을 찌푸리며 소금 병의 위치를 바꾸었다.

"신데렐라 양은 앙글르테르 호텔에 투숙하고 있다고 했지, 응?"

"아뇨, 파르 호텔이에요."

"맞아, 내가 깜빡 잊었군."

순간적인 의혹이 내 마음을 스쳐갔다. 분명히 포와로에게 호텔 이름을 얘기한 적이 없다. 나는 그를 쳐다보면서 내 느낌을 확인했다.

그는 자신의 빵을 깔끔한 작은 사각형으로 자르는 데에 완전히 몰두해 있었다. 그는 아마도 틀림없이 내가 자기에게 그 처녀가 묵고 있는 곳을 말해 주었다고 생각한 것이다.

우리는 밖으로 나가 바다를 마주하고 커피를 마셨다. 포와로는 담배를 한 대 피우면서 주머니에서 시계를 꺼내어 보았다.

"파리행 열차가 2시 25분에 있어."

그는 나를 보았다.

"나는 출발해야 해."

"파리요?" 내가 소리쳤다.

"그렇다네, 친구."

"파리로 가신다고요? 왜요?"

그는 매우 심각하게 대답했다.

"르노 씨의 살인범을 찾으려고."

"당신은 범인이 파리에 있다고 생각하시는군요?"

"아마 그렇지는 않을 걸세. 그런데도, 내가 그를 찾아야만 하는 곳은 바로 거기야. 자네, 지금은 이해할 수 없겠지만, 적당한 때에 모든 것을 자네에게 설명해 주겠네. 오래 떠나 있지는 않을 거야. 아마 내일이면 돌아올 걸세. 자네에게 꼭 나와 동행해 달라고 부탁하지는 않겠어. 여기 남아서 지로를 감시해 주게. 그리고 르노 청년과 친해지도록 하고, 그리고 세 번째로, 만일 가능하다면 그를 마르트 양에게서 떼어 놓게. 자네가 썩 잘해 놓을 것 같지 않아 걱정이구먼."

나는 그의 마지막 말에는 별로 신경 쓰지 않았다.

"그 말을 들으니 생각나는군요. 어떻게 그 두 사람의 관계를 알았는지 물어보려고 했었어요."

"여보게, 나는 인간의 본성을 알고 있네. 르노 같은 젊은 청년과 마르트 양과 같은 아름다운 처녀를 함께 내버려두면 결과는 거의 뻔하지. 그런데 부자간에 싸움을 했다고 그랬지! 그것은 필경 돈 문제 아니면 여자 때문이었을 거야. 그런데 레오니가 아들이 몹시 화를 냈다고 말한 것을 듣고서, 나는 후자라는 결론을 내렸던 것이네. 나는 그렇게 추리했는데, 그리고 그것이 옳았어."

"그러면, 그녀에게 마음을 두지 말라고 내게 경고한 이유도 그것이었습니까? 당신은 그때 벌써 그녀가 르노 청년을 사랑한다는 것을 알고 있었단 말입니까?"

포와로는 미소 지었다.

"어쨌든, 나는 그녀가 '걱정스러운 눈'을 갖고 있는 것을 보았네. 그것이 내가 도브뢰이 양에 관하여 항상 염두에 두고 있는 점이네. '걱정스러운 눈을 가진 처녀.'"

그의 목소리가 너무 심각해서, 나는 좀 언짢아졌다.

"그 말이 뭘 의미하는 건가요, 포와로?"

"여보게, 자네도 머지않아 알게 되리라고 생각하네. 이제 나는 출발해야겠어."

"아직 시간 많은데요, 뭐."

"아마, 아마 그럴지도 모르지. 하지만, 나는 역까지 천천히 가고 싶네. 나는 급히 서두르거나 흥분하는 것을 좋아하지 않아."

"어쨌든, 내가 역까지 배웅해 드릴게요." 나는 일어서며 말했다.

"자네, 그러지 말게. 부탁이네!"

그가 하도 단호하게 말하는 바람에 나는 놀라 그를 쳐다보았다.

그는 힘차게 머리를 끄덕였다.

"그렇게 해주게, 친구. 다시 만나세! 자네를 포옹해도 되겠나? 아, 아니지. 영국 사람들은 그러지 않는다는 것을 깜빡 잊었군. 우리 악수하세!"

포와로가 떠난 뒤 나는 무엇을 해야 좋을지 갈피를 잡지 못했다. 나는 한가로이 해변을 거닐면서 수영하는 사람들을 지켜보았으나, 그들과 어울리고 싶은 마음은 일어나지 않았다. 나는 오히려 신데렐라가 그들 가운데 끼어 흥겹게 놀고 있지 않을까 두리번거려 보았으나, 그녀의 모습은 아무 데도 없었다.

나는 목적 없이 모래를 따라 시내 끝쪽으로 한가롭게 걸어갔다. 그러다가 결국, 그녀를 찾아가서 안부를 물어보는 것은 내 편에서의 친절일 뿐이고, 그렇게 하는 것이 수고를 덜어 주고, 그 문제를 마무리 지을 수도 있다는 생각이 떠올랐다. 그러면 나는 더 이상 그 문제로 괴로워할 필요가 없게 될 것이다. 그러나 만일 내가 그렇게 하지 않는다면 그녀는 별장으로 나를 찾아올지 모른다. 그러면, 나는 여러 가지로 귀찮아질 것이다. 그녀를 잠깐 찾아가서, 내가 그녀에게 해줄 수 있는 일이라곤 아무것도 없다는 것을 명백히 밝히는 것이 현명하리라.

그리하여, 나는 해변을 떠나 시내 쪽으로 나와, 매우 아담한 건물인 파르 호텔을 곧 찾았다. 이름도 모르는 처녀를 체면 깎이지 않고 찾으려니 정말 난감했다. 나는 천천히 안으로 들어가서 우선 주위를 둘러보기로 했다. 혹시 라운지에서 그녀를 만날지도 모른다.

메를랭뷰는 자그마한 곳이었다. 호텔에서 해변까지 갔다가 다시 호텔로 돌아오는 길에 달리 눈에 띄는 것이 거의 없을 정도였다.

해변을 따라 걸어오면서 나는 그녀를 보지 못했다. 그러므로 그녀가 호텔 안에 있는 것이 분명했다. 나는 안으로 들어갔다. 작은 라운지에 몇몇 사람이 앉아 있었지만, 나의 사냥감은 그들 중에는 없었다. 다른 방도 몇 군데 살펴보았으나, 거기에도 그녀의 모습은 보이지 않았다.

나는 참을 수 있을 때까지 한참 기다려 보았다. 그러고는 호텔 지배인 옆으로 다가가서, 그의 손에 5프랑을 슬쩍 쥐어 주었다.

"여기에 묵고 있는 한 아가씨를 만나고 싶은데요. 키가 작고 가무스름한 피부의 젊은 영국 여자예요. 이름은 확실히 모르겠습니다만."

그 남자는 고개를 저으며, 웃음이 나오려는 것을 억누르고 있는 것처럼 보였다.

"당신이 말씀하신 그런 여인은 여기 없습니다."

"그녀는 혹시 미국인일지도 모릅니다."

내가 덧붙였다―얼간이 같은 녀석이군.

하지만, 그 남자는 계속해서 고개를 저었다.

"없습니다, 선생님. 영국이나 미국 여자분이 예닐곱 분 머무르고 있긴 합니다만, 그들은 당신이 찾고 있는 아가씨는 아닙니다. 늙은 부인들이지요. 다른 곳에서 찾아보셔야겠습니다, 선생님."

그가 하도 자신 있게 말해서, 오히려 의심스러울 정도였다.

"하지만, 그 아가씨가 여기에 투숙하고 있다고 내게 일러주었는데요?"

"선생님의 실수일 겁니다. 아니, 그 여자분의 실수이기가 더 쉽겠군요. 그녀를 찾으러 온 신사가 또 있었으니까요."

"뭐라고요?" 나는 놀라 소리쳤다.

"예, 선생님. 한 신사분이 똑같은 여자에 대해 물었어요."

"어떻게 생겼던가요?"

"그는 키가 작은 신사였습니다. 옷을 잘 입었고, 매우 단정해서 흠잡을 데가 없었지요. 뻣뻣한 콧수염에, 이상한 머리 모양을 했고, 눈은 녹색이었습니다."

포와로! 그래서 내가 역까지 배웅해 주겠다는 것을 거절했군. 그 엉뚱함이란! 만일 사실대로 말했다면 내 일에 간섭하지 말아 달라고 말해 주었을 테니까. 그는 아직까지 내게 돌봐 줄 유모가 필요하다고 생각하는 걸까?

나는 다소 당황한 채로 그에게 인사를 했다. 그리고 나의 엉뚱한 친구 때문에 한층 더 화가 나서 호텔을 나왔다.

그 순간에, 그가 내 손이 닿는 곳에 없는 것이 유감스러웠다. 만일 그랬다면 그의 부당한 간섭을 내가 어떻게 생각하고 있는지 신랄하게 쏘아 주었을 텐데. 내가 그에게 그 처녀를 만날 의향이 전혀 없다는 것을 분명히 말하지 않았던가? 확실히 친구가 너무 열성이어도 문제라니까!

그런데 그 처녀는 어디에 있단 말인가? 나는 분노를 잠시 제쳐두고, 그 문제를 해결하려고 애썼다. 틀림없이 그녀는 실수로 틀린 이름을 말했을 것이다.

그때 나에게 다른 생각이 떠올랐다. 정말 부주의였을까? 그렇지 않고 일부러 틀린 주소를 가르쳐 준 것은 아닐까?

그 문제에 대해 생각하면 할수록 점점 나중의 추측이 옳다는 확신이 들었다. 어떤 이유로 해서, 그녀는 우리가 더 깊이 친하게 되기를 바라지 않았던 것이다. 이런 생각이 들기 시작한 지 한 시간 반이나 지났는데도, 나는 이렇게 급변한 형세를 받아들이고 싶지 않았다. 모든 사태가 매우 불만스러워지자, 나는 별로 좋지 않은 기분으로 주느비에브 별장으로 갔다. 그리고 집 안으로 들어가지 않고, 창고 옆의 작은 벤치로 가서 우울하게 앉아 있었다.

얼마 지나지 않아 가까운 곳에서 들리는 목소리 때문에 주의가 산만해졌다. 나는 곧 그것이, 내가 들어온 정원 쪽에서가 아니라 마르그릿 별장과 연결된 정원 쪽에서 들려오고 있다는 것을 알았다. 그들은 빠른 걸음으로 이쪽으로 다가오고 있었다. 한 처녀의 음성이─아름다운 마르트의 음성이 들렸다.

"아니, 그게 사실인가요? 우리의 걱정은 끝난 거예요?"

"그래, 마르트." 잭 르노가 대답했다.

"이제 아무도 우리를 갈라놓을 수 없어요. 우리의 결혼을 방해하던 마지막 장애물이 사라졌으니, 아무것도 당신을 내게서 떼어 놓을 수 없어요."

"아무것도 라고요? 오, 잭, 잭……, 난 무서워요." 그 처녀는 중얼거렸다.

나는 우연이었지만, 남의 말을 엿듣게 되었음을 깨닫고는 그 자리를 떠나야겠다고 생각했다. 자리에서 일어서면서, 산울타리 틈을 통해 나와 마주 서 있는 그들의 모습을 보았다.

청년의 팔이 아가씨의 어깨를 감싸고 있었으며, 그는 그녀의 두 눈을 다정하게 들여다보고 있었다. 거무스름한 피부에 잘 다듬어진 체격의 청년과 아름다운 젊은 여신─그들은 눈부시게 찬란한 한 쌍이었다. 그들의 젊은 인생에

드리워진 무시무시한 비극에도 불구하고 행복해 보였다.

하지만, 그 처녀의 얼굴은 수심으로 가득 차 있었다. 잭 르노는 그것을 알아차리고, 그녀를 품에 안으며 물었다.

"무엇을 두려워하는 거요, 내 사랑? 지금 두려워할 게 무엇이 있단 말이오?"

그때 나는 그녀의 눈 속에서 그 모습을 보았다.

포와로가 이야기한 그 모습을. 그녀는 매우 작은 소리로 속삭였는데, 내 생각에, "나는 '당신'이 두려워요."라고 한 것 같았다.

그때 산울타리 아래의 이상한 모습 때문에 주의가 산만해져서, 나는 르노 청년의 대답을 듣지 못했다. 거기에는 갈색의 관목 덤불처럼 보이는 것이 있었는데, 아무래도 이런 초여름에 갈색 덤불이라니 어울리지 않았다.

나는 자세히 살펴보려고 그쪽으로 걸어갔다. 그런데 내가 앞으로 나아가자 그 갈색 관목 덤불이 갑자기 움츠러들더니, 손가락을 입술에 대고 내 앞에 나타나는 것이었다. 지로였다.

나에게 소리 내지 말라고 주의를 주면서 그는 창고를 돌아 소리가 들리지 않는 곳으로 갔다.

"거기서 무엇을 하고 계셨습니까?" 내가 물었다.

"당신과 마찬가지로 엿듣고 있었지요."

"하지만, 나는 고의로 거기 있었던 게 아닙니다."

"아! 나는 일부러 있었습니다." 지로가 말했다.

여느 때처럼 나는 그를 혐오하면서도 그에게 감탄했다. 그는 일종의 경멸감을 가지고 나를 아래위로 훑어보았다.

"당신이 말참견을 하는 바람에 일을 망쳤습니다. 뭔가 쓸 만한 것을 들었을지도 모르는데. 그런데 당신이 그 구식 노인과 함께 해놓은 일이 뭡니까?"

"포와로 씨는 파리에 가셨습니다." 나는 냉담하게 대답했다.

"그리고 지로 씨, 나는 그가 결코 구식 늙은이가 아니라는 것을 당신에게 말해야겠습니다. 영국 경찰이 완전히 손든 사건들을 그는 여러 번 해결하기도 했습니다."

"흥! 영국 경찰이라고요!" 지로는 거만하게 경멸을 나타냈다.

"그들은 아마도 우리의 예심판사와 같은 수준이겠죠. 그런데 그분이 파리에 갔다고요? 잘 되었습니다. 그분이 거기에 오래 머물수록 더 좋아요. 그런데 그분은 무엇을 찾을 생각으로 거기에 갔습니까?"

나는 그 질문의 대답에 신중을 기해야 한다고 생각했다. 나는 마음을 가다듬었다.

"내가 마음대로 말씀드릴 수 있는 문제가 아닙니다."

나는 조용하게 말했다.

지로는 나를 뚫어지게 쳐다보았다.

"당신에게 말하지 말라고 한 것을 보니 그분은 꽤 지각 있는 사람이군요."

그는 무례하게 말했다.

"다음에 봅시다. 나는 지금 바쁩니다."

그러더니 그는 홱 돌아서서 예의 없이 가버렸다. 주느비에브 별장에 있는 것들이 순간적으로 정지한 것처럼 느껴졌다. 지로는 분명히 나와 함께 있고 싶어 하지 않았다. 조금 전에 본 광경으로 확신하건대, 잭 르노도 마찬가지로 날 원하지 않을 것이다.

그래서 나는 메를랭뷰로 가서 신나게 수영을 한 다음 호텔로 돌아갔다. 그리고 다음 날에는 혹시 흥미 있는 일이 일어날까 하고 기대하면서 일찍 잠자리에 들었다. 그다음 날 나는 전혀 무방비상태에서 또 다른 사건과 만났다.

내가 식당에서 아침식사를 하고 있을 때, 밖에서 누군가가 이야기하고 있던 웨이터가 몹시 흥분하여 내 곁으로 다가왔다. 그는 냅킨을 만지작거리며 잠시 망설이다가 이렇게 말했다.

"죄송합니다만, 선생님, 주느비에브 별장에서 일어난 사건에 관계하고 계시지요?"

"그렇소만." 나는 덩달아 흥분하여 대답했다.

"왜 그러죠?"

"그런데도 선생님은 아직 그 소식을 못 들으셨군요?"

"무슨 소식을?"

"어젯밤에 그곳에서 또 살인이 일어났습니다."

"뭐라고?"

식사하던 것을 내팽개쳐 둔 채, 나는 모자를 집어들고 가능한 한 빨리 달렸다. 또 하나의 살인이라니. 그런데 포와로는 없다! 이 무슨 재앙이란 말인가! 도대체 누가 살해되었다는 것인가?

나는 정문에서 안으로 뛰어들어 갔다. 하인들이 밖에 나와 삼삼오오 무리를 지어서 손짓을 해가며 수군거리고 있었다. 나는 프랑수아즈를 붙잡았다.

"무슨 일이오?"

"오, 선생님! 선생님! 또 죽었습니다! 무시무시해요. 이 집은 저주를 받은 거예요. 틀림없이 저주예요. 신부님께 사람을 보내서 성수(聖水)를 가져오게 해야 해요. 저는 이제 저 지붕 아래에서는 자지 않을 거예요. 다음은 제 차례일지도 몰라요. 누가 알겠어요?"

그녀는 성호를 그었다.

"그래요. 그런데 누가 살해되었습니까?" 나는 소리쳤다.

"제가 어떻게 알겠어요? 어떤 남자랍니다. 낯선 사람이지요. 사람들은 그를, 불쌍한 주인어른이 발견된 데서 백 야드도 안 되는 곳의 한 헛간에서 발견했대요. 중요한 건 그게 아닙니다. 그는 칼에 찔렸어요. 똑같은 바로 그 단도로 심장을 찔렸어요!"

제14장

두 번째의 시체

더 이상 기다릴 것도 없이, 나는 몸을 돌려 헛간 쪽을 향해 달려갔다. 보초를 서고 있던 두 남자가 내가 지나갈 수 있도록 옆으로 비켜섰다.

나는 흥분으로 가득 차서 안으로 들어갔다.

불빛이 희미했다. 그 헛간은 낡은 항아리와 연장 따위를 넣어두기 위해 나무로 적당히 지어 놓은 것이었다. 나는 성급히 들어가다가 눈앞에 펼쳐진 광경에 넋을 잃고, 문지방에 멈춰 서고 말았다.

지로가 두 손과 무릎을 땅에 대고 손전등으로 바닥을 철두철미하게 조사하고 있었던 것이다. 내가 들어가자 그는 눈살을 찌푸리며 올려다보았다. 그러고는 좀 누그러져서, 상냥하지만 경멸하는 투로 말했다.

"아, 영국인이시군요! 그렇다면 들어오시지요. 당신은 이 사건을 어떻게 생각하고 있는지 좀 들어봅시다."

그의 말에 다소 얼떨떨해진 나는 머리를 숙이고 안으로 들어갔다.

"저기 피살자가 있소."

지로는 자기 손전등으로 한 모퉁이를 비추며 말했다.

나는 창고를 가로질러 걸어갔다.

죽은 남자는 등을 바닥에 대고 똑바로 누워 있었다. 그는 중키에 거무스름한 피부를 가졌고, 나이는 약 쉰 살쯤으로 보였다. 그는, 새것은 아니지만 고급 양복점에서 맞춘 것 같이 보이는 암청색의 정장을 단정하게 입고 있었다. 그의 얼굴에는 두려움으로 경련을 일으킨 흔적이 남아 있었으며, 그의 왼쪽 가슴, 바로 심장 위에는 검게 빛나는 단도가 꽂힌 채 칼자루만이 보였다.

그것은 익히 알고 있는 것이었다. 그것은 어제 아침 유리병 속에 있었던 바로 그 단도였다!

지로가 설명했다.

"나는 의사가 오기를 기다리고 있습니다. 하지만, 이번에는 의사가 별 필요 없어요. 이 남자가 어떻게 죽었는가는 명백하니까요. 그는 심장을 칼에 찔렸고, 매우 순간적으로 살해되었습니다."

"언제 그렇게 된 겁니까? 어젯밤인가요?"

지로는 고개를 저었다.

"아닐 겁니다. 의학적으로 증명된 것은 아니지만, 그 남자가 죽은 것은 열두 시간 이상 되었습니다. 당신이 언제 그 단도를 마지막으로 보았다고 했죠?"

"어제 오전 10시쯤입니다."

"범행은 그 시간에서 그리 오래지 않아 일어났을 겁니다."

"하지만, 사람들이 계속 이 헛간으로 드나들었을 텐데요."

지로는 기분 나쁘게 웃었다.

"넘겨짚기도 잘하시는군요! 그가 이 헛간에서 살해되었다고 누가 말하던가요?"

"저, 나, 나는 그렇다고 가정했습니다만……." 나는 당황했다.

"오, 훌륭한 탐정이시군요! 저 사람을 좀 보십시오, 헤이스팅스 씨. 심장을 칼에 찔린 사람이 두 발을 단정하게 모으고 두 팔을 가지런히 양쪽에 붙인 채 죽을 수 있겠습니까? 그럴 순 없습니다. 그리고 또, 등을 바닥에 대고 반듯이 누운 채 손을 들어 올려 자신을 방어하지도 않고 칼에 맞아 쓰러질 수 있을까요? 그것은 모순입니다, 그렇지 않습니까? 그리고 여기를 보십시오. 여기 말입니다."

그는 땅바닥을 향해 손전등을 비췄다.

나는 고운 흙 위에 나있는 불규칙한 자국들을 유심히 살펴보았다.

"그는 살해된 뒤에 이곳으로 질질 끌려왔습니다. 두 사람에 의해서 반은 끌리고 반은 운반되고 하면서요. 그들의 흔적은 바깥의 단단한 땅에서는 찾아볼 수 없습니다. 그리고 여기서는 그들이 조심스럽게 흔적을 지워 버렸지요. 하지만, 그 둘 중 한 명은 여자입니다."

"여자라고요?"

"그렇습니다."

"하지만, 발자국이 지워졌다면서 어떻게 아시죠?"

"그들이 흔적을 지워서 흐릿하게 만들기는 했지만, 여자의 구두 자국만은 틀림없습니다. 그리고 또, '이것'으로도 알 수 있지요."

그는 몸을 앞으로 굽히더니 단도의 손잡이에서 뭔가 끄집어내어, 내게 보여주려고 높이 들었다. 그것은 포와로가 서재의 안락의자에서 발견했던 것과 유사한, 여자의 길고 검은 머리카락이었다.

약간 빈정거리는 듯한 미소를 지으면서 그는 머리카락을 다시 단도에 감아놓고 설명했다.

"사건 현장은 가능한 한 처음 상태대로 해두어야 할 거요. 그래야 예심판사가 기뻐할 테니까. 그런데 여기서 그밖에 다른 것은 발견하지 못했나요?"

나는 고개를 저을 수밖에 없었다.

"그의 두 손을 보십시오."

나는 바닥을 내려다보았다. 손톱은 갈라지고 색이 바랬으며, 피부는 거칠었다. 그가 의도한 의미가 무엇인지 얼른 떠오르지 않아 나는 지로를 쳐다보았다.

"그것은 신사의 손이 아닙니다."

그는 내가 올려다본 데 대한 대답으로 말했다.

"그런데 반면 그의 옷은 부유한 사람의 것입니다. 그것이 이상하다는 거죠, 그렇지 않습니까?"

"정말 이상하군요." 나는 동의했다.

"그리고 그의 옷에는 이름이나 다른 표시가 아무것도 없습니다. 이로 미루어 보아 무엇을 알 수 있겠습니까? 이 사람은 자신이 아닌 다른 사람으로 보이려 했던 겁니다. 그는 가장하고 있었습니다. 왜 그랬을까요? 뭔가를 두려워하고 있었던 것일까요? 아니면, 자신의 신분을 드러내고 싶지 않았던 것일까요? 아직 이 문제에 답할 수는 없지만, 우리는 한 가지 사실에 대해서는 분명히 알 수 있습니다. 우리가 그의 정체를 알고 싶어 하는 것만큼이나 그는 자신의 정체를 숨기고 싶어 했다는 것입니다."

그는 다시 시체를 내려다보았다.

"지난번과 마찬가지로 단도 손잡이에는 지문이 없습니다. 살인범은 이번에도 장갑을 꼈지요."

"그렇다면, 당신은 두 사건의 범인이 동일인이라고 생각하십니까?"

나는 아주 궁금해 하면서 물어보았다.

지로는 수수께끼 같은 표정을 지었다.

"내 생각에 신경 쓰지 말아요. 우리는 곧 알게 될 겁니다. 마르쇼!"

순경이 문간에 나타났다.

"부르셨습니까?"

"르노 부인은 왜 아직 안 오시나? 그녀를 부르러 보낸 지 15분이 지났는데도 말이야."

"부인께서는 지금 아드님과 함께 이리로 오고 계십니다."

"좋아. 하지만, 한 번에 한 명씩만 들여보내도록 하게."

마르쇼는 경례를 하고 사라졌다가, 잠시 뒤 르노 부인과 함께 다시 들어왔다.

"이쪽입니다, 부인."

그는 그녀를 안내하다가 갑자기 비켜섰다.

"이 사람입니다. 혹시 그를 아십니까?"

그는 말하면서, 그녀의 마음을 읽기라도 하려는 듯이 날카롭게 쳐다보았으나 그녀의 태도에는 아무런 암시도 없었다.

르노 부인은 이번에도 완전히 침묵을 지켰다. 그녀는 전혀 동요되지 않고, 안다는 표시나 관심도 없이 소매 끝만 내려다보았다. 그녀가 말했다.

"모르겠습니다. 여태껏 살면서 한 번도 본 적이 없는 사람이에요. 전혀 모르겠군요."

"틀림없습니까?"

"예, 틀림없어요."

"부인은 그가, 예를 들어 부인을 습격한 사람들 중 하나라고 생각진 않으십니까?"

"아뇨……."

그녀는 무슨 생각이 떠오르기는 했으나 망설이는 것처럼 보였다.

"아닙니다. 그렇지 않은 것 같아요. 그들은 턱수염을 기르고 있었어요. 예심 판사는 가짜 수염이라고 했지만 그들은 그래도 아니에요."

이제 그녀는 확실하게 마음을 결정한 것 같았다.

"이 사람은 그 두 괴한 중 어느 누구도 아니에요. 확실합니다."

"좋습니다, 부인. 다 됐습니다."

그녀는 머리를 꼿꼿이 세운 채 걸어나갔다. 햇살이 반사되어 그녀의 반백(半白)의 머리 위에서 빛나고 있었다. 잭 르노가 이어서 들어왔다. 그도 역시 아주 자연스러운 태도로 그 남자를 알아보지 못했다.

지로는 불평하듯 혼자 중얼거렸는데, 나는 그가 만족해하고 있는지, 아니면 화가 나 있는지 알 수가 없었다. 다만 그는 다시 마르쇼를 불렀다.

"다른 사람이 또 있나?"

"예."

"그렇다면 안으로 들여보내게."

'다른 사람'이란 바로 도브뢰이 부인이었다. 그녀는 격분하여 들어와서는 맹렬히 소리쳤다.

"몹시 불쾌합니다, 마땅찮아요! 이건 모욕이에요! 내가 왜 이 일에 관계해야 합니까?"

"부인, 나는 지금 하나가 아니라 두 가지 살인사건을 조사하고 있습니다! 내가 아는 바로는, 부인이 그 두 범행을 모두 저질렀을 수도 있어요!"

지로는 잔인하게 말했다.

"어떻게 감히 당신, 어떻게 감히 그런 무모한 죄과를 씌워 나를 모욕할 수가 있죠! 파렴치하게!"

그녀는 치를 떨었다.

"파렴치하다고요, 예? 이건 어떻게 생각하시나요?"

그는 다시 허리를 굽혀서 머리카락을 떼어 보여 주었다.

"이것이 보입니까, 부인?" 그는 그녀 쪽으로 다가섰다.

"이것이 부인의 머리카락과 일치하는지 알아봐도 괜찮겠습니까?"

그녀는 입술이 창백해져서, 비명을 지르며 물러섰다.

"그것은 조작된 거예요. 맹세할 수 있어요. 나는 그 범행에 대해서 아무것도 몰라요—두 번째 범행에 대해서도. 내가 거짓말을 한다고 누가 말할 수 있단 말이에요? 아! 왜들 이러시는 거예요?"

"조용히 하세요, 부인." 지로는 냉정하게 말했다.

"아직은 아무도 부인에게 혐의를 두지 않고 있습니다. 더 이상 소란을 피우지 말고 내 질문에 대답해 주시면 일이 잘될 겁니다."

"알고 싶은 것이면 무엇이든 질문하세요."

"죽은 사람을 보십시오. 전에 그를 본 적이 있습니까?"

도브뢰이 부인은 더 가까이 다가서더니 얼굴에 오싹하는 빛이 스쳤다. 그러나 그녀는 상당한 관심과 호기심을 가지고 피해자를 내려다보았다. 그러고는 고개를 저었다.

"모르겠는데요."

그녀의 태도는 매우 자연스러웠으므로 의심할 만한 여지가 조금도 없었다. 지로는 고개를 끄덕이고는 그녀를 돌려보냈다.

나는 낮은 목소리로 물었다.

"그녀를 가도록 내버려 둘 생각이세요? 그것이 과연 현명한 행동일까요? 분명히 그 검은 머리는 그녀의 것인데도 말입니다."

"내가 하는 일을 가르치려 들지 마시오." 지로는 냉정하게 말했다.

"그녀는 감시 하에 있습니다. 나는 아직은 그녀를 체포할 생각이 없어요."

그러고 나서, 그는 얼굴을 찌푸리며 시체를 뚫어지게 내려다보았다.

"이 사람이 스페인인이라고 말할 수 있겠습니까?" 그가 갑자기 물었다.

나는 그의 얼굴을 조심스럽게 살펴보았다. 마침내 내가 말했다.

"아니오. 틀림없이 프랑스인이라고 생각되는군요."

지로는 투덜투덜 불만스러워했다.

"여기도 똑같군."

그는 잠시 동안 거기에 서 있다가, 엄숙한 표정으로 나를 눌리치는 시늉을 하고는, 다시 한 번 손과 무릎을 땅에 대고 기어다니면서 헛간 바닥을 조사했다. 그는 정말 놀라웠다. 아무것도 그의 눈을 피해 숨을 수 없을 것 같았다.

그는 바닥을 조금씩 기어나가면서 항아리 밑과 낡은 자루들을 조사했다. 그는 또 문 옆의 무더기를 살펴보았으나 그것들이 낡은 외투와 바지 따위라는 것을 알고는, 욕을 하며 내동댕이쳤다. 두 켤레의 헌 장갑이 그의 관심을 끌었으나, 결국 그는 고개를 저으며 그것들을 옆에 내려놓았다. 그러고는 다시 항아리로 되돌아가서, 그것들을 하나하나 조직적으로 조사해 나갔다. 결국 그는 일어서서, 생각에 잠기며 머리를 설레설레 흔들었다. 그는 당황해 하며 어쩔 줄 모르는 듯이 보였다. 그는 나와 함께 있다는 것을 잊어버린 것 같았다.

바로 그때 밖에서 소란을 떠는 소리가 들렸다. 예심판사가 서기와 벡스 씨, 그리고 의사를 동반하고서 떠들썩하게 안으로 들어왔다.

오테 씨가 소리쳤다.

"이것 참 기이한 일이군, 지로. 또 다른 범행이라니! 아, 우리는 첫 번째 사건의 배후에도 이르지 못했소. 여기에는 뭔가 깊은 수수께끼가 있어. 그런데 이번에는 희생자가 누구요?"

"그것을 알고 있는 사람이 아무도 없습니다, 판사님. 그는 아직 확인되지 않고 있습니다."

"시체는 어디에 있습니까?" 의사가 물었다.

지로는 약간 옆으로 비켜섰다.

"저기 구석에 있습니다. 그는 보시는 바와 같이 어제 아침에 도난당한 칼로 심장을 찔렸습니다. 제 생각에 살인은 칼을 훔친 뒤에 곧이어서 행해진 것 같습니다. 하지만, 그것은 당신 소관이지요. 단도를 마음대로 다루어도 좋습니다—그 위에는 아무 지문도 없으니까."

의사는 죽은 사람 곁에 무릎을 꿇고 앉았으며, 지로는 예심판사에게로 몸을 돌렸다.

"매우 사소한 문제입니다. 하지만, 제가 이것을 해결해야 할 겁니다."

"그런데 아무도 그를 알아보지 못했다는 말이지……?"

예심판사가 생각에 잠겼다.

"혹시 살인범들 중의 하나가 아닐까? 자기들끼리 싸웠을지도 모르잖소."

지로는 고개를 저었다.

"저 남자는 프랑스인입니다—맹세코."

그 순간 의사가 당황한 표정으로 돌아앉으며 그들 사이에 끼어들었다.

"당신은 이 사람이 어제 아침에 살해되었다고 했지요?"

"저는 단도가 없어진 때를 기준으로 그런 결정을 내렸습니다. 그는 물론 어제 오후에 살해되었을지도 모릅니다." 지로가 설명했다.

"어제 오후라고요? 아닙니다! 이 남자는 적어도 48시간 전에 살해되었습니다. 아니, 그보다 더 오래되었을지도 모르지요."

우리는 모두 놀라서 서로를 멍청하게 쳐다보았다.

제15장

한 장의 사진

　의사의 말이 너무 놀라운 것이어서 우리는 모두 순간적으로 습격을 당한 것 같았다. 여기에, 겨우 24시간 전에 도난당한 것으로 여겨지는 단도에 찔린 한 남자가 있다. 그런데 뒤랑 의사는, 그가 적어도 48시간 전에 살해되었다고 말하는 것이다! 모든 것이 극도로 뒤죽박죽 된 것 같았다.

　우리가 의사의 말로 인한 놀라움에서 간신히 벗어났을 때, 나에게 전보 한 통이 왔다. 그것은 호텔에서 이곳 별장으로 보내온 것이었다. 전보는 포와로에게서 온 것인데, 12시 28분에 메를랭뷰에 도착하겠다는 내용이었다.

　시계를 보니, 천천히 역까지 가서 그를 마중하기에 충분한 시간이었다. 나는 그에게 이 사건에 대한 깜짝 놀랄 만한 새 사실을 즉시 알려야 하는 것이 얼마나 중요한가 하고 조급히 생각했다. 나는 포와로가 분명히 별 어려움 없이 자기가 원하는 것을 알아냈으리라고 믿었다. 이렇게 빨리 그가 돌아오는 것이 그 점을 증명해 주는 것이리라. 단지 몇 시간으로 충분했을 것이다.

　나는 그가 이 흥미로운 소식을 전해 듣고 어떤 반응을 보일 것인지 궁금했다.

　열차가 약간 늦어서, 나는 하릴없이 플랫폼을 오르락내리락하다가, 그 비극이 있었던 저녁에 막차로 메를랭뷰를 떠난 사람에 관해 물어보아야겠다는 생각이 문득 떠올랐다.

　나는 똑똑하게 보이는 수하물 운반인에게 접근하여, 그를 억지로 설득한 끝에 본론에 들어갔다. 그는 그런 살인범들이 처벌받지 않고 이곳저곳으로 나다닐 수 있는 것은 경찰의 수치라고 말했다. 나는 범인들이 밤차로 떠났을지도 모른다고 그에게 넌지시 알려 주었으나, 그는 그 생각을 강하게 부정했다.

　그는 두 외국인이라면 알아볼 수 있었을 것이다—그는 그것을 장담했다. 그 기차로 떠난 사람은 약 20명뿐이었으며, 따라서 그가 외국인들을 못 보았을

리는 없다는 것이다.

내게 왜 이런 생각이 떠올랐는지 모르겠지만(혹시 마르트 도브뢰이의 어조 밑에 깔려 있는 깊은 근심이 이것일지도 모른다) 나는 갑자기, "르노 청년이 그 기차로 떠나지 않았습니까, 혹시."라고 물었다.

"아, 아닙니다, 선생님. 도착한 지 30분도 안 되어 떠난다는 것은 좀 우스운 일 아니겠어요?"

나는 그 말의 뜻을 잘 알아차리지 못해서 그를 뚫어지게 바라보다가, 드디어 깨달았다. 나는 가슴을 두근거리며 말했다.

"당신 말대로라면, 잭 르노가 그날 저녁에 메를랭뷰에 왔었다는 겁니까?"

"그렇다니까요. 반대편에서 도착하는 11시 40분 막차로 온걸요."

내 머리는 혼란스러워졌다. 그렇다면, 그것이 바로 마르트의 깊은 근심의 원인이란 말인가? 잭 르노가 범행이 일어나던 날 밤에 메를랭뷰에 있었다니!

그런데 왜 그는 그렇다고 말하지 않았을까? 오히려 그와는 반대로 자신은 셰르부르에 있었다고 한 이유는 무엇일까? 그의 어린애같이 솔직한 태도를 기억해 보면, 나는 도저히 그가 범행과 관련되었다고는 믿을 수 없었다. 그런데 왜 그쪽에서는 이렇게 중대한 문제에 대하여 여전히 침묵만을 지키고 있는 것일까? 이것만은 틀림없다. 그래서, 그녀는 포와로가 누구에게 혐의를 두고 있는가에 관해 그렇게 궁금히 여기고 걱정했던 것이다.

기차가 도착하는 바람에 더 이상 생각할 수는 없었다. 그리고 곧 기차에서 내린 포와로와 만났다. 그는 희색이 만면해 있었다. 그는 미소를 지으면서, 영국인인 내가 꺼린다는 것도 잊고서 큰소리로 외치며 나를 껴안았다.

"여보게, 나는 성공했네. 자네가 놀랄 정도로 말일세!"

"정말입니까? 그 말을 들으니 기쁘군요. 그런데 오늘 여기서 일어난 일에 대해 들으셨습니까?"

"내가 어떻게 들을 수 있었겠나? 사건 해결에 좀 진전이 있었던 모양인데, 그런가? 용감한 지로가 누굴 체포하기라도 했나? 아니면, 강력한 용의자라도 나타났나? 하지만, 나는 그가 멍청하다는 것을 보여 줄 셈이네. 그런데 여보게, 자네는 나를 어디로 데려갈 참인가? 호텔로 가려고 하는 게 아닌가? 수염을 좀 손질해야겠는데―여행하는 동안 처참하게 축 늘어져 버렸거든. 게다가 틀림없이 외투에 먼지도 많이 묻었을 테고, 그리고 넥타이도 바로 잡아야 하네."

나는 그의 말을 잘라 버렸다.

"포와로, 지금 그런 것에 신경 쓸 때가 아니에요. 우리는 즉시 별장으로 가야 합니다. 거기서 또 살인이 일어났어요!"

나는 종종 그에게 중대한 소식을 알려 주고는 실망했었던 것이 생각났다. 그는 이미 그것을 알고 있거나, 아니면 주된 관심사에서 벗어나 있다고 해서 제쳐 버리기가 일쑤였던 것이다. 그리고 나중의 경우에 있어서 내 말은 그의 생각을 정당화시켜 주는 구실 밖에 못했다. 그러나 이번에는 달랐다.

나는 그렇게 놀란 사람을 처음 보았다. 그는 입을 떡 벌리더니 다물 줄을 몰랐다. 의기양양해하던 모습은 흔적도 없었다.

"자네, 뭐라고 했나? 또 살인이 일어났다고? 아, 그렇다면 나는 다 틀렸네. 실패했어. 지로가 나를 업신여긴다고 해도 할 수 없네. 그건 당연해!"

"그렇다면, 당신은 그것을 예측하지 못했군요?"

"내가? 그것이 내 생각을 완전히 뒤엎어 버렸네. 그것이 모든 것을 망쳤어. 그것이, 아, 아니야!"

그는 자기 가슴을 힘껏 내리치며 말을 뚝 끊었다.

"불가능한 일이야. 내가 틀렸을 리가 없어! 그 사실들을 체계적으로 가져다가 적당한 순서로 배열하면, 단지 한 가지 설명만이 가능하네. 틀림없이 내가 옳아! 내가 맞았다고!"

"그렇지만, 저……"

그는 나의 말을 막아 버렸다.

"여보게, 잠깐만 기다려 보게. 내 생각이 틀림없네. 그러니 두 번째 사건은, 그렇지 않다면……, 불가능한 거야. 그렇지 않다면, 오, 기다리게, 제발 부탁이네. 아무 말도 하지 말게."

그는 잠시 말없이 생각에 잠겼다가, 곧 정상을 되찾은 다음 조용하고 확고한 어조로 말했다.

"살해된 사람은 중년의 남자여야 하네. 시체는 지난번의 범행 장소에서 가까이 있는, 잠긴 헛간에서 발견되었을 테고, 적어도 48시간 전에 죽었을 것이 네. 그리고 그는 십중팔구 르노 씨와 비슷하게 칼에 맞아 죽었을 것이네. 꼭 등에 맞지는 않았겠지만."

나는 입을 딱 벌리고 말았다. 아무리 포와로이지만 지금까지 나를 이렇게 놀라게 한 적은 한 번도 없었다. 그래서, 나는 그를 의심하지 않을 수가 없었다.

"포와로!" 내가 소리쳤다.

"당신은 지금 나를 속이고 있어요. 그 일에 대해서 벌써 다 들으셨군요?"

그는 책망하듯이 뚫어지게 나를 바라보았다.

"내가 그런 짓을 하겠나? 조금도 들은 바가 없다는 것을 자네에게 확신시킬 수 있네. 자네는 내가 그 소식을 듣고서 받은 충격을 보지 않았나?"

"그렇다면, 도대체 어떻게 그 모든 것을 알 수 있죠?"

"내 생각이 맞았지? 나는 알게 되었네. 작은 회색의 뇌세포들, 여보게, 작은 회색의 뇌세포들 때문이네! 그것들이 내게 말해 줬지. 두 번째 죽음이 있을 수 밖에 없었네. 이제 나에게 모든 것을 자세히 말해 보게. 여기서 왼쪽으로 돌아 가세. 그러면 골프장을 가로질러서 지름길로 주느비에브 별장 뒤쪽까지 굉장히 빨리 갈 수 있다네."

그가 말한 길로 걸어가면서, 나는 알고 있는 것들을 그에게 자세히 들려주 었다. 포와로는 주의 깊게 들었다.

"그 단도가 피살자에게서 발견되었다고 말했나? 그것참 이상하군. 자네는 그것이 먼젓번 것과 동일하다고 확신하는가?"

"틀림없이 그렇습니다. 그 사실이 이 사건을 불가능한 것으로 생각하게끔 만드는 것 같아요."

"세상에 불가능한 일은 없네. 똑같은 단도가 두 개일 수도 있으니까."

나는 눈썹을 치켜세웠다.

"그런 일은 있을 수 없을 것 같은데요? 만일 그렇다면 정말 묘한 일치일 겁니다."

"자네는 보통 때처럼 생각도 해보지 않고 말하는구먼, 헤이스팅스 어떤 사건에 있어서 동일한 흉기를 사용하는 것이야말로 있을 것 같지 않은 일일세.

하지만, 여기서는 아니야. 그 특이한 흉기는 잭 르노에 의해서 만들어진 기념품일세. 그가 단지 한 개만 만들었다고 생각한다면 그런 일은 도저히 일어날 수 없겠지. 하지만, 그는 자기가 쓰기 위해 한 개를 더 만들었을 가능성이 매우 크네."

"하지만, 아무도 그런 말은 안 했습니다." 나는 반박했다.

포와로의 어조 속에 강의하는 투가 스며들었다.

"여보게, 사건을 다루는 데 있어서, 언급된 사실들만을 고려해서는 안 되네. 중요한 일이라고 해서 모두 언급되라는 법은 없으니까. 마찬가지로, 어떤 사실이 언급되지 않는 것은 그럴 만한 이유가 있기도 하네. 두 가지 이유 가운데 마음에 드는 것을 자네가 고르게."

나는 나도 모르게 감동되어서 말없이 걸어갔다. 잠시 뒤 우리는 헛간에 이르렀다. 포와로는 그곳에 있는 사람들과 인사를 나눈 뒤, 자신의 일을 시작했다. 지로가 일하는 모습을 보고 나는 그에게 아주 열중해서 관심을 가졌다. 포와로는 단지 주위에 있는 것들을 호기심 있게 바라볼 뿐이었다. 그가 조사한 것은 고작 문 옆에 있는 헌 외투와 바지들이었다. 거만한 미소가 지로의 입술에 나타났으며, 그것을 알아차린 듯 포와로는 헌 옷들을 다시 내팽개쳤다.

"정원사의 헌 옷가지인가 보죠?" 그가 물었다.

"맞습니다." 지로가 말했다.

포와로는 시체 옆에 무릎을 꿇었다. 그의 손가락은 재빨리, 그러나 조직적으로 움직였다. 그는 양복 옷감을 이리저리 조사해 보고는, 아무런 표시가 없음에 만족해했다. 그는 장화에 특별한 관심을 나타냈으며, 더럽고 부러진 손톱에도 그랬다. 손톱을 살펴보면서 그는 지로에게 물었다.

"이것들을 보았소?"

"예, 보았습니다."

지로가 대답했다. 그는 여전히 수수께끼 같은 얼굴을 하고 있었다.

갑자기 포와로가 경직되었다.

"뒤랑 박사!"

"예?" 의사가 시체 앞으로 왔다.

"입술 위에 있는 거품을 보았습니까?"

"이런! 저는 그것을 알아차리지 못했습니다."

"하지만, 지금은 보이죠?"

"오, 물론입니다." 포와로는 다시 지로에게 질문을 던졌다.

"당신은 틀림없이 그것을 알아보았겠죠?"

그는 아무 대답도 안 했다. 포와로는 일을 계속했다.

그는 죽은 사람에게서 단도를 뽑아 시체 옆에 있는 유리병에 넣었다. 그러고는 그것을 조사한 다음, 죽은 사람을 자세히 살펴보았다. 그가 고개를 들었을 때는 매우 흥분되어 있었고, 내가 잘 알고 있는 바로 그 초록색의 눈동자를 빛내고 있었다.

"이것 참 이상한 상처로군! 피가 전혀 나지 않았어. 옷에는 아무런 얼룩도 없고, 단도의 날이 약간 변색되어 있을 뿐이야. 그것이 전부야. 의사 선생님, 당신은 이것을 어떻게 생각하십니까?"

"정말 이상하다고밖에 할 말이 없습니다."

"전혀 이상할 것 없습니다. 매우 간단하죠. 이 남자는 '죽은 다음'에 칼에 찔린 겁니다."

그는 손을 흔들어 여기저기에서 일어나는 탄성을 가라앉힌 뒤에, 지로에게로 몸을 돌려 덧붙였다.

"지로 씨, 나에게 동의하시지요, 그렇지 않소?"

지로의 진심이 무엇이었는지 몰라도, 그는 눈 하나 깜빡이지 않고 그 의견을 받아들였다. 조용하게, 거의 비웃는 투로 그는, "물론 동의합니다."라고 대답했다.

놀람과 관심을 나타내는 수군거림이 다시 일었다.

오테 씨가 소리쳤다.

"아니, 어떻게 그런 생각! 죽은 사람에게 칼을 꽂다니! 세상에! 들어본 적도 없는 일이오. 아마 참을 수 없는 분노 때문이었겠지."

"아닙니다, 판사님." 포와로가 말했다.

"내 생각에 그것은 어떤 인식을 심어 주기 위해서 냉혹하게 일부러 행해진 것 같군요."

"어떤 인식 말입니까?"

"이미 거의 만들어 놓은 그런 인식이지요."

포와로는 수수께끼 같은 대답을 했다.

벡스 씨가 궁금해하고 있던 것을 물어보았다.

"그렇다면, 그 남자는 어떻게 살해되었습니까?"

"그는 살해된 것이 아닙니다. 죽은 겁니다. 판사님, 내가 잘못 생각하지 않았다면, 그는 간질병 발작으로 죽었습니다."

포와로의 이 말이 다시 사람들을 흥분시켰다. 뒤랑 의사는 다시 무릎을 꿇고 자세히 조사한 뒤에 일어섰다.

"어떻습니까, 의사 선생님?"

"포와로 씨, 당신의 말이 옳다고 믿어야 할 것 같습니다. 저는 처음부터 잘못 생각했습니다. 이 남자가 칼에 찔렸다는 눈에 보이는 뚜렷한 사실 때문에 저는 다른 것에는 주의를 기울이지 못했군요."

포와로는 그 시간엔 영웅이었다. 예심판사는 그에게 아낌없는 경의를 표했으며, 그는 품위 있게 대답했다. 그러고는 우리가 아직 점심식사도 안 했다는 것과 막 여행에서 돌아와 흐트러진 매무시를 바로잡지 못한 것을 핑계로 실례해야겠다고 말했다.

우리가 막 헛간을 나오려 할 때, 지로가 우리에게 다가왔다.

"다른 것이 한 가지 더 있습니다, 포와로 씨."

그는 은근히 비웃는 듯한 투로 말했다.

"이것을 그 단도의 손잡이에서 발견했습니다. 여자의 머리카락이지요."

"아! 여자의 머리카락이라고요? 어떤 여자인지 궁금하구먼."

"저 역시 궁금합니다."

지로는 이렇게 말하고 인사를 한 다음 우리에게서 떠났다.

"끈덕지구먼, 그 훌륭한 지로."

포와로는 호텔 쪽으로 걸어가면서 생각에 잠긴 채 말했다.

"그가 도대체 나를 어떤 식으로 속여 갈피를 못 잡도록 하려는 것인지 궁금하군. 여자의 머리카락이라, 흐음!"

우리는 마음껏 점심을 먹었다. 그러나 나는 포와로가 약간 멍하고 무뚝뚝해 있는 것을 알았다. 식사를 마치고 방으로 올라가서, 나는 그에게 이해할 수 없는 그 갑작스런 파리 여행에 대해서 얘기해 달라고 졸랐다.

"좋아, 기꺼이 얘기해 주지, 친구. 나는 파리에 가서 '이것'을 찾았다네."

그는 주머니에서 작고 빛바랜 신문지 조각을 하나 꺼냈다. 그것은 한 여인의 사진을 복사한 것이었다. 그가 나에게 건네 준 것을 받아보고, 나는 깜짝 놀랐다.

"누군지 알아보겠나?"

나는 고개를 끄덕였다. 그 사진은 분명히 오래전의 것이었고 머리 모양도 달랐지만, 그 여인의 생김새는 의심할 여지가 없었다.

"도브뢰이 부인!" 나는 소리쳤다.

포와로는 미소를 지으며 고개를 저었다.

"아주 정확하지는 않네, 친구. 그 당시에는 그 이름으로 불리지 않았었지. 그것이 바로 악명 높은 브롤디 부인의 사진일세!"

브롤디 부인! 섬광처럼 모든 것이 기억 속에 떠올랐다.

그렇게 세계적인 관심을 불러일으켰던 살인사건.

'브롤디 사건.'

제16장

브롤디 사건

이 이야기가 시작되기 훨씬 전, 대략 지금으로부터 20년쯤 전에, 리옹 출신의 아르노 브롤디 씨는 아름다운 부인과 갓난 딸을 데리고 파리에 도착했다.

포도주 판매회사의 하급사원이던 브롤디 씨는 건장한 중년의 남자로 선하게 살고자 하며, 매력이 넘치는 자기 부인에게 충실한, 그렇지만 그리 대단찮은 사람이었다.

브롤디 씨가 일하는 회사는 소규모였으며, 비록 경영이 잘 된다 하더라도 하급사원에게 많은 월급을 주지는 않았다. 그래서 브롤디 씨 가족은 조그만 아파트에서 매우 간소한 생활을 시작하게 되었다.

브롤디 씨는 그리 두드러지지 않은 사람이었으나, 반면 그의 부인은 낭만이라는 붓으로 멋지게 채색되어 있었다. 젊고 뛰어난 미모에다 우아한 자태까지 부여받은 브롤디 부인은 즉시 그 일대에 소문이 났다.

특히, 그녀의 출생을 둘러싸고 몇 가지 흥미로운 비밀이 사람들 입에 오르내리자 더욱 그러했다. 그녀가 어느 러시아 대공(大公)의 사생아라는 소문이 돌았다. 한편, 어떤 사람들은 그녀가 오스트리아 대공의 딸이며, 어머니는 신분이 낮기는 했지만 그 결혼은 합법적인 것이었다고 했다. 그러나 모든 이야기는 한 가지 점, 즉 잔 브롤디가 흥미로운 수수께끼의 주인공이라는 데에 일치했다.

게다가, 호기심에 가득 찬 사람들로부터 질문을 받으면 브롤디 부인은 그 소문을 부정하지 않았다. 반대로, 스스로 입을 봉하고 있어야 할 입장임에도 그녀는 그 모든 이야기가 사실일지도 모른다고 은근히 암시했다. 친한 친구들에게 그녀는 흉금을 털어놓고 정치적인 음모와 여러 서류들, 그리고 자신을 위협했던 숨겨진 위험에 대해 이야기하곤 했다. 또한, 비밀리에 왕관의 보석이

거래될 때, 자신이 중개인으로 활약했다고도 말했다.

브롤디 가족의 친구와 아는 사람들 중에 조르주 코노라는 젊은 변호사가 있었다. 매혹적인 잔은 곧 그의 마음을 사로잡게 되었다.

브롤디 부인은 신중하게 그 젊은 남자를 부추겼으나, 한편으로는 항상 자신은 중년의 남편에게 충실하다는 것을 확신시키려고 애썼다. 그런데도 많은 심술궂은 사람들은, 젊은 코노가 그녀의 애인이라고 말하기를 주저하지 않았다. 또한, 그녀의 애인은 그 남자뿐만이 아니라는 것이었다!

브롤디 가족이 파리에 머무른 지 3개월가량 되었을 때, 또 하나의 인물이 나타났다. 이 사람은 미국 출신의 굉장한 부호인 하이램 P. 트랩 씨였다.

아름답고 신비롭기까지 한 브롤디 부인에게 소개되었을 때, 그 또한 즉시로 그녀의 매력의 희생물이 되었다. 그는 정중히 대하기는 했으나, 그녀에게 완전히 반한 것만은 틀림없었다.

이 무렵 브롤디 부인은 자기 비밀을 더 솔직히 털어놓게 되었다. 몇몇 친구들에게 그녀는 남편을 크게 걱정하는 듯한 말을 했다. 그녀는 남편이 정치성을 띤 몇몇 음모에 가담하게 되었다고 했으며, 또한 안전하게 보관하라고 그에게 맡긴, 전 유럽에까지 영향력을 미칠 '극비' 문서라는 게 있다고 했다. 그들이 추적자들로부터 지키기 위해 남편에게 맡겨 놓기는 했으나, 브롤디 부인은 파리 혁명 단체의 몇몇 중요한 인물들이 그 사실을 알고 있기 때문에 매우 걱정이 된다고 했다.

11월 28일, 드디어 재난이 닥쳤다. 브롤디의 집으로 매일 청소와 요리를 하러 오는 파출부는 아파트의 문이 활짝 열려 있는 것을 보고 놀랐다.

그녀는 침실 쪽에서 들려오는 희미한 신음 소리를 듣고 안으로 들어갔다. 무시무시한 광경이 그녀의 눈앞에 펼쳐졌다. 브롤디 부인은 손발이 묶인 채, 가까스로 재갈이 풀려서 신음소리를 내며 바닥에 쓰러져 있었다. 브롤디 씨는 칼로 심장이 찔려, 많은 피를 흘린 채 침대 위에 쓰러져 있었다.

브롤디 부인은 명확하게 사선의 전말을 이야기했다. 갑자기 잠에서 깨어 보니 그녀 앞에 두 사람의 복면한 남자가 구부리고 서 있었다. 그들은 비명을 지르지 못하게 하면서 그녀를 묶고 재갈을 물렸다. 그들은 그때 브롤디 씨에게 그 유명한 '비밀'을 달라고 했다.

그러나 그 대담한 포도주 세일즈맨은 그들의 요구를 딱 잘라 거절했다. 그 중 한 사람이 그의 거절에 화가 나서 참지 못하고 브롤디 씨의 심장을 찔러 버렸다. 죽은 사람의 열쇠로 그들은 모퉁이에 있는 금고를 열고 한 뭉치의 서류를 갖고 가버렸다. 두 남자는 모두 턱수염을 텁수룩하게 기르고 있었으며 복면을 했다. 그렇지만, 브롤디 부인은 그들이 러시아 사람들이었다고 강력히 주장했다.

그 사건은 굉장한 화제를 불러일으켰다. 그것은 '러시아 미스터리'라고 불렸다. 시간이 지나도 그 수수께끼의 턱수염을 기른 남자들은 잡히지 않았다.

그런데 대중의 관심이 사그라지기 시작할 무렵, 깜짝 놀랄 만한 사건의 국면이 전개되었다. 브롤디 부인이 체포되어 남편 살해 혐의를 받게 되었던 것이다.

그 재판은 초기에 지대한 관심을 불러일으켰다. 젊고 아름다운 피고와 그녀의 수수께끼 같은 인생은 그것을 유명한 재판 사건으로 만들기에 충분했다.

사람들은 피고 측에 서기도 하고, 반대 입장에서 그녀를 비난하기도 했다. 그러나 그녀와 한패인 사람들은 지나치게 열성을 보임으로써 심한 감시를 받았다. 브롤디 부인의 낭만적인 과거, 왕가 혈통, 그리고 그녀가 관련되었다고 소문난 수수께끼 같은 얘기들은 모조리 꾸민 것임이 드러났다.

잔 브롤디의 부모는 리옹 외곽에서 과일가게를 하며 살았던, 점잖고 평범한 사람들이었다는 것도 확실히 증명되었다. 러시아 대공, 왕실 음모, 정치적인 계략 등 일련의 모든 이야기들을 추적해 본 결과, 모든 게 그녀에게로 돌아갔다! 그녀의 머리로부터 이 천재적인 신화들이 나오게 되었고, 또 그녀는 '왕관의 보석'이라는 꾸며낸 이야기를 이용해 여러 사람에게서 상당한 수입을 올렸음이 밝혀졌다—그리고 문제의 보석들은 모조품임도 확인되었다. 잔인하게도 그녀의 모든 생활이 낱낱이 드러나게 되었다.

살인 동기는 하이램 P. 트랩 씨로부터 나왔다고 판명되었다. 트랩 씨는 자신이 그 사건과 무관하다고 강력히 주장했으나, 냉혹하고 신속한 반대 심문에서 그 부인을 사랑한다는 것을 인정해야만 했으며, 만일 그녀가 자유롭다면 그녀에게 구혼할 것이 틀림없지 않으냐는 질문에도 사실대로 대답해야 했다.

그 둘의 관계가 정신적이었다는 사실은, 이 사건을 피고에게 더욱 불리하게 만들었다. 즉, 단순하고 고귀한 성격을 가진 남자의 정부가 되는 것을 거절한 잔 브롤디는, 스스로 자기의 나이 많고 대단찮은 남편을 몰아내고 부유한 미국인의 정식 부인으로 들어앉겠다는 무서운 계획을 품었던 것이다.

철두철미한 브롤디 부인은 놀라울 정도로 침착하고 냉정한 태도로 검찰 측과 대항했다. 그녀의 이야기는 조금도 변하지 않았다. 그녀는 계속 자신은 왕가의 혈통을 받았으나, 어린 나이에 과일장수의 딸로 바뀌었다고 강력히 주장했다. 이러한 진술이 불합리하고, 전혀 실증되지 못했음에도 많은 사람들은 암암리에 그것이 진실이라고 믿게 되었다.

그러나 검사 측은 무자비했다. 복면한 러시아 사람들은 꾸며낸 이야기며, 살인은 브롤디 부인과 그의 애인 조르주 코노에 의해 범해졌다고 반박했다.

즉시 코노를 체포하기 위한 영장이 발부되었으나, 그는 현명하게도 이미 사라지고 없었다. 브롤디 부인을 묶었던 끈은 그녀가 풀 수 있을 만큼 느슨했다는 것도 증명되었다.

그 뒤, 재판이 끝나갈 무렵, 파리로부터 편지 한 통이 검사에게 우송되었다. 그것은 조르주 코노에게서 온 것이었는데, 그는 자신의 거처는 밝히지 않은 채 범행 일체를 자백했다. 그는 브롤디 부인의 지시에 따라 자신이 찔렀다고 말했다. 범행은 그 두 사람에 의해서 계획된 것이었다.

코노는 그녀의 남편이 그녀를 학대하고 있다고 믿고서, 자신이 그녀를 구하겠다는 정열에 미쳐서 범행을 계획했으며, 끓어오르는 증오심으로 사랑하는 여자를 자유롭게 해주려고 그 끔찍한 행위를 했던 것이다.

사건이 있은 다음에 그는 처음으로 하이램 P. 트랩 씨에 대해서 듣게 되었고, 사랑하는 여자에게서 자신이 배반당했다는 것을 알게 되었다. 그녀가 자유로워지고 싶었던 것은 그를 위해서가 아니었다. 부유한 미국인과 결혼하기 위해서였던 것이다. 그래서 이제 그는, 자신은 전적으로 그녀의 지시에 따라 행동했다고 진술하면서, 질투심에 따른 분노를 참지 못하고 그녀를 고발하게 되었던 것이다.

그다음에 보인 그녀의 행동은 그녀가 보통 여자가 아니라는 것을 증명해 주었다. 지체 없이 그녀는 방어태세에 들어갔으며, '러시아 사람들'은 순전히 자기가 꾸며낸 얘기라는 것을 시인했다.

실제로 살해자는 조르주 코노였다. 그리고 열정에 미쳐서 범행을 저지른 그는 그녀가 침묵을 지키지 않을 경우 반드시 그녀에게 복수하겠다고 협박했다고 말했다. 그의 협박에 두려워진 그녀는 침묵을 지키겠다고 했다. 그녀는 또한 진실을 말하게 되면 자신도 공범 혐의로 구속될 것이 두려웠다고 했다.

그러나 그녀는 남편의 살인자와 더 이상 관계되는 것이 싫어졌다고 했다. 그가 이러한 편지를 써서 그녀를 고발한 것은 자신의 그러한 태도에 대한 복수라는 것이다. 그녀는 자신은 범행 계획과는 무관하며, 그 잊을 수 없는 악몽의 밤에 갑자기 깨어나서 피묻은 칼을 든 채 자기 앞에 서 있는 코노를 발견했다고 엄숙히 맹세했다.

이 사건은 간단히 언급되다가 흐지부지 다른 문제로 넘어가 버렸다.

브롤디 부인의 이야기는 거의 믿을 수 없는 것이었으나, 왕실 음모와 관련된 그녀의 이야기가 쉽게 받아들여졌던 것에서도 알 수 있듯이, 그녀는 다른 사람으로 하여금 자신을 믿게 하는 데 천재적인 재능을 갖고 있었다.

배심원들 앞에서 그녀의 연설은 걸작이었다. 그녀는 눈물을 흘리면서 자신의 아이에 대해서, 자신의 여자로서의 자존심에 대해서 늘어놓았다. 즉, 아이를 위해서라도 자신의 평판을 흠 없이 유지하고 싶다는 것이었다. 또한, 그녀는 조르주 코노가 자신을 사랑했으므로 범행에 대한 도덕적인 책임은 자기에게도 있다고 인정했다. 그러나 그 이상은 하느님 앞에 맹세하기를 결코 아무것도 없다는 것이다.

그녀는 자신이 코노를 고발하지 않은 것이 중대한 범법행위라는 것을 안다고 했다. 그러나 그녀는 어떤 여자라도 그렇게 할 수는 없었을 것이라고 띄엄띄엄 낙담한 목소리로 말했다. 그녀도 그를 사랑했었기 때문이란다! 그런데 그녀가 어떻게 자기 손으로 그를 단두대로 보낼 수 있겠는가?

그녀는 많은 죄를 지었다. 그러나 그녀에게 뒤집어씌워 진 그 무시무시한 범행에 대해서는 결백하다는 것이었다.

어찌되었든 간에 그녀의 능변과 인물값으로 하여 그녀는 승리를 얻었다. 브롤디 부인은 양립할 수 없는 흥분의 도가니 속에서 무죄로 풀려났던 것이다.

　경찰의 지대한 노력에도 조르주 코노는 잡히지 않았다. 브롤디 부인에 대해서는 더 이상 아무것도 들을 수 없게 되었다. 그녀는 어린애를 데리고 파리를 떠나 새 생활을 시작한 것이었다.

제17장

상세한 조사를 하다

나는 브롤디 사건을 전체적으로 파악했다. 물론 내가 여기서 그 이야기를 죄다 열거할 정도로 모든 사소한 점까지 기억할 수 있는 것은 아니다. 그럼에도, 나는 그 사건을 매우 정확하게 회상했다. 그것은 그 당시 굉장한 관심을 불러 일으켰고, 영국 신문에도 자세하게 보도되었기 때문에, 그리 많은 노력 없이도 기억에 남아 있는 얘기들을 그러모을 수 있었던 것이다.

바로 그 순간, 흥분된 나에게 모든 문제가 명백한 것처럼 보였다. 나는 내가 항상 충동적이며, 포와로가 이렇게 결론으로 비약하는 나의 습관을 개탄해하고 있다는 것을 인정한다. 그러나 이 경우에는 그럴 만하다고 나는 생각한다. 이 발견이 포와로의 견해를 정당화시켜 주는 그 탁월한 방법이라는 생각이 즉시 나에게 떠올랐다.

"포와로, 축하합니다. 나는 이제 모든 것을 알겠어요." 내가 말했다.

"그것이 사실이라면, 내가 자네에게 축하해야겠군. 왜냐하면, 자네는 무엇을 알아내는 것에는 영 신통치 않았으니 말일세. 그렇지 않나?"

나는 약간 화가 났다.

"너무 짓궂게 그러지 마세요. 당신은 처음부터 죽 수수께끼 같은 힌트만 주고, 아무도 당신이 생각하고 있는 것이 무엇인지 알지 못하게 했잖아요."

포와로는 여느 때와 마찬가지로 정확하게 담배에 불을 붙였다. 그리고는 고개를 들었다.

"여보게, 이제 모든 것을 알게 되었다고 했는데, 자네가 알게 된 것이 정확히 무엇인가?"

"그야, 르노 씨를 죽인 사람은 도브뢰아―브롤디 부인이었다는 것이지요. 두 사건의 유사성이 틀림없이 그것을 증명합니다."

"그렇다면, 자네는 브롤디 부인이 무죄로 풀려난 것이 잘못된 처사라고 생각하는군? 실제로 그녀는 범죄 행위를 묵인함으로써 남편 살인을 공모했다는 말이지?"

나는 눈을 크게 떴다.

"물론이지요! 그러면, 당신은 아니란 말입니까?"

포와로는 방의 가장자리로 걸어가서, 멍하니 의자를 똑바로 놓은 다음에, 깊이 생각에 잠기며 말했다.

"그래, 내 의견도 그렇다네. 하지만, 이봐, '물론'이라고 말할 수는 없지. 법률적으로 말하면 브롤디 부인은 무죄니까."

"그 범행은 혹시 그럴지도 모르죠. 그러나 이 범행은 아니에요."

포와로는 다시 의자에 앉으며, 나를 바라보고 더 깊은 생각에 빠지는 표정을 지었다.

"그래서, 자네는 틀림없이 도브뢰이 부인이 르노 씨를 죽였다는 것이지, 헤이스팅스?"

"예."

"왜?"

그의 갑작스런 질문이 나를 당황하게 만들었다.

"왜라니요……?" 나는 더듬거렸다.

"왜냐고요? 그야, 왜냐하면……." 나는 말을 멈추고 말았다.

포와로는 나를 보며 머리를 끄덕였다.

"자, 보게, 자네는 당장에 장애물에 부딪혔네. 왜 도브뢰이 부인은 르노 씨를 살해해야만 했나? 우리는 어떠한 동기의 그림자조차도 발견할 수가 없네. 그의 죽음으로 그녀가 얻는 것은 아무것도 없어. 그녀가 정부였건 협박자였건 간에 그녀는 잃기만 하게 되지. 자네도 동기 없는 살인은 못 보았을 걸세. 첫 번째 범행은 다르지. 그 경우에는 그녀의 남편이 될 부유한 애인이 있었으니까."

"돈만이 살인의 동기가 될 수는 없습니다." 나는 반박했다.

"맞네." 포와로는 침착하게 동의했다.

"두 가지 경우를 더 들 수 있지. 치정에 의한 범죄가 그 한 가지이고, 또

세 번째로는, 흔한 일은 아니지만, 살해자가 정신착란을 일으킨 경우일세. 살인광과 종교적인 광신이 그 부류에 속하지. 하지만, 여기서는 그런 가능성은 배제해도 좋을 걸세."

"그렇다면, 치정에 의한 살인은 어떻게 생각하십니까? 그것도 배제해 버릴 수 있을까요? 도브뢰이 부인이 르노 씨의 정부였다면, 그의 사랑이 식은 것을 발견했거나, 아니면 어떤 식으로든 그녀의 질투심이 발동하여, 화가 난 순간에 그를 죽였을지도 모르지 않습니까?"

포와로는 고개를 저었다.

"만일, 자네가 지적한 대로, 그녀가 르노 씨의 애인이었다 해도, 그가 그녀에게 싫증 날만큼 시간이 많이 흐르지 않았어. 그리고 자네는 그녀의 성격을 간과하고 있네. 그녀는 자신의 감정을 가장할 수 있는 여자일세. 그 여자는 굉장한 여배우라고. 그러나 냉정하게 판단해 볼 때 그녀의 외모만으로는 그녀의 인생을 알 수가 없네. 그녀의 인생을 우리가 철저히 조사해 보면 그녀는 극도로 냉정하고 자신의 동기와 행동에 매우 계산적이라는 것을 알 수 있어. 그녀의 인생은 남편 살해를 공모한 젊은 애인의 인생과는 아무 관련이 없었다네. 아마 그녀가 조금도 개입시키지 않았던 부유한 미국인이 그녀의 목표였을 테지. 만일 그녀가 범행을 저지른다면 그것은 돈을 위해서 일 걸세. 하지만, 이번 경우에는 아무런 소득이 없어. 게다가, 자네는 무덤을 파놓은 것을 어떻게 설명하겠나? 그것은 남자가 한 일이야."

"그녀에게 공범자가 있었을 수도 있지요."

나는 내 신념을 포기하기 싫어서 극구 주장했다.

"다른 문제로 넘어가지. 자네는 두 사건 사이에 비슷한 점이 있다고 했는데, 무엇이 그렇다는 것인가, 친구?"

나는 놀라 포와로를 쳐다보았다.

"아니, 포와로, 그렇게 말한 것은 당신이잖아요! 복면한 남자의 이야기 하며, 비밀, 서류들……!"

포와로는 약간 미소를 지었다.

"제발 그렇게 화내지 말게. 그렇지 않다는 것이 아닐세. 두 이야기의 유사성이 필연적으로 두 사건을 연결시키고 있어. 하지만, 이제 매우 수수께끼 같은 점에 대해 생각해 보세. 그 이야기를 들려준 사람은 도브뢰이 부인이 아니야 (만일 그렇다면 모든 것이 순탄할 텐데). 르노 부인이네. 그렇다면, 그 두 사람이 공모했단 말인가?"

"그건 믿을 수 없군요." 나는 천천히 말했다.

"만일 그렇다면, 그녀는 세계에서 가장 완벽한 배우임이 틀림없어요."

"어리석은 소리." 포와로는 성급하게 말했다.

"자네, 또 논리적이지 못하고 감정적으로 되었군! 범인이 완전한 배우이어야 할 필요가 있으면, 어떻게 해서라도 그렇다고 가정해 보는 거야. 그러나 그럴 필요가 있나? 나는 여러 가지 이유로 보아 르노 부인이 도브뢰이 부인과 한패라고는 믿지 않아. 그중 몇 가지는 이미 내가 자네에게 일일이 열거해 주었어. 나머지는 자명하고 이리하여 우리는 그 가능성은 무시해 버리고, 항상 그렇듯이 매우 궁금하고 흥미로운 진실에 더 가까이 가야 하네."

"포와로—." 내가 소리쳤다.

"당신은 그 이상의 무엇을 알고 있습니까?"

"여보게, 자네 스스로 추리를 해서 사실에 접근해 보라고! 자네의 회색 뇌세포들을 집중시키게. 추리해 보게. 지로같이 하지 말고, 에르큘 포와로와 같이."

"그런데 당신은 '확신' 하고 계신 겁니까?"

"여보게, 여태까지 나는 여러 가지로 우둔했었네. 하지만, 마침내 확실히 알게 되었어."

"모든 것을 다 알았습니까?"

"나는 르노 씨가 내게 찾아 달라고 한 것을 찾았네."

"그렇다면 당신은 범인을 아시는군요?"

"한 명은 아네."

"무슨 말씀입니까?"

"우리는 지금 서로 약간 어긋난 말을 하고 있어. 여기서 일어난 살인사건은 하나가 아니라 둘일세. 첫 번째는 해결되었는데, 두 번째는 아직 확신할 수가 없다고밖에 할 수가 없군."

"하지만, 포와로, 헛간에 있는 남자는 자연사한 것이라고 말하지 않았습니까?"

"어리석은 소리."

포와로는 조급해서 참을 수 없을 때마다 이 말을 내뱉곤 했다.

"아직도 자네는 이해를 못 하고 있군. 살인자 없이도 범죄는 저질러질 수 있지. 그러나 두 개의 살인사건에는 두 개의 시체가 있어야 하네."

그의 말에는 분명히 무엇인가가 묘하게 빠져 버린 데가 있다고 느껴져서 나는 약간 궁금한 표정으로 그를 바라보았다. 그러나 그는 아무렇지도 않은 듯한 표정이었다. 그러고는 갑자기 일어나더니 창문으로 걸어갔다.

"그가 오는군."

"누구요?"

"잭 르노. 내가 저 친구에게 여기로 와 달라고 별장으로 쪽지를 보냈었네."

그 말을 듣자 나는 다른 생각이 떠올라서, 포와로에게 사건이 있던 날 밤에 잭 르노가 메를랭뷰에 온 사실을 아느냐고 물어보았다. 나는 이 빈틈없는 친구의 허를 찌르고 싶었으나, 보통 때와 마찬가지로 그는 모두 알고 있었다. 그도 역시 역에서 물어보았던 것이다.

"그 생각을 한 것은 필경 우리만이 아닐세, 헤이스팅스. 그 훌륭한 지로, 그도 또한 물어보았을 거야."

"당신 생각은……." 나는 말을 하다가 그만 멈추고 말았다.

"아, 아닙니다. 그것은 너무 끔찍한 일이에요!"

포와로가 미심쩍은 듯이 나를 쳐다보았으나, 나는 더 이상 아무 말도 하지 않았다.

나는 방금 이 사건에 직접 간접으로 관련된 여자는 일곱 명(르노 부인, 도브뢰이 부인과 그의 딸, 미지의 방문객, 그리고 세 명의 하녀)이나 되는데도, 정원사인 오귀스트 영감을 제외하면 남자라고는 단 한 사람, 잭 르노밖에 없다는 사실을 생각했었다. '그리고 무덤을 판 것은 틀림없이 남자였다.'

잭 르노가 방으로 안내되어 들어왔기 때문에, 나는 내게 떠오른 그 끔찍한 생각을 더 이상 전개할 수 없었다.

포와로는 그에게 사무적으로 인사했다.

"앉으시오, 르노 씨. 혼란스럽게 해서 대단히 유감스럽소만, 당신도 별장의 분위기가 내게 매우 안 맞는다는 것을 이해할 게요. 지로 씨와 나는 모든 점에서 하나도 생각이 일치되지 않습니다. 그가 무례한 것이 꼭 내게 대한 것만은 아니지만, 내가 발견한 것들이 그에게 이익이 되게 하고 싶지는 않다는 것을 당신도 이해하겠지요?"

"물론입니다, 포와로 씨." 젊은이가 말했다.

"그 지로란 사람은 질이 나쁜 짐승 같은 작자예요. 다른 사람이 그를 누르고 이기는 것을 보면 아주 즐겁겠습니다."

"그렇다면, 내가 당신에게 부탁을 좀 해도 되겠소?"

"물론입니다."

"지금 역으로 가서 열차를 타고 다음 역인 아발락에서 내리십시오. 그리고 수하물 보관소에 가서 살인이 있던 날 밤에 두 외국인이 혹시 그곳에 가방을 맡겼는지 물어봐 주시오. 작은 역이니까 그들은 틀림없이 눈에 띄었을 거요. 내 말대로 해주겠소?"

"물론 그렇게 하겠습니다."

그 청년은 임무를 수행할 준비는 되었지만, 약간 얼떨떨한 것 같았다.

"알다시피 나와 내 친구는 그것 말고도 할 일이 있어서."

포와로가 설명했다.

"그곳은 기차로 15분 정도 걸리는 거리죠. 지로가 당신의 임무를 조금이라도 눈치채는 것을 원치 않으니 별장에는 들르지 마시오."

"잘 알았습니다. 역으로 곧장 가겠습니다."

그는 일어섰다. 포와로의 목소리가 그를 멈춰 세웠다.

"잠깐만, 르노 씨. 실은, 나를 당황케 하는 사소한 문제가 하나 있소. 당신은 왜 오늘 아침 오테 씨에게 범행이 있던 날 밤에 메를랭뷰에 왔었다고 말하지 않았소?"

잭 르노의 얼굴이 빨개졌다. 그는 간신히 자신을 억제했다.

"선생님께서 잘못 아셨습니다. 저는 예심판사에게 말씀드렸듯이 셰르부르에 있었습니다."

포와로는 초록색으로 번뜩이는 눈을 고양이처럼 가늘게 뜨고는 그를 쳐다보았다.

"내가 잘못 안 것이라면 그것참 이상하군. 왜냐하면, 그것은 역 직원들의 공통된 증언이었으니까. 그들은 당신이 11시 40분 기차로 도착했다고 하나같이 얘기하더군요."

잭 르노는 잠시 망설이더니 이윽고 마음을 잡은 모양이었다.

"만일 제가 그랬다면요? 제 생각에, 당신은, 제가 아버지의 살인에 공모했다는 혐의를 품고 있는 것 같지는 않은데요?"

그는 거만하게 물어보고는 머리를 홱 돌렸다.

"당신이 여기에 왔었던 이유에 대해 해명해 보시오"

"그것은 간단합니다. 저는 약혼녀인 도브뢰이 양을 만나러 왔었습니다. 바로 다음 날 언제 돌아올지도 모르는 긴 항해를 떠나야만 했으므로, 가기 전에 그녀를 만나 저의 변함없는 마음을 확신시키고 싶었거든요."

"그래서, 그녀를 만났소?"

포와로의 눈은 한시도 그의 얼굴에서 떠나지 않았다.

르노는 한참이 지나서야 "예." 하고 대답했다.

"그리고 그다음에는?"

"막차는 이미 떠나 버린 시간이었기 때문에 저는 생 보베까지 걸어가서, 그곳 차고에서 겨우 차를 빌려 타고 셰르부르로 돌아갔습니다."

"생 보베? 거기까지는 15㎞나 되는데, 걷기에는 먼 거리잖소, 르노 씨?"

"저는……, 저는 걷고 싶었습니다."

포와로는 고개를 끄덕여서 그 설명을 받아들인다는 표시를 했다. 잭 르노는 모자와 지팡이를 들고나갔다. 포와로는 벌떡 일어섰다.

"빨리, 헤이스팅스 그의 뒤를 쫓아야 하네."

우리는 신중하게 간격을 유지하면서 그를 따라 메를랭뷰 거리를 가로질러 갔다.

포와로는 그가 역 쪽으로 발길을 돌리는 것을 보고 그 자리에 멈추었다.

"모든 게 잘 되었어. 저 친구는 미끼에 걸려든 걸세. 그는 이제 아발락으로 가서 가공의 외국인이 놓고 간 수수께끼의 가방에 대해 물어보겠지. 여보게, 모든 것은 내가 꾸며낸 걸세."

"당신은 그를 내보내고 싶었군요!" 내가 소리쳤다.

"자네, 통찰력이 대단하구먼, 헤이스팅스! 자, 이제 주느비에브 별장으로 가세."

제18장

지로, 행동에 옮기다

나는 햇볕이 따갑게 내리쬐는 도로를 따라 걸어가면서 말했다.

"그런데 포와로, 당신에게 따질 일이 있어요. 이제는 잘했다고 할 수밖에 없지만, 나에게 알리지도 않고 파르 호텔에 간 것은 너무하신 거예요."

포와로는 재빨리 곁눈으로 나를 보았다.

"그런데 자네는 어떻게 내가 거기에 갔었다는 것을 알았나?" 그가 물었다.

나는 너무나 약이 올라서 얼굴이 붉게 달아올랐다.

"지나가다가 우연히 들르게 되었습니다."

나는 할 수 있는 한 가장 아무렇지도 않게 설명했다. 나는 포와로가 놀릴 것이 두려웠으나, 그가 평소와 다른 진지한 표정으로 고개를 젓는 바람에, 안심하기도 하고 한편으론 약간 놀라기도 했다.

"내가 만일 어떤 식으로든 자네의 감정을 해쳤다면 용서하게. 자네는 곧 이해하게 될 걸세. 하지만, 나를 믿게. 나는 모든 힘을 그 사건에 집중시키고 있으니까."

"오, 그래요." 나는 그의 사과로 마음이 진정되어서 말했다.

"나도 당신이 내심 내게 관심을 갖고 있어서 그랬을 뿐이라는 것을 잘 알고 있어요. 하지만, 나 자신은 내 스스로 돌볼 수 있어요."

포와로는 뭔가 더 말하려는 듯이 보였으나 입을 다물고 말았다.

별장에 도착하자, 포와로는 두 번째 시체가 발견된 헛간 쪽으로 갔다. 그러나 그는 안으로 들어가지 않고, 내가 그곳으로부터 몇 야드 떨어져 있다고 말한 적이 있는 벤치 옆에 멈춰 섰다.

잠시 동안 그것을 찬찬히 살펴본 뒤에, 그는 거기에서부터 주느비에브 별장과 마르그릿 별장 사이의 경계를 표시하는 산울타리까지 조심스럽게 걸어갔다.

그러고 나서, 그는 늘 그렇듯이 고개를 끄덕이며 되돌아왔다. 그러고는 다시 산울타리로 가서 양손으로 관목을 갈라 보았다.

"정말 다행스럽게도 마르트 양이 정원에 나와 있군. 그녀와 이야기를 나누고 싶었지만, 마르그릿 별장을 정식으로 방문하고 싶지는 않았었네. 그런데 그녀가 저기 있으니 모든 것이 잘되었어. 이봐요, 아가씨! 잠깐만 시간 좀 내주시겠소, 부탁이오."

마르트 도브뢰이가 포와로의 소리에 약간 놀라서 산울타리 쪽으로 급히 오자, 나도 그 자리에 끼었다.

"몇 마디 물어볼 것이 있어서요, 아가씨. 괜찮겠소?"

"물론입니다, 선생님."

순순히 말을 받아들였음에도 그녀의 눈은 근심과 두려움으로 떨고 있었다.

"아가씨, 내가 예심판사와 함께 아가씨 집에 갔던 날, 아가씨가 큰길까지 나와서 나를 만난 것을 기억합니까? 아가씨는 그때 누구에게 혐의를 두고 있느냐고 물었지요."

"그래서 선생님은 저에게 두 명의 칠레인이라고 하셨고요."

그녀는 왼손을 가슴에 얹고는 숨을 몰아쉬며 말했다.

"아가씨, 똑같은 질문을 다시 나에게 해봐요."

"무슨 말씀이세요?"

"이거요. 만일 아가씨가 다시 나에게 그 질문을 한다면, 나는 달리 대답할 겁니다. 칠레인이 아니라 다른 사람이 혐의를 받고 있다고요."

"누군데요?"

이 말이 그녀의 입술 사이에서 희미하게 새어 나왔다.

"잭 르노."

"뭐라고요?" 그것은 비명이었다.

"잭? 있을 수 없는 일이에요. 누가 감히 그를 의심해요?"

"지로."

"지로!" 그 처녀의 얼굴은 창백해졌다.

"전 그 남자가 두려워요. 그는 잔인해요. 그는, 그는……."

그녀의 말은 자꾸 끊어졌다. 그녀의 얼굴에 용기와 결심이 모이고 있었다. 그 순간, 나는 그녀가 투사처럼 보였다.

포와로 역시 그녀를 골똘히 지켜보고 있었다.

"아가씨는 물론 그가 사건이 있었던 날 밤에 여기에 왔었다는 사실을 알고 있었지요?" 그가 물었다.

"예." 그녀는 무표정하게 대답했다.

"그가 제게 그랬다고 말해 주더군요."

"그 사실을 숨기려 한 것은 현명치 못한 일이오."

포와로가 과감하게 말했다.

"예, 그래요." 그녀는 참을 수 없다는 듯이 성급하게 대답했다.

"하지만, 우리는 후회하느라 시간을 허비하고 있을 수는 없어요. 그를 구할 방도를 찾아야만 해요. 그는 물론 결백하지만, 그 사실이 지로 같은 사람의 손아귀에서 그를 구해 줄 수는 없잖겠어요? 그 사람은 누군가를 체포하고야 말 것이며, 그 누군가가 바로 잭이 될 거예요."

"그 사실이 그에게 불리하게 될 겁니다." 포와로가 말했다.

"알고 있지요?"

그녀는 그를 똑바로 쳐다보면서, 자기 집 응접실에서 한 말을 되풀이했다.

"저는 어린애가 아닙니다, 선생님. 저는 용감하게 현실과 부딪칠 수 있어요. 그는 아무런 죄도 없어요. 우리는 그를 구해야만 해요."

그녀는 한 마디 한 마디마다 또박또박 힘을 주면서 얘기를 마치고는, 얼굴을 찌푸리며 생각에 잠겼다.

포와로는 그녀를 날카롭게 쳐다보면서 말했다.

"아가씨, 뭔가 우리에게 더 해줄 말이 있지 않은가요?"

그녀는 당황해 하면서 고개를 끄덕였다.

"예, 있긴 있지요. 하지만, 선생님이 그 말을 믿어 주실지 잘 모르겠어요. 그것은 매우 모순되어 보이거든요."

"어쨌든 말해 봐요, 아가씨."

"그러죠. 지로가 뒤늦게 저를 불러서 저 안에 있는 남자가 누군지 알 수 있느냐고 묻더군요.”

그녀는 머리로 헛간 쪽을 가리켰다.

“저는 알 수가 없었습니다. 적어도 그 순간에는 확인할 수 없었어요. 그런데 그 뒤에 생각이 나더군요.”

“그래요? 말해 봐요.”

“정말 이상해 보이지만, 저는 거의 확신하고 있어요. 말씀드리겠어요. 르노 씨가 살해되던 날 아침에 저는 이 정원에서 산책을 하고 있었어요. 그때 남자들이 싸우고 있는 소리가 들리더군요. 저는 나무를 옆으로 밀고 살짝 들여다 보았습니다. 한 사람은 르노 씨였고, 또 한 사람은 더러운 누더기를 걸친, 무섭게 생긴 부랑자였어요. 그는 번갈아 가며 사정도 했다가 협박도 하더군요. 돈을 요구하는 것처럼 들렸는데, 그 순간 어머니가 불러서 전 돌아가야만 했어요. 그것이 전부예요. 그렇지만, 저는 그 부랑자와 헛간 속에 있는 죽은 남자가 같은 사람이 틀림없다고 거의 확신할 수 있어요.”

포와로는 외마디 소리를 질렀다.

“그런데 왜 그때는 그렇게 말하지 않았소, 아가씨?”

“왜냐하면, 처음에는 그 얼굴이 희미하게 어디선가 본 듯하다고밖에 생각되지 않았기 때문이에요. 그 남자는 옷도 다르게 입었고 해서 굉장히 달라 보였거든요. 제 대신 말 좀 해주세요, 선생님. 그 부랑자가 르노 씨를 공격하여 죽인 다음 옷과 돈을 빼앗아 갔을 수도 있지 않겠어요?”

“그럴 수도 있겠지요, 아가씨.” 포와로는 천천히 말했다.

“거기에는 많은 설명이 따라야 합니다만, 충분히 그럴 수도 있는 일이지요. 그 점을 충분히 고려하겠소.”

집에서 누군가가 부르는 목소리가 들려왔다.

“어머니예요.” 마르트가 속삭였다.

“가봐야겠어요.”

그리고 그녀는 나무 사이로 미끄러지듯이 가버렸다.

“이리 오게.”

포와로가 내 팔을 잡고 별장 쪽으로 몸을 돌리며 말했다.

"정말 어떻게 생각하시는 거예요?" 나는 여러 가지로 궁금해서 물었다.

"그 이야기가 사실일까요, 아니면 그 처녀가 애인의 혐의를 벗겨 주려고 꾸며낸 것일까요?"

"그것은 수수께끼 같은 이야기이네." 포와로가 말했다.

"그러나 나는 그것이 절대적으로 사실이라고 믿네. 그런데 자신도 모르게 마르트 양은 다른 사실을 한 가지 더 말해 버렸어. 잭 르노가 거짓말을 했다는 사실을 우연히 덧붙인 거지. 내가 그에게 사건이 있던 날 밤 마르트 도브뢰이와 만났느냐고 물었을 때, 그가 망설이던 것을 눈치챘나? 그는 주저하다가, '예.' 하고 대답했어. 나는 그가 거짓말을 하고 있는 것이 아닌가 하는 의심이 들었지. 그래서, 나는 그가 마르트 양에게 주의를 주기 전에 그녀를 만나야겠다고 생각한 걸세. 대수롭지 않은 단어들이 내게 필요한 정보를 주었네. 내가 그녀에게, 그날 밤 잭 르노가 여기에 왔었던 것을 아느냐고 묻자, 그녀는, '그가 내게 그랬다고 말해 주더군요.'라고 대답했거든 자, 헤이스팅스, 문제의 그날 저녁에 잭 르노는 여기서 무엇을 했을까? 그가 마르트 양을 만나지 않았다면 도대체 누구와 만났을까?"

나는 아연실색하여 소리쳤다.

"절대로, 포와로, 그와 같은 청년이 자기 아버지를 죽였다고 생각할 수는 없습니다."

"여보게, 자네는 계속 근거 없는 감상주의에 빠져 있군! 나는 보험료를 받으려고 자기 어린애를 죽인 어머니도 본 적이 있네. 그런 걸 겪은 뒤라면 사람은 무엇이든 믿을 수 없게 되지."

"그러면, 동기는 무엇입니까?"

"물론 돈이지. 잭 르노는 아버지가 죽으면 돈이 들어온다고 믿고 있었다는 것을 기억하게."

"그러면, 그 부랑자는 어디에서 나타난 겁니까?"

포와로는 어깨를 으쓱했다.

"지로라면 그를 공범자라고 말할 것이네. 르노 청년이 범행을 하도록 도와주고, 그다음에는 편리하게 밖으로 내보내진 부랑자라고 하겠지."

"그러면, 단도에 감겨 있던 머리카락은요? 그 여자의 머리카락 말이에요."

포와로는 노골적으로 웃으면서 말했다.

"아, 그것은 지로의 사소한 장난거리에 지나지 않아. 그는 아마도 그것은 절대로 여자의 머리카락이 아니라고 우길 걸세. 요즘 젊은이들이 포마드로 머리를 펴서 이마에서 뒤쪽까지 똑바로 빗어 넘기는 것을 기억해 보게. 그러면 거기에 상당히 긴 머리카락도 섞여 있게 마련이지."

"그러면 당신 생각도 역시 그렇다는 말씀이세요?"

"아닐세." 포와로는 수수께끼 같은 미소를 지으며 말했다.

"내가 아는 한 그것은 여자의 머리카락일세. 더구나, 바로 어떤 여자의!"

"도브뢰이 부인이로군요." 나는 강력하게 말했다.

"아마 그럴 수도 있겠지."

포와로는 짓궂게 나를 바라보면서 말했다. 그러나 나는 화가 나는 것을 참았다.

"우리는 지금 무엇 하러 가는 거죠?"

주느비에브 별장의 홀에 들어가면서 내가 물었다.

"나는 잭 르노의 소지품을 조사해 보고 싶네. 그러기 위해 나는 그를 몇 시간 걸리는 곳으로 내보낸 것이야."

"하지만, 지로가 벌써 살펴보지 않았을까요?"

"물론이겠지. 그는 부지런한 비버가 둑을 만들듯이 그렇게 지치도록 열심히 사건을 지어내고 있으니까. 하지만, 그는 내가 찾으려는 것은 발견하지 못했을 거야. 설사 그것들이 눈앞에 있었다고 해도 그는 도저히 발견하지 못했을 걸세. 자, 시작하세."

포와로는 교묘하고 질서정연하게 모든 서랍을 열어서 내용물을 조사한 다음, 그것들을 정확히 제자리에 돌려놓았다. 그것은 매우 지루하고 재미없는 작업이었다. 포와로는 옷깃, 파자마, 양말 속까지 샅샅이 들춰보았다.

밖에서 경석 소리가 늘리기에 나는 창문으로 가서 내다보았다. 동시에 정신이 번쩍 들었다. 내가 소리쳤다.

"포와로! 지금 막 차가 한 대 들어오는데, 지로와 잭 르노, 그리고 두 경관이 타고 있어요."

"빌어먹을!" 포와로는 화가 나서 소리쳤다.

"짐승 같은 지로, 좀 기다릴 수 없나? 이 마지막 서랍에 있는 것들을 어떻게 적당히 제자리에 놓아야 하는데. 서두르세."

그는 그 안에 있던 넥타이와 손수건 등을 마구 바닥에 꺼내 놓았다. 그러고는 갑자기 승리의 탄성을 지르면서 포와로는 뭔가를 들어 올렸다.

사각의 작은 마분지 같았는데, 분명히 사진이었다. 그것을 주머니 속에 쑤셔 넣고, 바닥의 물건들을 뒤죽박죽 서랍 속에 집어넣은 다음, 그는 내 팔을 잡아끌고서 서둘러 방을 나와 계단을 내려갔다. 홀에는 지로가 자기 포로를 바라보며 서 있었다.

포와로가 말했다.

"안녕하시오, 지로 씨. 어떻게 된 거요?"

지로는 잭을 향해 고개를 까딱 움직였다.

"도망치려고 했습니다. 내가 이 친구의 일거수일투족에 신경을 곤두세우고 있었는데도요. 이 친구는 자기 아버지 폴 르노 씨의 살인범으로 체포되었습니다."

포와로는 몸을 돌려서, 녹초가 된 채 문에 기대어 서 있는 청년을 마주 보았다. 그의 얼굴은 몹시 창백했다.

"뭐라고 할 말이 있으면 해봐요, 젊은이."

잭 르노는 무표정하게 그를 쳐다보았다.

"아무것도 없습니다." 그가 말했다.

제19장

내가 나의 회색 뇌세포를 사용하다

나는 말문이 막혀 버렸다. 최후까지도 나는 잭 르노가 범인이라는 것을 믿을 수 없었다. 포와로가 그에게 기회를 주었을 때, 나는 그가 자신의 무죄를 주장하리라고 기대했었다. 그러나 이제, 벽을 등지고 하얗게 질려서 서 있는 그를 보고, 또 저주스러운 고백이 그의 입술에서 나온 것을 듣고는 나는 더 이상 의심할 수가 없었다.

그런데 포와로가 지로에게로 몸을 돌렸다.

"이 사람을 체포한 근거가 무엇이오?"

"내가 그 이유를 당신에게 알려 주리라고 생각합니까?"

"예의상 그러리라고 생각하는데."

지로는 어정쩡하게 의심스러운 듯이 그를 쳐다보았다. 그는 무례하게 거절하려는 마음과 상대를 이겼다는 기쁨으로 마음이 양분되어 묘한 표정을 지었다.

"당신은 내가 실수를 했다고 생각하시는군요?" 그는 빈정거리며 말했다.

"그것 때문에 놀란 것은 아니오." 포와로는 적의를 품고 말했다.

지로의 얼굴은 짙게 격노의 빛을 띠었다.

"그렇다면, 들어와 보시죠. 당신 스스로 판단하게 될 겁니다."

그는 난폭하게 응접실 문을 열었고, 우리는 잭 르노를 다른 두 사람의 감시 하에 두고 안으로 들어갔다.

지로는 모자를 탁자 위에 내려놓으면서 극도로 비꼬아서 말했다.

"자, 포와로 씨, 지금부터 당신에게 형사가 하는 일에 관하여 짧은 강의를 해 드리겠습니다. 우리 현대의 형사들이 어떻게 작업하는지 보여 드리겠다는 말씀입니다."

"좋소!" 포와로는 경청하기 위해 마음을 가다듬으며 말했다.

"나는 당신에게 늙은 파수꾼이 얼마나 잘 경청할 수 있는지 보여 드리리다. 내가 잠들까 봐 염려하지는 마시오. 나는 정말 주의해서 들을 것이오."

그러고는 눈을 감고 등을 기댔다. 지로가 시작했다.

"물론, 나는 칠레인 운운하는 이야기가 어리석은 수작이라는 것을 꿰뚫어 보았습니다. 두 남자가 관련되기는 했지만, 그들은 수수께끼의 외국인이 아니었단 말입니다! 그것은 모두 속임수였습니다."

"지금까지는 매우 칭찬할 만하군요, 친애하는 지로 씨. 특히, 성냥과 담배꽁초 따위에 숨겨진 그 영리한 책략을 알아냈으니." 포와로가 중얼거렸다.

지로는 눈을 부릅떴으나 계속했다.

"이 사건에는 틀림없이 한 남자가 관련되어 있습니다. 무덤을 파야 했으니까요. 범행을 함으로써 실제로 이익을 얻는 사람은 없지만, 여기에서는 자신이 이익을 얻는다고 생각한 남자가 한 명 있었습니다. 나는 잭 르노가 자기 아버지와 싸웠다는 것과, 그때 그가 내뱉은 욕설에 대해서 들었지요. 동기는 설정되었습니다. 이제는 방법에 대해서 말씀드리지요. 잭 르노는 그날 밤 메를랭뷰에 왔습니다. 그는 그 사실을 자백했습니다―그것은 혐의를 확고히 해줍니다. 그 뒤에 우리는 두 번째 희생자를 발견했습니다―'동일한 칼에 찔린' 희생자. 우리는 그 칼이 도난당했다는 것을 알고 있습니다. 여기 있는 헤이스팅스 대위가 그 시간을 확실히 말할 수 있습니다. 셰르부르에서 돌아온 잭 르노가 그 칼을 몰래 훔칠 수 있는 유일한 사람이었습니다. 나는 이미 집 안의 다른 사람들을 모두 조사했습니다."

포와로가 끼어들었다.

"틀렸소. 단도를 가져갈 수 있었던 사람이 한 명 더 있소."

"스토너 씨 말입니까? 그는 칼레에서 이 별장 정문까지 곧장 자동차를 타고 왔습니다. 아, 나를 믿으시라니까요. 나는 모든 것을 조사해 보았습니다. 잭 르노는 기차로 도착했습니다. 그런데 그의 도착과 집에 나타난 시간 사이에 한 시간의 공백이 있습니다. 틀림없이 그는 헤이스팅스 대위와 그의 동행인이 창고를 떠나는 것을 보고, 그 안으로 살짝 들어가서 단도를 꺼내온 겁니다. 그리고 그 헛간에서 자기 공범자를 찔러 죽인 것이지요."

"그는 이미 죽은 사람이었소!"

지로는 어깨를 으쓱했다.

"아마 그는 그것을 알아채지 못했겠지요. 잭은 그가 자고 있다고 생각했을 겁니다. 틀림없이 그들은 다시 만났습니다. 어쨌든 그는 겉보기로는 두 번째가 되는 이 살인으로 사건이 매우 복잡해지리라고 생각한 거죠. 바로 이렇게 된 겁니다."

"하지만, 그것이 당신을 속일 수는 없었단 말이군." 포와로는 중얼거렸다.

"당신은 나를 놀리고 있군요. 하지만, 이제 나는 당신에게 반박할 수 없는 마지막 증거를 제시하겠습니다. 르노 부인의 이야기는 거짓말이었습니다. 처음부터 끝까지 꾸며낸 이야기였습니다. 우리는 르노 부인이 자기 남편을 진정으로 사랑했다고 믿습니다. 그러나 그녀는 남편의 살인자를 감싸 주려고 거짓말을 했습니다. 여자는 누구를 위해 거짓말을 하겠습니까? 자기 자신을 위해 가끔 그렇게 하겠지요. 사랑하는 사람을 위해서도 대게 그렇습니다. 그리고 자기 자식을 위해서는 '항상' 그렇게 합니다. 이것이 바로 마지막, 반박할 수 없는 증거입니다. 당신도 그것을 부정할 순 없을 겁니다."

지로는 잠시 말을 멈추고, 얼굴이 상기되어 의기양양해했다.

포와로는 그를 계속 응시했다.

"이것이 내 생각입니다. 여기에 대해 하실 얘기가 있으면 해보시죠."

지로가 말했다.

"당신이 잘못 생각한 것이 한 가지 있소."

"그게 무엇입니까?"

"아마도 잭 르노는 골프 코스에 대해 잘 알고 있었을 것이오. 따라서, 그는 사람들이 벙커를 파러 오면 곧 시체가 발견되리라는 것을 알았을 텐데?"

지로는 소리를 내어 크게 웃었다.

"당신이 그런 어리석은 말을 하다니! 그는 시체가 발견되기를 원한 겁니다! 그것이 발견되어서 르노 씨가 죽었다는 사실이 알려져야만 잭은 상속을 받을 수 있으니까요."

나는 포와로가 일어설 때 그의 눈이 초록색으로 번쩍이는 것을 언뜻 보았다.

"그렇다면, 왜 시체를 묻으려 했겠소?" 그는 천천히 물었다.

"생각해 보시오, 지로 씨. 시체가 지체 없이 발견되는 것이 잭 르노에게 유리했다면, 왜 무덤을 팠을까요?"

지로는 대답하지 않았다. 그는 그 질문에 대한 해답이 준비되어 있지 않았던 것이다. 그는 그런 것은 하나도 중요하지 않다는 듯이 어깨를 으쓱했다.

포와로가 문쪽으로 가기에, 나는 그를 따라갔다.

"당신이 잘못 생각한 것이 한 가지 더 있소." 그는 어깨너머로 말했다.

"또 뭡니까?"

"납으로 된 파이프 조각이오." 그는 그 말을 마치자마자 방을 떠났다.

잭 르노는 아직도 하얗게 질려서 침울하게 홀에 서 있다가, 우리가 응접실에서 나오자 눈을 들어 날카롭게 쳐다보았다. 바로 그때 계단에서 발걸음 소리가 들렸다. 르노 부인이 내려오고 있었다. 그녀는 두 경관 사이에 서 있는 아들의 모습을 보고는, 마치 돌비석처럼 굳어 버렸다.

"잭, 잭, 이게 무슨 일이냐?" 그녀는 말을 더듬거렸다.

"저 사람들이 저를 체포했어요, 어머니."

"뭐라고?"

그녀는 날카로운 비명을 지르면서 몸을 떨더니, 아무 손쓸 사이도 없이 쓰러지고 말았다. 우리 둘은 그녀에게로 달려가서 그녀를 들어 올렸다.

잠시 뒤 포와로는 다시 일어섰다.

"부인은 계단 모퉁이에 머리를 부딪쳤네. 내 생각에 뇌진탕을 좀 일으킨 것 같아. 만일 지로가 부인의 진술을 들으려 한다면 좀 기다려야 할 걸세. 아마 그녀는 적어도 1주일은 힘들 것 같아."

드니즈와 프랑수아즈가 안주인에게 달려오자, 포와로는 부인을 그들에게 맡기고 그 집을 떠났다. 그는 생각에 잠겨서 고개를 숙인 채 땅만 바라보고 걸었다. 얼마 동안 나도 아무 말 않다가 마침내 용기를 내어 그에게 질문했다.

"그렇다면 당신은 정반대의 상황에서도 잭 르노가 결백하다고 믿는다는 말입니까?"

포와로는 곧바로 대답하지 않았으나, 한참 만에 진지하게 말했다.

"잘 모르겠네, 헤이스팅스. 하지만, 그럴 가능성은 있지. 물론 지로는 틀렸네. 처음부터 끝까지 모조리 틀렸어. 만일 잭 르노가 유죄라 해도, 그것은 지로의 주장과는 다른 근거에 의한 걸 거야—그런 이유 때문이 아니라고 그를 체포할 수 있는 가장 중대한 증거는 나만이 알고 있네."

"그것이 뭔데요?" 나는 감동되어서 물었다.

"만일 자네의 회색 뇌세포를 사용하여 내가 한 것처럼 사건 전반을 명확하게 본다면, 자네도 그것을 파악할 수 있을 걸세, 친구."

이 말이 바로 항상 나를 화나게 만드는 포와로의 대답이다. 그는 내가 말하기를 기다리지도 않고 계속했다.

"이 길로 해서 바다까지 나가세. 거기 있는 작은 둑에 앉아서 해변을 바라보며 이 사건을 다시 찬찬히 살펴보자고. 자네도 내가 아는 것을 모두 알게 되겠지만, 내가 이끄는 대로 실마리를 찾을 것이 아니라, 나는 자네가 스스로의 노력으로 진실을 파악하기를 바라네."

우리는 포와로의 말대로 바다가 바라보이는 작은 언덕 위 풀밭에 자리를 잡았다. 모래를 따라 좀 떨어진 곳에서 수영하는 사람들의 소리가 희미하게 들려왔다. 바다는 시리도록 파란색을 띠고 있었으며, 그 고요함으로 인해 나는 우리가 메를랭뷰에 도착하던 날이 생각났다. 그때 난 매우 들뜬 기분이었는데, 포와로는 나에게 '임종이 가까운 사람처럼 흥분했다'라고 말했었다. 그 이후로 대단히 많은 시간이 지난 것 같았다. 사실은 사흘밖에 되지 않았는데!

"생각해 보게, 친구."

포와로는 격려하는 듯한 목소리로 말했다.

"자네의 생각들을 정리해 보라고. 조직적으로 질서정연하게 말이야. 그것이 바로 성공의 비결일세."

나는 이 사건의 모든 사소한 일까지 마음에 떠올리면서, 그의 말을 따르려고 애썼다. 그런데 유일하게 확실하고 가능성 있는 해답은 결국 포와로가 경멸하는 지로의 설명뿐인 것 같았다.

나는 다시 한 번 깊이 생각해 보았다. 빈틈이 있었다면 그것은 도브뢰이 부인과 관련된 사항이었다. 지로는 그녀와 브롤디 사건과의 관계를 모르고 있다.

포와로는 브롤디 사건이 매우 중요하다고 말했다.

내가 찾아야 하는 것은 바로 거기에 있다. 나는 이제 올바른 궤도에 올라선 것 같았다. 그러자, 갑자기 깜짝 놀랄 만한 생각이 내 머릿속에 떠올랐다.

나는 온몸에 전율을 느끼며 나의 가설을 세웠다.

"자네, 생각을 해냈구먼. 여보게, 멋지네! 자, 차근차근 얘기해 나가세."

"포와로, 나는 우리가 이상하게도 부주의했다는 생각이 듭니다. 실은 '내가' 부주의했다고 말해야 옳겠지만, '우리'가 부주의했다고 말하는 것은 당신의 투철한 비밀주의에 대한 대가입니다. 그래서, 나는 우리가 이상하게도 부주의했었다고 다시 말씀드립니다. 우리가 잊고 있던 사람이 있습니다."

"그 사람이 누군가?" 포와로는 두 눈을 반짝이며 물었다.

"조르주 코노!"

제20장

놀라운 진술

다음 순간 포와로는 나를 따뜻이 포옹해 주었다.

"멋져! 자네, 해냈군! 순전히 자네 힘으로 말이야. 자네의 추리를 계속해 보게. 자네가 옳아. 조르주 코노를 잊은 것이 우리의 결정적인 실수였어."

나는 포와로의 인정으로 너무 기분이 좋아져서, 당장은 더 이상 이어나갈 수가 없었다. 그러나 마침내 나는 내 생각을 모아서 계속해 나갔다.

"조르주 코노는 20년 전에 사라졌지만, 우리는 그가 죽었다고 단정할 수는 없습니다."

"그렇지." 포와로는 동의했다.

"계속해 보게."

"그러므로 우리는 그가 살아 있다고 가정해야 할 겁니다."

"맞았어."

"그렇지 않다면, 그는 최근까지 살아 있었습니다."

"훌륭해! 아주 좋아!" 그는 불어로 소리쳤다.

"그가 불운을 만났다고 가정해 보죠." 나는 열을 올리며 계속했다.

"그는 전과자에서 깡패로, 또 부랑자로 되어 갔습니다. 그러다가 그는 우연히 메를랭뷰까지 흘러들어오게 되었지요. 그러고는 여기서 자기가 한시도 잊은 적이 없는 여인을 만나게 된 겁니다."

"또 감상주의!" 포와로가 경고했다.

"증오가 있는 곳에 사랑도 있다."

나는 어디선가 본 말을 인용했다. 혹시 잘못 인용했는지도 모른다.

"어쨌든 그는 가명을 사용하면서 그녀를 지켜보았습니다. 그러나 그녀에게는 영국인인 르노라는 새 애인이 있었습니다. 조르주 코노는 과거의 악몽 같은 기억이 되살아나서 그 르노와 심하게 말다툼을 벌였습니다. 그는 르노가 자신의 옛 애인이었던 정부를 만나러 오기를 기다려, 그를 습격해 칼을 휘두른 것이지요. 그러고 나서 자기가 한 행동이 두려워지자, 그는 무덤을 파기 시작했겠죠. 내 생각에는 그때 애인을 만나기 위해 도브뢰이 부인이 밖으로 나온 것 같습니다. 그녀는 코노가 저지른 무시무시한 장면을 봅니다. 그는 엉겁결에 그녀를 끌고 헛간으로 갑니다. 그런데 거기서 갑자기 간질병 발작으로 쓰러집니다. 바로 그때 잭 르노가 왔다고 생각해 보십시오.

도브뢰이 부인은 그에게 모든 것을 말해 주면서, 그 과거의 추문이 되살아날 경우 딸에게 닥칠 무시무시한 결과를 얘기합니다. 그의 아버지의 살인자는 죽었습니다. 그들은 최선을 다해 그것을 숨기기로 하고, 잭 르노도 동의합니다. 그는 집으로 가서 자기 어머니와 상의한 다음 그녀를 자기편으로 끌어들입니다. 르노 부인은, 도브뢰이 부인이 아들에게 얘기해 준 계획을 듣고, 재갈을 물린 채 온몸이 묶이는 역할을 기꺼이 하겠다고 합니다. 자, 포와로, 어떻습니까?"

나는 성공적인 재구성이 자랑스러워서 의기양양해하며 상체를 뒤로 젖혔다.

포와로는 생각에 잠겨 나를 보았다.

"자네, 영화화할 시나리오를 쓰는 줄 아나, 친구?" 마침내 그가 말했다.

"당신 생각은……?"

"자네가 나에게 자세히 들려준 그 이야기는 좋은 영화는 만들 수 있겠네만, 일상생활과는 좀 거리가 있네."

"모든 것을 자세히 설명하지 못했다는 것은 나도 인정합니다. 하지만……"

"자네는 굉장히 멀리 가버렸어. 자네는 그것들을 멋지게 무시해 버린 거야. 두 사람의 옷 입은 상태에 대해서는 어떻게 생각하나? 코노가 그의 옷을 벗겨서 자기가 입은 뒤에, 단도로 그를 찔렀겠나?"

"저는 그것이 왜 중요한지 모르겠습니다. 그전에 그가 도브뢰이 부인을 협박해서 돈과 옷을 얻었을지도 모르잖아요?"

나는 약간 시무룩해져서 반박했다.

"협박이라고? 잘 생각해 보고 하는 말인가?"

"물론입니다. 르노 씨에게 그녀의 정체를 폭로하겠다고 코노가 협박했을 수도 있습니다. 그렇다면, 아마도 그녀로서는 딸의 결혼에 대한 모든 희망이 사라져 버릴 것이라는 불안감에 싸였겠죠"

"그렇지 않네, 헤이스팅스. 그는 그녀를 협박할 수 없었어. 칼자루를 쥐고 있는 쪽은 그녀였으니까. 조르주 코노는 아직도 살인범으로 수배 중이라는 것을 기억하게. 그녀가 한마디만 하면 그는 단두대로 갈 위험에 처해 있었네."

나는 마지못해 그렇다고 인정할 수밖에 없었다.

"당신의 추리는, 모든 사소한 부분들까지 틀림없이 정확합니까?"

나는 신랄하게 말했다.

"나의 추리는 진실이네." 포와로는 조용히 말했다.

"그리고 진실은 당연히 정확하지. 자네의 추리에는 근본적인 잘못이 있네. 자네의 상상력이 자네를 한밤중의 밀회와 정열적인 연애장면으로 잘못 이끈 걸세. 그러나 범죄를 수사할 때는 평범한 일에 기초해야 하네. 나의 방법을 자네에게 증명해 보여 줄까?"

"오, 반드시 증거를 찾아야만 해요! 어서요!"

포와로는 똑바로 앉아서, 자기의 요점을 강조하기 위해 집게손가락을 흔들어 보이면서 말하기 시작했다.

"나도 자네처럼 조르주 코노에 대한 기본적인 사실로부터 출발하겠네. 브롤디 부인이 법정에서 '러시아 사람들'에 관해 한 말은 분명히 꾸며낸 이야기였네. 만일 그녀가 범행을 묵인한 죄가 없다면 그것은 그녀에 의해서, 그녀가 말한 대로 자기 혼자서만 꾸며낸 이야기일세.

그런데 만일 반대로 그녀에게 범행을 묵인한 죄가 있다면, 그 이야기는 그녀 또는 조르주 코노에 의해서 꾸며진 것이네. 자, 우리가 조사하고 있는 이 사건에서도 우리는 똑같은 이야기를 듣게 되었네. 내가 자네에게 지적했듯이, 여러 가지 사실로 보아 도브뢰이 부인이 그 이야기를 만들어 냈을 것 같지는 않네. 그래서, 우리는 이제 그 이야기가 조르주 코노의 머리에서 나왔다고 가정하겠네. 매우 훌륭해. 그리하여 조르주 코노는 그의 공범자인 르노 부인과 범행을 계획했네. 그녀는 지금 세상의 주목을 받고 있고, 그녀 뒤에는 아직 정체를 알 수 없는 희미한 어떤 인물이 있네.

자, 이제 르노 사건을 처음부터 조심스럽게 훑어보세. 그리고 중요한 사항은 날짜 순서대로 적어 보세. 종이와 연필 갖고 있나? 좋아. 자, 가장 먼저 적어야 할 것이 무엇이겠나?"

"당신에게 온 편지?"

"그것이 우리가 사건에 대해 알고 있는 최초의 것이지. 그러나 그것을 사건의 발단으로 보기는 좀 적합하지 않네. 내가 말하는, 최초의 중요한 사항은 르노 씨가 메를랭뷰에 도착한 지 얼마 안 되어 나타난 변화일세. 몇 사람의 목격자가 그것을 증언했지. 우리는 또 그와 도브뢰이 부인과의 우정에 대해서도 생각해야만 하고, 그녀에게 건네준 거액의 돈도 빠뜨려서는 안 되네. 거기서부터 곧바로 5월 23일로 넘어가세."

포와로는 잠시 멈추고 목을 가다듬더니, 나에게 적으라는 표시를 했다.

"5월 23일. 르노 씨, 마르트 도브뢰이 양과 결혼하고 싶다는 문제로 아들과 싸움. 아들은 파리로 떠남.

5월 24일. 르노 씨, 유언장을 고쳐 전 재산을 아내에게 남김.

6월 7일. 정원에서 부랑자와 싸움. 마르트 도브뢰이에 의해 목격됨.

에르퀼 포와로에게 도움을 간청하는 편지를 씀.

잭 르노에게 전보를 쳐서, 그에게 앙조라 호를 타고 부에노스아이레스로 가라고 명령함.

운전사인 매스터스, 휴가를 주어 내보냄.

그날 저녁때, 한 여인의 방문을 받음. 그녀를 배웅하면서 그는, '예, 그래요 그러나 이제는 제발 좀 가주시오.'라고 말함."

포와로는 잠시 멈추었다.

"자, 헤이스팅스, 이 사실을 하나씩 가져다가 전체적인 관계를 생각해 보게. 그리고 뭔가 새로운 생각이 떠오르지 않나 살펴보게."

나는 그의 말대로 하려고 의식적으로 노력했다. 잠시 뒤에 좀 미심쩍어하면서 내가 말했다.

"사건의 시작에 대해서인데요. 협박이냐, 아니면 르노 씨가 그녀에게 반했느

나는 것을 선택하는 문제가 생깁니다."

"틀림없이 협박이야. 자네도 스토너가 그의 성격과 습관에 대해서 한 말을 기억하잖나."

"하지만, 르노 부인은 그와 견해가 달랐지 않습니까?" 내가 논박했다.

"우리는 이미 르노 부인의 증언은 전혀 신뢰할 수 없다는 것을 알았네. 그러니, 그 점에 대해서는 스토너를 믿어야만 하네."

"하지만, 만일 르노가 벨라라는 여자와 관계를 가졌었다면, 도브뢰이 부인과 가질 수 있는 가능성도 있는 것 아닙니까?"

"내 생각엔, 그는 아무와도 관계를 맺지 않았어, 헤이스팅스. 그가 그랬을 것 같은가?"

"그 편지 말이에요, 포와로. 그 편지를 잊었군요."

"아니, 나는 그것을 잊지 않았네. 하지만, 자네는 왜 그 편지가 르노 씨에게 온 것이라고 생각하는가?"

"그의 주머니에서 발견되었으니까요. 그리고, 그리고……."

"그것밖에 없네!" 포와로가 말을 잘라 버렸다.

"그 편지에는 받는 사람이 누구인지에 대해 아무런 언급이 없었어. 우리는 편지가 그의 외투 주머니 속에 있었기 때문에 그에게 온 것이라고 가정했었지. 자, 친구, 나는 그 외투가 뭔가 이상하다는 생각이 들었다네. 그래서 그것을 재어 보고, 그가 외투를 길게 입었다고 말하지 않았나. 그 말을 듣고 자네도 생각을 좀 했어야 했는데."

"나는 당신이 뭔가 다른 것을 말하려고 그 말을 하신 줄 알았습니다."
나는 고백했다.

"무슨 소릴 하는 겐가! 그 뒤에 자네는 내가 잭 르노의 외투 길이를 재는 것을 보았었네. 그런데 그는 외투를 너무 짧게 입고 있었단 말일세. 그 두 가지 사실과 잭 르노가 파리로 출발하기 위해 서둘러서 집을 뛰쳐나갔다는 세 번째 사실을 합쳐 보게. 무슨 생각이 떠오르나?"

"알았습니다."
나는 포와로가 말한 의미를 마음속에 새기면서 천천히 말했다.

"그 편지는 그의 아버지에게가 아니라 잭 르노에게 온 것이로군요. 그는 바삐 서두르면서 법석을 떠느라 외투를 잘못 잡은 것이지요."

포와로는 고개를 끄덕였다.

"정확하네! 그 이야기는 좀 다음으로 미루어 두세. 우선 그 편지는 아버지 르노 씨와 관계없다는 것으로만 만족하고, 이제 순서대로 사건을 검토해 보세."

내가 읽었다.

"5월 23일. 르노 씨, 마르트 도브뢰이 양과 결혼하고 싶다는 문제로 아들과 싸움. 아들은 파리로 떠남―나는 이 점에 대해서는 별로 할 말이 없습니다. 그리고 다음 날 유언장을 고친 것은 매우 단순한 일로 보입니다. 그것은 싸움으로 인한 직접적인 결과였겠죠."

"여보게, 우리는 적어도 그 원인에 대해서는 의견이 일치하네. 하지만, 르노 씨의 그러한 행동 뒤에 있는 정확한 동기는 무엇이었겠나?"

나는 놀라서 눈을 크게 떴다.

"물론 아들에게 화가 난 거겠죠."

"그런데도 그는 파리에 있는 아들에게 자상한 편지를 썼단 말인가?"

"잭 르노가 그렇게 말하기는 했지만 편지를 제출하지는 못했습니다."

"자, 그 점은 통과하세."

"다음 차례는 비극이 일어난 날입니다. 당신은 그날 아침에 있었던 사건들을 확정된 듯한 순서로 배열했는데, 그것을 정당화할 만한 증거라도 있습니까?"

"나는 그가 내게 편지를 부치면서 동시에 전보를 쳤다고 확신하네. 매스터스에게 잠깐 쉬어도 좋다고 알린 것도 그때였지. 내 생각에 부랑자와의 싸움은 이 모든 일에 앞서 일어났네."

"도브뢰이 양에게 다시 물어보지 않고서는 그렇게 결정적으로 확정시킬 수 없다고 생각합니다."

"그럴 필요가 없네. 틀림없어. 자네가 만일 그것을 모르겠다면, 자네는 아무것도 모르는 걸세, 헤이스팅스!"

나는 잠시 그를 바라보았다.

"물론입니다! 그걸 모르다니 내가 멍청했어요. 그 부랑자가 조르주 코노였다면, 르노 씨가 위험을 알아차린 것은 그와 소란스럽게 말다툼을 한 뒤였겠지요. 그래서 그는 운전사인 매스터스가 남의 돈에 매수되어 있을지도 모른다고 생각하여 그를 멀리 보내 버린 것입니다. 그리고 나서 아들에게 전보를 치고, 당신에게 편지를 보낸 거죠."

희미한 미소가 포와로의 입술에 나타났다.

"자네는 그가 편지에서 사용한 표현과 뒤에 르노 부인이 쓴 표현이 정확하게 일치하는 것이 이상하게 생각되지 않나? 만일 산티아고에 대한 이야기가 속임수였다면, 왜 르노는 그렇게 해야 했을까? 게다가, 아들을 그곳으로 보내야만 한 이유는 무엇일까?"

"그것참 어려운 질문입니다만, 나중에 적절한 설명을 찾을 수 있겠죠. 이제 그날 저녁으로 넘어가 보시죠. 르노 씨는 수수께끼 같은 한 여인의 방문을 받게 됩니다. 프랑수아즈가 처음에 말한 대로, 그녀가 도브뢰이 부인이 아니라면 나는 정말 갈피를 못 잡겠습니다."

포와로는 고개를 저었다.

"여보게, 자네의 재치는 어디를 방황하고 있는 것인가? 벨라 뒤브앙이라는 이름이 스토너에게 낯설지 않다는 사실과 수표 조각을 기억하게. 그래서, 나는 벨라 뒤브앙이 당연히 잭에게 편지를 보낸, 알려지지 않은 여인의 완전한 이름이라고 생각하네. 그리고 그날 밤 주느비에브 별장에 온 것도 그녀가 분명해. 그녀가 잭을 만나러 왔는지, 아니면 처음부터 그의 아버지에게 호소하려고 했는지는 우리가 확실히 모르겠지만, 그로 인하여 무슨 일이 일어났는가는 짐작할 수 있네. 그녀는, 잭이 자신에게 보낸 편지들을 보이면서 잭에 대한 자기의 권리를 주장했을 테고, 그 노인은 수표를 써주면서 그녀를 돌려보내려고 했을 걸세. 그녀는 그것을 무례하게 찢어 버렸지. 그녀가 쓴 편지는 진정으로 사랑에 빠진 그런 여자가 아니면 할 수 없는 내용이었어. 그러니, 그녀는 돈을 받는다는 것을 대단히 불쾌하게 여겼을 것이 아닌가? 결국 그는 그녀를 보내 버렸어. 여기 있는 말은 바로 그런 의미일세."

"'예, 그래요, 하지만 이젠 제발 좀 가주시오.'" 내가 다시 읽었다.

"말이 좀 격렬한 것 같군요. 이것뿐인데요."

"그것이라면 충분하네. 그는 그 처녀가 나가 주기를 필사적으로 바라고 있었으니까. 왜 그랬을까? 서로 의견이 맞지 않아 대화가 불쾌해서만은 아니네. 그게 아니라, 지나가고 있는 시간 때문이었어. 어떤 이유로 해서 시간이 몹시 귀중했지."

"왜 그렇게 중요했을까요?" 나는 당황하여 물었다.

"그것이 바로 우리가 풀어야 할 문제일세. 왜 그랬을까? 또한, 우리가 우연히 발견한 손목시계에 의하면, 이 범행에서 시간은 매우 중요한 역할을 했다는 것을 알 수 있네. 이로써 우리는 실제 각본에 빠르게 접근해 가고 있네. 벨라 뒤브앙이 떠난 것은 10시 30분쯤이었으며, 손목시계의 시간으로 보아 범행은 12시 전에 저질러졌거나, 아니면 최소한 그렇게 계획되어 있었다는 것을 알 수 있네. 우리는 이제 한 가지만을 제외하고는 살인 전에 있었던 모든 일을 점검해 보았어. 의사의 증언에 따르면, 그 부랑자는 발견 당시 죽은 지 48시간 이상 되었다고 했지. 그것은 우리가 예상한 시간과 24시간 이상의 차이가 있어. 자, 이제 나는 우리가 지금까지 토의한 내용만으로 그 죽음은 6월 7일 아침에 일어났다고 결정짓겠네."

나는 멍하게 그를 쳐다보았다.

"어떻게요? 왜요? 당신이 그것을 어떻게 알 수 있습니까?"

"그래야만 일련의 사건들이 논리적으로 설명되기 때문이지. 여보게, 나는 자네를 한 걸음씩 차례차례 이끌어왔네. 확 트인 평원이 바로 눈앞에 보이지 않는가?"

"포와로, 내 눈엔 아무것도 보이지 않아요. 아까는 뭔가 보이기 시작한다고 생각했습니다만, 이제는 다시 희망 없이 안갯속에 있는 것 같아요."

포와로는 안됐다는 듯이 나를 바라보며 고개를 저었다.

"저런! 그것참 안됐군! 머리는 좋은데, 그것을 활용하는 방법은 애처로울 정도로 결여되어 있으니. 작은 회색의 뇌세포들을 전개시킬 수 있는 가장 탁월한 방법은 연습이네. 내가 자네에게 덧붙일 것은⋯⋯."

"제발, 이젠 그만두십시오! 당신은 정말 사람을 짜증 나게 하는군요, 포와로 제발, 하던 이야기나 계속해 누가 르노 씨를 죽였는지 말해 주세요."

"그것은 아직 나도 확신할 수 없네."

"하지만, 당신은 빤히 보인다고 말했잖아요?"

"우리는 지금 서로 어긋난 말을 하고 있어. 우리가 조사하고 있는 것은 '두 개의 범행'이라는 것을 기억하게. 그에 대해서 내가 전에도 말했듯이 우리는 당연히 두 개의 시체를 가져야 하네. 이봐, 제발 급하게 서둘지 말게!

내가 모든 것을 설명하지. 우선 심리학을 적용해 보세. 우리는 목격자들의 진술을 통해 르노 씨가 세 가지의 다른 생각과 행동을 나타냈던 것을 발견할 수 있네. 말하자면 세 가지 경우의 심리적인 상태를 갖게 되는 것이지. 첫 번째는 그가 메를랭뷰에 도착하자마자 즉각 나타났고, 두 번째는 어떤 일로 아들과 싸운 뒤에 일어났으며, 세 번째는 6월 7일 아침일세.

자, 그럼 그 세 가지 경우의 원인을 따져 보세. 첫 번째 경우는 도브뢰이 부인을 만난 탓으로 돌릴 수 있네. 두 번째는 르노 씨의 아들과 도브뢰이 부인의 딸과의 결혼에 관련되어 있으므로, 그녀와 간접적으로 관계가 있다고 볼 수 있지. 하지만, 세 번째의 원인은 우리가 아직 발견하지 못했어. 우리는 바로 그것을 추리해내야만 하는 걸세. 자, 친구, 질문을 하나 하겠는데, 누가 이 범행을 모의했다고 믿는가?"

"조르주 코노."

나는 조심스럽게 포와로를 보면서 말했다.

"맞았어. 잘 생각해 보게. 지로의 말에 의하면, 여자는 자기 자신, 자기가 사랑하는 사람, 그리고 자기의 자녀들을 위해서 거짓말을 하네. 그런데 그녀에게 거짓말을 시킨 것은 조르주 코노이고, 잭 르노는 조르주 코노가 될 수 없으므로, 르노 부인이 잭을 위해 거짓말을 한 것은 아니네. 범행은 조르주 코노의 소행이므로 그녀가 자신을 위해 거짓말을 한 것도 아닐세. 그래서, 우리는 어쩔 수 없이 두 번째와 같이, 르노 부인이 자기가 사랑하는 사람을 위해서 거짓말을 했다고 믿을 수밖에 없네. 다시 말하면 바로 조르주 코노를 위해서지. 자네, 이것에 동의하는가?"

"예." 나는 인정했다.

"매우 논리적인 것 같습니다."

"좋아! 르노 부인이 조르주 코노를 사랑한다. 그렇다면, 누가 조르주 코노일까?"

"부랑자요."

"르노 부인이 그 부랑자를 사랑했다는 것을 보여 주는 증거가 우리에게 있나?"

"없습니다. 하지만……"

"그래, 좋아. 앞으로는 사실에 근거하지 않은 추리에는 집착하지 말게. 그 대신 르노 부인이 '정말로' 사랑한 사람이 누구였는지 자네 자신에게 물어보게."

나는 당황하여 고개를 저었다.

"그렇고말고. 자네는 완전히 알고 있네. 르노 부인이 그의 시체를 보고 기절할 정도로 그렇게 깊이 사랑한 사람이 누구였겠나?"

나는 말문이 막혀 그를 쳐다보았다.

"그녀의 남편……?" 나는 숨이 멎을 것만 같았다.

포와로는 고개를 끄덕였다.

"그녀의 남편, 달리 말하면, 조르주 코노일세. 자네가 부르고 싶은 대로 불러도 괜찮아."

나는 다시 제정신으로 돌아왔다.

"하지만, 그것은 불가능해요."

"어떻게 불가능하다는 말인가? 우리는 방금 도브뢰이 부인이 조르주 코노에게 협박할 만한 위치에 있다는 데에 의견의 일치를 보지 않았나?"

"그렇기는 합니다만……."

"그리고 그녀는 르노 씨를 실제로 상당히 협박하지 않았나?"

"충분히 그럴 수도 있습니다. 그렇지만……."

"그리고 우리가 르노 씨의 젊은 시절과 성장 과정에 대해서 아무것도 모르는 것이 사실이잖나? 그가 22년 전에 갑자기 프랑스계 캐나다인으로 이 세상에 나타난 것도."

"모두 맞습니다." 나는 더 분명히 말했다.

"하지만, 내게는 당신이 눈에 띄는 점을 한 가지 간과하고 있는 것처럼 보입니다."

"그게 무엇인가?"

"조르주 코노가 범행을 하게 된 동기입니다. 여태까지의 추리에 의하면, 그는 자신을 죽이려고 계획했다는 어이없는 결론에 도달하게 되고 맙니다."

"여보게, 그것이 바로 그가 정말로 한 일일세."

포와로는 차분히 말했다.

제21장

에르큘 포와로의 사건 풀이

포와로는 신중한 목소리로 설명하기 시작했다.

"자기 자신의 살인을 계획한다는 것이 자네에게는 이상하게 보이겠지? 너무나 이상해서 자네는 진실을 환상이라 묻어 버리고, 실제로 열 배나 더 불가능한 이야기에 마음을 쏟고 있는 걸세. 그래, 르노 씨는 자기 자신을 죽일 계획을 세웠어. 하지만, 자네가 알아차리지 못한 사실이 하나 있네. 그는 죽을 의향은 없었단 말일세."

나는 당황하여 고개를 저었다.

"하지만, 실제로는 모든 것이 매우 간단하네." 포와로는 친절하게 말했다.

"르노 씨가 계획한 범행에는 살인자가 필요 없었고, 단지 시체만 필요했어. 자, 이번에는 사건을 다른 각도에서 바라보면서 재정립해 보세. 조르주 코노는 법정을 피해 캐나다로 날아갔네. 그는 거기서 가명으로 결혼했고, 마침내는 남미에서 큰 행운을 얻게 되었네. 그러나 그에게는 조국에 대한 향수가 있었지. 20년이라는 세월이 흘렀고, 그의 외모도 상당히 변했으며, 게다가 아주 저명한 사람이 되었으니, 누구라도 그를 20년 전에 법을 피해서 도망친 사람과 관련시키지는 않을 것 같았네. 그래서 되돌아가도 안전하리라고 생각했지.

그는 영국에 근거지를 두고 여름은 프랑스에서 보내기로 했네. 그리고(불행하게도, 인간의 종국을 결정짓고 인간으로 하여금 자신의 행동의 결과를 회피하지 못하도록 하는 알 수 없는 정의로 인해서) 그는 메를랭뷰로 오게 된 것이네. 그런데 프랑스 전체에서 그를 알아볼 수 있는 단 한 사람이 바로 거기에 있었던 것이지. 이렇게 되자 도브뢰이 부인은 금광을 얻은 것이나 다름없었고, 그녀는 돈을 긁어내는 데 있어 전혀 망설임이 없었네. 그는 그녀의 손아귀에서 옴짝달싹할 수 없는 신세가 되어 버렸지. 그녀는 그를 심하게 착취했네.

바로 그때 피할 수 없는 사건이 발생했네. 잭 르노가 그곳에서 매일 보다시피 하는 아름다운 처녀와 사랑에 빠져서, 그녀와 결혼하겠다고 하게 된 것일세. 그것은 그의 아버지를 놀라게 했지. 어떻게 해서든지 그는 자기 아들이 그 악독한 여자의 딸과 결혼하는 것을 막아야 했네. 잭 르노는 아버지의 과거에 대해 아무것도 몰랐지만, 부인은 모든 것을 알고 있었네. 그녀는 강한 성격을 지니고 있었고, 남편에게 아주 헌신적인 아내일세. 그들은 함께 의논을 했네. 르노는 피할 수 있는 방법이라곤 단 한 가지밖에 없다고 판단했지. 죽음일세. 그는 죽은 것처럼 알려져야만 했네. 그러나 실제로는 다른 나라로 피신하여, 거기서 가명을 쓰고 새 출발을 하는 것이지.

르노 부인은 얼마 동안 과부 역할을 하다가 나중에 그와 합류하려 했네. 그러자면 그녀가 모든 재산에 대한 권한을 갖고 있어야 하므로 그는 유언장을 고친 것이지. 그들이 처음에는 시체를 어떻게 구하려 했는지 나는 잘 모르겠네. 아마 미술 전공 학생들이 쓰는 골격을 갖다 놓고 불을 지르려고 했거나, 뭐 그런 비슷한 생각이었겠지. 그런데 그들이 계획을 실행하기 전에, 그들에게 이로운 한 가지 사건이 우연히 벌어진 거야. 사나운 뜨내기 부랑자가 욕을 해대면서 난폭한 태도로 별장 정원에 들어온 걸세. 르노가 그를 쫓아내려 하다가 그만 싸움이 벌어졌지. 그런데 그 부랑자가 갑자기 간질병 발작을 일으키며 졸도해 버린 거야. 그는 곧바로 죽었네.

르노 씨는 부인을 불러서, 그를 헛간으로 끌고 갔네(우리가 알고 있듯이 사건은 밖에서 일어났어). 그리고 그들은 자기에게 주어진 놀라운 기회를 깨달았지. 그 남자는 르노 씨와 닮은 데는 없었지만, 중키에 전형적인 프랑스인이었네. 그것이면 충분했지.

그들은 집에서 멀찍이 떨어져 소리쳐도 들리지 않는 벤치에 앉아서 그 문제를 의논했겠지. 그들의 계획은 재빨리 만들어졌네. 시체 확인은 전적으로 르노 부인의 증언에만 의존하도록 해야 했네. 그래서 잭 르노와 함께 있은 지 2년이 되는 운전사는 방해가 되지 않도록 집을 떠나게 해야만 했지. 프랑스인 하녀들은 좀처럼 시체 곁에 오려 하지 않을 테고, 어쨌든 르노는 다른 사람들이 조금도 눈치채지 못하도록 조치하려 한 거지.

매스터스는 나가서 쉬라고 했고, 잭에게는 전보를 쳤어. 르노가 꾸며낸 이야기가 신빙성 있도록 하기 위해 부에노스아이레스가 선택된 것이지. 그리고 그다지 유명하지도 않은 늙은 탐정이 있다는 소문을 어디서 들은 모양이지. 여기에 도착해서 안 사실이지만, 그는 자기가 탐정에게 편지를 보냈다는 사실이 예심판사에게 미칠 중대한 영향을 염두에 두고서 나에게 도움을 호소하는 편지를 썼네. 물론 그 효과는 충분히 발휘되었지.

그들은 부랑자의 시체에 르노 씨의 옷을 입혔네. 그러고는 그의 낡은 외투와 바지를 집 안으로 가져갈 수가 없어서 문 옆에 그대로 두었던 걸세. 그런 다음, 르노 부인의 진술에 신빙성을 주기 위해 죽은 사람의 심장을 단도로 찔렀던 것이네. 밤이 되면 르노 씨는 아내를 묶고 재갈을 물릴 생각이었지. 그리고 나서 삽으로, 뭐라고 한댔지, 벙커라고? 하여간 그 지점에 구덩이를 파기로 했을 거야. 시체는 반드시 사람들 눈에 금방 띄어야 했네. 그래야 도브뢰이 부인이 아무 의심도 못할 테니까.

한편, 시간이 조금 지나 자신의 정체가 탄로 날 위험이 거의 없다고 생각될 때쯤 해서, 그는 부랑자의 누더기를 걸치고 역까지 어슬렁어슬렁 걸어가서 거기서 아무도 눈치채지 못하게 12시 10분 차로 떠나려 했을 걸세. 범행은 두 시간 뒤에 일어났다 여겨질 것이므로, 그는 아무 의심도 받지 않게 되겠지.

자네는 이제 그가 왜 벨라라는 처녀가 찾아온 것을 성가시게 여겼는지 알았을 걸세. 조금이라도 지체하면 그의 계획이 근본적으로 틀어지게 되거든. 그는 가능한 한 빨리 그녀를 쫓아 버렸네. 자기 일을 하기 위해서 말이야!

그는 살인범들이 현관으로 나갔다는 인상을 주기 위해 문을 약간 열어놓았지. 그는 20년 전 자신의 실수를 회상하면서 부인을 묶고 재갈을 물렸네. 그때는 밧줄을 헐렁하게 묶은 탓에 공범자가 있다고 의심을 받게 되었었지. 그러고 나서, 그는 자기가 과거에 고안해서 써먹었던 이야기를 그녀에게 미리 일러주었네—20년 전 기억에 대한 혐오스런 감정을 금할 수 없었겠지만.

그날 밤은 좀 쌀쌀했네. 그래서 그는 속옷 위에 외투를 걸치고 나가서, 구덩이를 다 판 뒤에 죽은 사람을 던져 넣을 작정이었네. 그는 창문으로 빠져나간 다음, 화단의 발자국을 조심스럽게 지워 버렸지. 그리하여 자기에게 결정적으로 불리한 증거를 만들어 놓게 된 거야. 그는 혼자서 골프장으로 갔네. 그리고 구덩이를 팠지. 그런데 그때……"

"예?"

포와로는 진지하게 말했다.

"바로 그때, 그가 지금까지 그렇게 잘 피해 온 정의가 그에게 들이닥쳤던 것이네. 누군가 미지의 손이 다가와 등 뒤에서 그를 칼로 찔렀던 것이지……. 자, 헤이스팅스, 내가 두 개의 범행이라고 말한 의미를 알겠지? 첫 번째 범행, 즉 르노 씨가 오만불손하게도 우리에게 조사를 의뢰한 그 범행은 이제 해결되었네(그가 우리에게 수사를 의뢰한 것은 큰 실수였어. 이 에르퀼 포와로를 잘못 알았지!). 하지만, 그 뒤에 더 깊은 수수께끼가 놓여 있네. 그것을 푸는 것은 어려울 거야. 범인은 현명하게도 르노가 마련해 놓은 트릭을 사용했기 때문일세. 그것은 정말 당혹스럽고 풀기 어려운 수수께끼야. 심리학을 무시한 채 다른 데만 뒤지는 지로와 같은 젊은이들은 거의 틀림없이 실패하고야 말지."

"놀랍군요, 포와로." 나는 감탄하여 말했다.

"정말로 놀랍습니다. 도대체 이 세상에서 당신이 아니면 누가 그런 일을 할 수 있겠어요!"

나의 칭찬이 그를 기쁘게 한 것 같았다. 좀처럼 당황하지 않는 그도 어쩔 줄 몰라 했다.

"아, 그렇다면 이제 자네 더 이상 이 불쌍하고 늙은 포와로를 경멸하지 않을 텐가? 자네의 충성을 그 인간 사냥개에게서 도로 가져올 텐가?"

지로에 대한 그의 말을 듣고, 나는 미소 짓지 않을 수 없었다.

"그렇다 뿐이겠습니까! 당신은 그를 멋지게 이겼어요."

"그 불쌍한 지로……."

포와로는 겸손하게 보이려고 애쓰면서 말했다.

"전부 어리석었던 것은 분명히 아닐세. 한두 번 운이 나빴을 뿐이지. 예를 들자면, 단도에 감겨 있던 검은 머리카락이 그것일세. 관대하게 말한다고 해도 그것은 오해였네."

"포와로, 솔직히 말해서……." 나는 천천히 말했다.

"지금까지도 나는 잘 모르겠습니다─그것이 누구의 머리카락인지."

"물론 그것은 르노 부인의 것이었네. 그것이 지로의 불운의 시초였지. 원래 검었던 머리는 이제 완전히 백발이 되었네. 그것은 원래 회색 머리였었다고 생각하기도 쉽지. 그래서, 지로는 가능한 한 모든 노력을 해보았지만 그것이 잭 르노의 머리카락이라는 것을 증명할 수가 없었다네. 그는 항상 사실을 자기 추리에 적합하게 끼어 맞추려고 했어! 지로는 헛간에서 두 사람, 한 여자와 남자의 발자취를 찾지 않았나? 그러면 그것이 사건을 재정립하는데 어떻게 들어맞나? 천만에, 그것은 들어맞지 않아. 그러니 그는 더 이상 그 얘기를 꺼내지 않은 걸세! 자네에게 묻겠는데, 그것이 체계적으로 일하는 것인가? 그 위대한 지로! 그 위대한 지로는 스스로 거드름을 피우며 잔뜩 부풀어 오른 장난감 풍선에 지나지 않아. 그러나 그를 경멸하는 나, 에르퀼 포와로는 큰 풍선을 찌르는 작은 핀이 될 걸세. 그럼, 그렇고말고!"

그는 인상적인 표정을 지으며 조용해졌다가 다시 시작했다.

"르노 부인이 깨어나게 되면 그녀는 분명히 모든 것을 털어놓을 거야. 자기 아들이 살인자로 체포된다는 것은 그녀에겐 결코 있을 수도 없는 일이지. 그녀는 그가 앙조라 호를 타고 안전하게 항해하고 있다고 믿고 있었는데, 어떻게 그런 일이 일어날 수 있겠나? 아! 그런 여자는 세상에 둘도 없을 걸세, 헤이스팅식 얼마나 강하고 얼마나 자제력이 큰가!

그녀는 딱 한 가지 실수를 범했을 뿐이네. 뜻밖에 아들이 돌아왔을 때 이렇게 말했지. '그것은 문제가 아니지─지금은.' 아무것도 눈치채지 못했네. 아무도 그 말의 의미를 깨닫지 못했었지. 그녀의 역할은 얼마나 무서운 것이었겠나. 불쌍한 여인! 그녀가 시체를 확인하러 갔을 때, 그녀가 생각하고 있었던 것과는 달리, 지금은 수 마일 밖에 있으리라고 믿고 있었던 남편의 죽은 모습을 보고 그녀가 받았을 충격을 생각해 보게. 그녀가 기절한 것은 당연한 일이었지! 그러나 그 뒤에 그녀는 슬픔과 절망에도 결연하게 자기의 역할을 했다네. 그러니, 그로 인한 고민이 그녀를 얼마나 괴롭혔겠나!

그녀는 진짜 살인범의 자취를 알아내는 데 도움이 될 만한 아무런 말도 우리에게 할 수 없었어. 아들을 위해서라도 폴 르노가 살인범인 조르주 코노라는 사실을 절대 밝힐 수 없었지. 마침내 그녀로서는 너무나 고통스러운 말, 도브뢰이 부인이 남편의 정부였다고 인정해야만 했네. 왜냐하면, 협박이었다는 힌트를 주게 되면 남편의 비밀은 치명적인 타격을 입게 되니까 말일세.

예심판사가 그녀에게 남편의 과거에 무슨 수수께끼가 있느냐고 물었을 때, 그녀는 얼마나 영리하게 그를 대했나. '그렇게 낭만적인 것은 아무것도 없다고 확신합니다, 판사님.' 슬픈 조롱의 흔적이 있는 관대한 어조, 그것은 완벽한 역할이었네. 즉시 오테 씨는 자기가 너무 어리석고 통속극 같은 생각을 했다고 느끼게 되었지. 그래, 그녀는 위대한 여자일세! 그녀는 비록 살인범을 사랑했지만, 그를 아주 고귀하게 사랑했네!"

포와로는 생각에 몰두했다.

"한 가지가 더 있는데요, 포와로. 납으로 된 파이프 조각은 어떻게 된 겁니까?"

"못 보았나? 피해자의 얼굴을 알아볼 수 없을 정도로 흉악하게 만들기 위한 것이었네. 그것으로 인해 나는 올바른 궤도에 첫발을 내딛기 시작했지. 그런데 바보 같은 지로는 그 일대를 기어다니면서 성냥개비 따위나 찾아내다니! 내가 2피트짜리 단서는 2인치짜리 단서만큼이나 훌륭하다고 자네에게 늘 말했지 않나?"

"지로는 이제 기가 죽어 버릴 거예요."

나는 대화가 나의 결점으로 흐르지 않게 하려고 서둘러 말했다.

"내가 전에 말했듯이 그렇게 말인가? 그는 비록 틀린 방법으로 범인을 알아맞힌다고 하더라도, 만족해하며 자기 방법에 대해서 반성도 안 할 것이네."

"하지만 분명히……."

나는 사건이 새로운 방향으로 나아가고 있음을 보고 잠시 멈추었다.

"자, 헤이스팅스, 우리는 이제 다시 시작해야만 하네. 누가 르노 씨를 죽였을까? 그날 밤 12시 직전에 별장 근처에 있었던 사람, 그의 죽음으로 이익을 얻게 될 어떤 사람일 걸세. 이 묘사는 재 르노의 상황에 너무 살 들어맞네. 그 범행은 미리 계획된 것이 아닐세. 그리고 그 단도!"

나는 놀라서 움찔했다. 그 점을 깨닫고 있지 못했던 것이다.

나는 말했다.

"물론, 부랑자에게서 발견된 그 두 번째 단도는 르노 부인의 겁니다. 그렇다면, 단도는 원래 두 개가 있었군요."

"틀림없어. 그리고 바로 그것 때문에 잭 르노가 단도의 주인이라는 것을 고집할 수가 있지. 하지만, 그것이 그다지 골치 아픈 일은 아닐세. 나대로 그것에 대한 생각이 있네. 아니야, 그에게 가장 불리한 점은 역시 심리적인 것일세. 유전, 여보게, 유전이야! 그 아버지에 그 아들이란 말이네. 모든 것이 드러나게 되면, 잭 르노는 바로 조르주 코노의 아들이라는 것이 알려지게 되는 거지."

그의 어조는 너무 진지하고 솔직해서 나는 나도 모르게 감동을 받았다.

"방금 그 단도에 대해서 생각이 있다고 한 것은 무슨 말입니까?"

내가 물었다.

대답 대신 그는 자기의 회중시계를 들여다보았다. 그러고는, "칼레에서 떠나는 배가 오후 몇 시에 있나?"라고 물었다.

"5시쯤일 겁니다."

"그것참 잘 됐네. 시간이 적당하군."

"영국으로 가시려고요?"

"그렇다네, 친구."

"왜요?"

"목격자를 찾으려고."

"누군데요?"

포와로는 야릇한 미소를 지으면서, "벨라 뒤브앙 양일세." 하고 대답했다.

"하지만, 그녀를 어떻게 찾겠다는 겁니까? 그녀에 대해서 좀 아는 것이라도 있습니까?"

"나는 아무것도 모르네. 단지 그럴 듯한 추측을 할 수는 있지. 현재 그녀의 이름이 벨라 뒤브앙이라고 생각해도 상관없을 거야. 그리고 그녀가 르노 씨 집안과 아무 관련이 없는데도 스토너에게 낯설지 않은 것을 보면, 그녀는 아마 무대에 서는 여자일 걸세. 잭 르노는 돈 많은 스무 살의 젊은이니까, 틀림없이 무대가 그의 첫 애인의 고향일 걸세. 그것은 르노 씨가 그녀에게 수표를 주어 쫓아 버리려 한 사실과 잘 부합되네. 나는 그녀를 반드시 찾을 것이라고 생각하네―특별히 이것의 도움으로"

그리고 그는 잭 르노의 서랍에서 꺼내온 사진을 내놓았다. '사랑하는 벨라 로부터'라는 글씨가 모퉁이에 휘갈겨 쓰여 있었지만, 나의 눈을 매혹시킨 것은 그것이 아니었다. 닮은 정도가 아니라 확실했다. 나는 말로 표현할 수 없을 정도의 재난이 내게 닥친 것 같이 가슴이 철렁 내려앉음을 느꼈다.

그것은 신데렐라의 얼굴이었다.

제22장

사랑하는 사람을 찾음

잠시 동안 나는 그 사진을 손에 들고 얼어붙은 듯이 앉아 있었다. 그렇지만, 곧 용기를 내어 아무 동요도 없는 듯이 그것을 돌려주었다. 그러면서 포와로를 흘끗 훔쳐보았다. 그가 뭔가 알아챘을까?

하지만, 다행스럽게도 그는 나를 보고 있는 것 같지 않았다. 그는 분명히 나의 태도에서 아무런 이상한 점도 눈치채지 못했다.

그는 얼른 일어섰다.

"지금 한가하게 있을 시간이 없네. 서둘러 출발해야 해. 모든 것이 잘되었네. 바다는 평온할 테고!"

부산을 떨며 출발하느라 나는 생각할 시간이 없었으나, 배에 올라서 포와로의 시야로부터 좀 벗어나자(그는 여느 때와 같이 라베르기에르의 가장 탁월한 뱃멀미 예방법을 실천하고 있었다), 나는 정신을 차리고 그 사실을 냉정하게 생각해 보았다.

포와로는 얼마나 알고 있을까? 그는 내가 기차에서 알게 된 신데렐라와 벨라 뒤브앙이 같은 여자라는 것을 알았을까? 그는 왜 파르 호텔에 갔을까? 내가 믿고 있는 것처럼 나를 위해서 갔을까? 그렇지 않다면, 어리석게도 나만이 그렇게 생각하고 있고, 실은 더 깊고 불길한 목적 하에 이루어진 것이었나?

그러나 그것보다도, 그는 왜 이렇게 열심히 그 처녀를 찾으려는 것일까? 그는 잭 르노가 범행하는 장면을 그녀가 목격했다고 생각하는 것인가? 그렇지 않다면 그는 혹시……. 그러나 그것은 불가능해! 그 처녀는 늙은 르노 씨에겐 아무 원한도 없었으며, 그의 죽음을 바랄 만한 동기도 없다.

무엇 때문에 그녀는 살해 현장에 갔을까? 나는 그 사실들을 조심스럽게 검토해 나갔다. 그녀가 그날 나와 헤어진 칼레에서 기차를 내린 것은 틀림없다. 내가 배 위에서 아무리 살펴보아도 그녀를 찾을 수 없었으니까. 그녀가 만일 칼레에서 저녁을 먹고 메를랭뷰로 가는 기차를 탔다면, 그녀는 프랑수아즈가 말한 때쯤에 주느비에브 별장에 도착했을 것이다.

그녀는 그 집을 나온 다음 무엇을 했을까? 호텔로 갔거나, 아니면 칼레로 돌아갔겠지. 그러고 나서는? 범행은 화요일 밤에 발생했다. 그런데 목요일 아침에도 그녀는 메를랭뷰에 있었다. 그렇다면, 그녀는 프랑스를 떠나지 않았던 것일까? 나는 그 점이 몹시 의심스러웠다.

그녀가 거기 남아 있었던 것은 잭 르노를 보고 싶었기 때문이었나? 그런데 내가 분명히 그녀에게 잭은 부에노스아이레스로 가는 중이라고 말하지 않았는가(그때는 우리 모두 그렇게 믿고 있었으니까). 그녀는 아마도 앙조라 호가 출항하지 않았다는 것을 알았던 모양이다.

그런데 포와로가 노리고 있는 것은 그녀가 틀림없이 잭과 만났다는 것, 그것인가? 잭 르노는 마르트 도브뢰이를 보려고 되돌아왔다가, 대신 자기가 무정하게 버린 처녀인 벨라 뒤브앙과 정면으로 마주친 것일까?

내게도 뭔가 보이기 시작했다. 사건이 정말 그렇게 된 것이라면, 그것은 잭에게 필요한 알리바이를 성립시켜 줄지도 모른다. 그러나 그런 상황이라면 그가 침묵을 지키는 것이 설명되지 않는다. 왜 그는 대담하게 모든 것을 말해 버릴 수 없는 것일까? 벨라와 뒤얽혀 있는 관계가 도브뢰이 양의 귀에 들어가는 것을 두려워하는 것일까?

나는 만족할 수 없어서 고개를 지었다. 철없는 처녀 총각의 연애 사건, 그런 것은 별로 해가 될 것도 없다. 나는, 백만장자의 아들이 자기를 헌신적으로 사랑한 빈털터리 프랑스 처녀에게 아무런 중대한 이유도 없이 버림받았다고는 전혀 상상조차 할 수 없다고 잠시 냉소적으로 생각해 보았다.

대체로 내게는 그 사건이 골치 아프고 불만스러웠다. 나는 포와로와 함께 그 처녀를 추적해서 찾아내러 가는 것이 너무도 싫었다. 그러나 그에게 아무것도 털어놓지 않고서 그것을 피할 수 있는 방법은 없는 것 같았다. 그러나 다 털어놓는 것도, 몇 가지 이유로 하고 싶지 않았다.

도버 항에 도착하자, 포와로는 활발하게 웃으면서 다시 나타났다. 우리는 런던까지 특별한 일 없이 여행했다. 그곳에 도착하니 9시가 좀 넘은 시간이었다. 나는 곧장 숙소로 가서 아침까지는 아무것도 안 했으면 하고 생각했으나, 포와로는 다른 계획을 갖고 있었다.

"우리는 시간을 낭비해서는 안 되네, 친구."

나는 그의 추리를 잘 이해하지는 못했지만, 그 처녀를 어떻게 찾으려 하느냐고 물었다.

"자네, 극장 지배인인 조지프 애런스를 기억하지? 아닌가? 내가 언젠가 일본 레슬링 선수 문제로 그를 좀 도와준 적이 있네. 아주 사소한 문제였자—때가 되면 자네에게 자세히 설명하겠네. 그는 틀림없이 우리가 알고자 하는 것을 찾을 수 있도록, 그 방법을 가르쳐 줄 수 있을 걸세."

몇 시간이 걸려서 우리는 애런스 씨에게로 달려갔고, 그럭저럭 그를 만나게 된 것은 자정이 넘어서였다. 그는 정말 따뜻하게 포와로를 맞이했고, 자기가 직접 어디라도 우리를 안내하겠다고 장담했다.

"선생님 직업에 대해서는 전 잘 모릅니다만……."

그는 명랑하고 친절하게 말했다.

"고맙소, 애런스 씨, 나는 벨라 뒤브앙이라는 젊은 처녀를 찾고 있습니다."

"벨라 뒤브앙이라……, 아는 이름이긴 한데 당장은 생각나지 않습니다. 뭐 하는 처녀인데요?"

"그것은 나도 모르겠고, 여기 그녀의 사진이 있습니다."

애런스 씨는 잠시 동안 자세히 살펴보더니, 이윽고 얼굴이 밝아졌다.

"알았어요!" 그는 자신의 넓적다리를 철썩 내리쳤다.

"뒬시벨라 키즈예요!"

"뒬시벨라 키즈?"

"그래요. 그들은 자매예요. 곡예사, 무용수 겸 가수이기도 하지요. 제 생각에 그들은 놀고 있지 않다면 어딘가 지방에 있을 겁니다. 지난 2~3주 동안은 계속 파리에 있었으니까요."

"그들이 있는 정확한 장소를 찾을 수 있을까요?"

"쉬운 일이죠. 숙소에 가 계십시오. 아침까지 소식을 보내 드리겠습니다."

이렇게 약속을 하고 우리는 그와 헤어졌다. 그는 정말 친절한 사람이었다. 다음 날 11시쯤에 휘갈겨 쓴 쪽지가 우리에게 도착했다.

뒬시벨라 자매는 코번트리의 펠리스에 있습니다. 당신들의 행운을 빕 니다.

우리는 코번트리를 향해 즉시 출발했다. 그날 저녁, 포와로는 극장에서 아무 질문도 하지 않았으며, 예약된 자리에서 만족스럽게 다양한 공연을 지켜보았다. 그 쇼는 말하기 어려울 정도로 지루했다—어쩌면 그렇게 보이는 내 기분 탓이었을지도 모른다.

일본인 한 가족이 아슬아슬하게 줄타기를 했으며, 녹색 연미복에 멋진 머리를 한 남자가 만담을 지루하게 늘어놓으며 춤을 신기하게 추었으며, 뚱뚱한 여가수가 인간이 낼 수 있는 최고 고음으로 노래했다. 또한, 한 코미디언이 조지 로비의 흉내를 내려다가 실패했다.

마침내 뒬시벨라 키즈의 순서라는 소개의 말이 들렸다. 나의 심장은 병이 날 정도로 두근거렸다. 그녀는, 아니, 그들은 한 명은 금발이었고 다른 한 명은 검은 머리였으며, 짧고 보풀 거리는 치마에 큰 갈색 리본을 잘 어울리게 꽂고 있었다. 그들은 매우 신나는 아이들처럼 보였다.

그들은 노래하기 시작했다. 그들의 목소리는 신선하고 고왔지만, 다소 가늘고 통속적인 면도 있었다. 그러나 매력적이었다.

그들은 단정하게 춤을 추다가, 꽤 능란한 곡예 솜씨를 보여 주기도 했다. 그들이 부른 노래의 가사는 명랑하고 외기 쉬운 것이었다. 막이 내리자 박수 갈채가 쏟아졌다. 분명히 뒬시벨라 키즈의 공연은 성공이었다.

갑자기 나는 더 이상 앉아 있을 수 없다고 느껴졌다. 바깥 공기 속으로 나가고 싶었다. 나는 포와로에게 나가자고 했다.

"가고 싶다면 자네나 가게. 나는 재미있어서 끝까지 있겠네. 나중에 보세."

극장에서 호텔까지는 몇 걸음 안 되었다. 나는 거실로 가서 위스키를 한잔 주문해 마시면서 생각에 잠긴 채 벽난로를 응시하고 있었다.

그때 문이 열리는 소리가 들려, 나는 당연히 포와로일 것이라고 생각하며 고개를 돌렸다. 그 순간 나는 벌떡 일어서고 말았다. 문 옆에 서 있는 것은 신데렐라였다.

그녀는 숨을 헐떡이면서 더듬더듬 말했다.

"저는 당신이 객석에 앉아 있는 것을 보았어요. 당신과 당신의 친구. 당신이 나가는 것을 보고 밖에서 기다리다가 이렇게 따라왔어요. 왜 이곳 코번트리에 오셨나요? 당신들은 오늘 밤 여기서 무엇을 하고 있나요? 당신과 함께 있던 그 사람이 탐정인가요?"

무대복 위에 둘렀던 외투가 어깨에서 미끄러지는 것도 아랑곳없이 그녀는 그 자리에 서 있었다. 나는 화장으로 가려진 그녀의 창백한 얼굴을 보았으며, 두려움에 떠는 그녀의 목소리를 들었다. 그리고 그 순간 나는 모든 것을 알아차렸다. 포와로가 왜 그녀를 찾고 있었는지 알아차렸으며, 그녀가 무엇을 두려워하는지 알아차렸고, 그리고 마침내 나의 마음도 알아차렸다.

"그렇소." 나는 정중하게 대답했다.

"그분이 저를 찾고 있나요?"

그녀는 거의 속삭이다시피 말했다.

내가 잠시 대답을 못 하고 머뭇거리고 있는데 갑자기 그녀가 큰 의자 위로 넘어지면서 격렬하고 비통한 울음을 터뜨렸다.

나는 그녀 옆에 무릎을 꿇고, 그녀를 나의 팔로 감싸면서 흘러내린 머리칼을 부드럽게 넘겨주었다.

"울지 말아요, 아가씨. 울지 말아요, 제발. 여기 있으면 안전해요. 내가 아가씨를 돌봐 주겠소. 울지 말아요. 울음을 그쳐요. 나는 알고 있어요. 모든 것을 알고 있어요."

"오, 그렇지만 당신은 몰라요!"

"그래요, 그럴지도 모르지."

잠시 뒤에 그녀의 흐느낌이 잠잠해지자 나는, "단도를 가져간 것은 아가씨 였소, 그렇지요?"라고 물었다.

"예."

"그래서 당신은 나에게 주위를 구경시켜 달라고 했었군? 그리고 기절한 체한 것도 역시?"

그녀는 또 고개를 끄덕였다. 그 순간 나에게 엉뚱한 생각이 떠올랐다. 그녀의 동기가, 내가 나무랐던 어리석고 불건전한 호기심이 아니라는 것이 기쁘게 느껴졌던 것이다. 그녀는 그날 속으로 두려움과 공포로 인해 말할 수 없을 정도로 괴로웠을 텐데도, 자기의 역을 얼마나 용기 있게 해냈는가! 한순간의 충동적인 행동 때문에 무거운 짐을 지게 된 불쌍한 어린 영혼

"아가씨는 왜 단도를 가져갔지요?" 내가 다시 물어보았다.

그녀는 어린애같이 단순하게 대답했다.

"저는 거기에 지문이 있을까 두려웠어요."

"하지만, 자신이 장갑을 꼈다는 사실을 잊어버렸소?"

그녀는 당황한 듯이 고개를 저었다. 그러고는 천천히 말했다.

"당신은 저를 경찰에 넘기려는 거죠?"

"하느님 맙소사! 아니오!"

그녀는 나의 눈을 열렬히, 그리고 진지하게 들여다보았다. 그리고 나서 그녀는 겁에 질린 목소리로 나직하게 물었다.

"왜 안 넘기신다는 거죠?"

사랑을 고백하기에는 이상한 장소, 이상한 시간인 것 같았다. 맹세코, 나는 사랑이 이런 모습으로 내게 찾아오리라고는 꿈도 꾸지 못했었다. 그러나 나는 간단하고 자연스럽게 대답했다.

"왜냐하면, 나는 당신을 사랑하기 때문이오, 신데렐라."

그녀는 수줍은 듯이 고개를 숙였다. 그리고 더듬거리는 목소리로 중얼거렸다.

"아니에요, 그럴 수는 없어요. 만일 당신이 사실을 안다면 그럴 수 없을 거예요."

그러면서 그녀는 갑자기 정신이 든 듯이 나를 똑바로 쳐다보며 물었다.

"그렇다면, 당신은 무엇을 알고 계시죠?"

"나는 그날 밤 아가씨가 르노 씨를 만나러 왔었다는 것을 압니다. 그는 아가씨에게 수표를 주었지만, 당신은 그것을 찢어 버렸지요. 그다음에 당신은 집

을 나가서……." 나는 잠시 멈추었다.

"계속하세요. 다음엔?"

"나는 아가씨가, 그날 밤 잭 르노가 온다는 것을 알고 있었는지, 혹은 집 주위에서 그를 만날 기회를 막연히 기다렸는지는 잘 모르겠소. 하여간 당신은 주위에서 배회하고 있었어요. 아마 당신은 매우 비참했을 테고, 그래서 목적 없이 거닐었겠지. 그러나 어쨌든, 당신은 12시가 되기 직전까지 계속 그 근처에 있었는데, 그러다가 골프장에서 한 남자를 보았소."

나는 다시 멈추었다. 나는 그녀가 이 방에 들어섰을 때, 순식간에 진실과 만났다. 그러나 이제는 한층 더 확실하게 그 광경이 눈앞에 펼쳐지는 것이었다. 우선 르노 씨의 시체에 입혀져 있던 특이한 모양의 외투가 선명하게 떠올랐다. 잭 르노가 응접실에 들어왔을 때, 잠시 죽은 사람이 다시 살아난 걸로 착각했었다.

"계속해 보세요." 그 처녀는 끈질기게 반복했다.

"내 생각에 그는 당신을 등지고 있었을 거요. 하지만, 당신은 그를 알아보았지. 아니면, 알아보았다고 생각했거나. 그 걸음걸이와 몸가짐은 당신에게 낯설지 않았을 테고, 그리고 그의 외투도 그랬겠지."

나는 잠시 끊었다.

"칼레행 열차에서 아가씨는 나에게, 자신의 혈관 속에는 이탈리아인의 피가 흐르고 있어서, 그것 때문에 경찰에 잡힐 뻔한 적도 있었다고 말했지요. 아가씨는 잭 르노에게 보낸 편지 속에서 위협을 했습니다. 그런데 당신이 거기서 그를 보는 순간, 분노와 질투가 당신을 미치게 몰고 갔습니다. 그래서 당신은 그를 해치게 되었던 거요! 나는 아가씨에게 그를 죽일 마음이 있었다고 추호도 생각하지 않아요. 하지만, 결과적으로 그를 죽였어요, 신데렐라."

그녀는 양손으로 얼굴을 감쌌다. 그러고는 목멘 소리로 말했다.

"맞아요……, 맞아요. 당신이 말하는 동안 모든 것을 분명히 알 수 있게 되었어요."

그러더니 그녀는 거의 화가 난 듯이 내게로 몸을 돌렸다.

"그런데도 당신은 나를 사랑한다고요? 그 모든 것을 알면서, 어떻게 나를 사랑할 수 있다는 얘긴가요?"

"나도 잘 모르겠어." 나는 약간 지쳐서 말했다.

"사랑은 그런 것이라고 생각해요. 사람의 힘으로서는 어쩔 수 없다는 것. 나는 나름대로 노력해 왔소. 하지만, 당신을 처음 본 그날 이후로 사랑은 내게 너무 강력하게 다가왔어."

그러자 그때 갑자기, 전혀 예상치 못했는데, 그녀는 다시 바닥에 주저앉아서 그대로 엉엉 울기 시작한 것이다.

"오, 저는 어쩔 수가 없어요." 그녀는 울부짖었다.

"저는 무엇을 해야 할지 모르겠어요. 어떤 길로 가야 할지도 몰라요. 도와줘요, 좀 도와주세요. 누구라도 좋으니 나에게 무엇을 해야 할지 말해 줘요!"

나는 그녀 옆에 무릎을 꿇고 할 수 있는 한 최선을 다해서 그녀를 위로해 주었다.

"나를 두려워하지 말아요, 벨라. 제발 나를 두려워하지 말아요. 나는 당신을 사랑하오, 진실이오. 하지만, 당신도 날 사랑해 주길 바라는 것은 아니오. 단지 내가 당신을 도울 수 있도록 해줘요. 아직도 그를 잊지 못한다면 그를 사랑하도록 해요. 그러나 그가 당신을 도울 수 없는 지금은 내가 당신을 도울 수 있게 해주시오."

그녀는 내 말을 듣고 마치 돌이 되어 버린 듯했다. 그녀는 얼굴에서 천천히 손을 떼고 나를 바라보았다.

"당신은 그렇게 생각하시는군요?" 그녀가 속삭였다.

"정말로 내가 잭 르노를 사랑한다고 생각하세요?"

그러면서 그녀는 반은 웃고, 반은 울면서 자신의 두 팔을 정열적으로 내 목에 감았다. 그러고는 젖은 얼굴을 달콤하게 나의 얼굴에 갖다 대고는 속삭였다.

"당신을 사랑하는 것처럼 누구를 사랑해 본 적은 없어요. 저는 당신을 사랑하는 것처럼 다른 사람을 사랑해 본 적이 결코 없어요."

그녀의 입술이 나의 뺨을 스쳤다. 그리고 그녀는 나의 입술을 찾아서, 믿을 수 없을 만큼 달콤하고 정열적으로 입을 맞추었다.

그 열정, 그리고 그 놀라움을 나는 잊지 못할 것이다. 절대로, 내가 살아 있는 한은 절대로 잊지 못할 것이다!

문쪽에서 무슨 소리가 나기에 쳐다보았더니, 포와로가 거기 선 채로 우리를 물끄러미 바라보고 있었다.

나는 망설이지 않았다. 그에게로 달려가서 그의 두 손을 옆구리에 붙이고 꽉 붙들었다.

"빨리, 여기서 나가요. 될 수 있는 대로 빨리. 내가 그를 붙들고 있을 테니까."

나는 그 처녀에게 말했다.

그녀는 나를 한 번 쳐다보고는, 우리 곁을 지나 방에서 도망쳤다. 나는 포와로를 꼼짝 못하게 붙잡고 있었다.

"여보게." 그는 부드럽게 말했다.

"자네, 이런 일을 아주 잘하는구먼. 힘센 사람이 잡고 있으니 나는 어린애처럼 무력하기만 하네. 이 모든 일이 불편하고 어이없으니, 우리 좀 앉아서 침착해지자고."

"그녀를 추적하지 않으시겠죠?"

"이봐, 그렇게는 않겠네. 내가 지로인가? 나를 놔주게, 친구."

나는 약간 의심스러운 눈초리로 그를 보면서(왜냐하면 그의 빈틈없는 성격에는 당해 낼 재간이 없다는 것을 잘 알고 있으므로) 잡고 있던 손을 풀어 주었다. 그러자, 그는 팔이 아프다고 투덜거리며 안락의자에 파묻혔다.

"자네, 흥분하면 황소 같은 힘이 생기는 모양이군, 헤이스팅스! 그런데 늙은 친구에게 이래도 된다고 생각하나? 내가 자네에게 그 처녀의 사진을 보여 주었는데, 자네는 그것을 알아보았으면서도 내게 한마디도 하지 않았네."

"내가 알고 있었다는 것을 이미 눈치채고 계셨다면 말할 필요도 없지 않습니까?" 나는 좀 심하게 말했다.

그래, 포와로는 처음부터 다 알고 있었던 거야! 잠시라도 내가 그를 속인 것은 절대 아니야.

"어리석은 소리! 자네는 내가 눈치채고 있다는 것을 몰랐어. 그리고 오늘 밤에는, 우리가 얼마나 고생해서 그 처녀를 찾았는데 도망치도록 도와준단 말인가? 일이 이렇게 될 줄이야. 자네, 나를 도와주는 건가, 아니면 방해하는 건가, 헤이스팅스?"

잠시 동안 나는 아무 대답도 하지 못했다.

나의 오랜 친구와 사이가 불편해진 것이 내겐 몹시 고통스러웠다. 그러나 나는 그에게 대항해서라도 분명히 마음을 잡아야만 한다. 그는 나를 용서해 줄 것인가? 그는 지금까지 이상하리만큼 평온했지만, 그것은 그가 놀라운 자제력을 갖고 있기 때문이다.

"포와로, 미안합니다. 이번 일은 내가 나빴다는 것을 인정해요. 하지만, 때때로 선택할 수 없는 일도 있잖습니까. 앞으로는 나의 본분을 잘 지키겠습니다."

포와로는 여러 번 머리를 끄덕였다.

"이해하네." 그가 말했다.

조롱하는 듯한 빛은 그의 눈에서 사라지고, 그는 내가 놀랄 만큼 진지하고 친절하게 말했다.

"여보게, 자네에게 찾아온 것은 사랑이지, 그렇지? 그것은 자네가 상상했듯이 그렇게 신나게 찾아온 것이 아니라, 슬프고 고통스럽게 찾아왔을 걸세. 자, 내가 자네에게 경고했잖나. 그 처녀가 단도를 가져갔다는 것을 알아차렸을 때 나는 자네에게 주의하라고 했네. 아마 자네도 기억할 걸세. 그런데 너무 늦었구먼. 자네, 도대체 얼마나 알고 있는지 나에게 말해 보게."

나는 정면으로 그의 눈과 마주쳤다.

"당신이 무슨 말을 하셔도 나는 놀라지 않을 겁니다, 포와로. 그 점을 이해하십시오. 그러나 만일 당신이 뒤브앙 양에 대한 조사를 다시 시작할 생각이라면, 한 가지만 당신에게 분명히 해두고 싶습니다. 그녀는 범행에 관련되지 않았으며, 그날 밤 르노 씨를 찾아간 수수께끼의 여인도 아닙니다. 나는 그날 프랑스에서 그녀와 함께 여행했으며, 그날 저녁에 런던 빅토리아 역에서 그녀와 헤어졌습니다. 그러니, 그녀가 메를랭뷰에 있었다는 것은 불가능합니다."

"아!" 포와로는 깊이 생각하며 나를 바라보았다.

"자네, 법정에서도 그렇게 맹세할 수 있겠나?"

"물론입니다."

포와로는 일어서서 경의를 표하듯 고개를 숙였다.

"여보게! 사랑은 위대해! 사랑은 기적을 일으킬 수 있네. 자네가 생각한 것은 정말 좋은 착상일세. 에르큘 포와로조차도 그것은 당할 수 없겠는데!"

어려움이 앞에

내가 방금 묘사한 것과 같은 긴장된 순간이 지나면 으레 반작용이 밀려오게 마련이다. 나는 저녁에 승리의 기색으로 물러나와 휴식을 취했지만, 결코 위기를 모면한 것은 아니라는 사실을 깨달았다. 사실 나는 알리바이에서 아무 흠도 찾을 수 없는 것 같았다.

나는 단지 나의 추리에 집착해서, 벨라가 유죄판결을 받을 수 있을 것이라는 가능성에 대해서는 전혀 생각지도 않았다. 우리 사이에는 드러날 만한 오랜 친분이 있는 것도 아니니, 내가 거짓 증언을 하고 있다고는 생각지 못할 것이다. 사실 나는 그녀를 세 번밖에 본 적이 없음을 증명할 수도 있다. 그래, 나는 여전히 그 생각에 만족했다. 포와로까지도 자기가 그 생각에 졌다고 인정하지 않았는가?

그러나 나는 조심스럽게 행동해야 할 필요를 느꼈다. 나의 조그마한 친구가 순간적으로 스스로 난처한 입장이라고 인정한 것은 잘된 일이었다. 나는 그가 그 입장에 만족하게 머물 수 있다는 생각을 하게 하려고, 한층 더 그를 칭찬해 주었다. 그의 생각과 내 생각이 대립하였을 때 나는 항상 내 생각이 아주 보잘것없다는 느낌이 들었다.

포와로는 자신의 패배를 감수하고 있지만은 않을 것이다. 그는 내가 예상치 못한 순간에, 예상치 못한 방법으로 나를 역습하려 할 것이다.

우리는 다음 날 마치 아무 일도 없었던 듯이 아침식사 시간에 만났다. 포와로는 성격이 좋아서 태연해했지만, 나는 그의 태도에서 뭔가 달라진 점이 있다고 느꼈다. 아침 식사를 마치고 내가 산책하러 나가겠다고 말하자, 포와로의 눈에서 심술궂은 빛이 번득였다.

"만일 자네가 정보를 얻으려 한다면 혼자 애달아 할 필요는 없네. 자네가 알고 싶어 하는 것은 내가 모두 말해 줄 수 있으니까. 뒬시벨라 자매는 계약을 취소하고 코번트리를 떠나 알 수 없는 곳으로 갔어."

"그게 정말입니까, 포와로?"

"그렇다네, 헤이스팅스 오늘 아침 제일 먼저 그것부터 알아보았어. 자네도 결국 그렇게 되리라고 생각했지?"

사실이었다. 그런 상황 아래서 다른 무엇을 기대할 수 있었겠는가? 신데렐라는 내가 안전하게 막아 준 그 사소한 순간을 이용하여, 추적자의 손에서 벗어날 기회를 놓치지 않았던 것이다. 그것은 바로 내가 의도했던 것이다. 그런데도 나는 새로운 어려움에 돌입되었다는 것을 깨달았다.

나는 그 처녀와 연락할 방법이 전혀 없었다. 그녀는 내게 떠오른, 그리고 꼭 그렇게 하려고 마음먹은 일련의 방어수단을 꼭 알아야만 했기 때문이다. 물론 그녀가 나에게 어떤 식으로든 소식을 전해 줄 수도 있었다. 그러나 나는 그런 일이 일어나리라고는 거의 기대하지 않았다. 그녀는 쪽지를 보낸다면 포와로가 가로챌 위험이 있다는 것을 알 테니까. 그렇게 되면 그에게 그녀를 추적할 기회를 한 번 더 주게 될 뿐이다. 그녀의 유일한 행로는 당분간 완전히 사라지는 것이어야 했다.

그런데 포와로는 무엇을 하고 있을까? 나는 매우 덤덤한 얼굴을 하고서 생각에 잠긴 채 먼 곳을 응시하고 있었다. 그는 너무나 차분하고 반듯이 앉아 있어서 나는 도무지 마음을 놓을 수가 없었다. 포와로에게 있어서는 덜 위험해 보일수록 사실은 더 위험하다는 것을 나는 알고 있었기 때문이다.

그의 침묵은 나를 걱정시켰다. 내가 걱정스러워하는 것을 눈치채고 그는 부드럽게 미소를 지어 보였다.

"자네 당황했군, 헤이스팅스? 내가 왜 그녀를 추적하지 않는지 혼자서 좀 생각해 보았나?"

"저, 그건 일종의……."

"자네라면 아마 그랬을 거야. 자네가 내 입장에 있었다면 그녀를 추적했을 걸세. 나는 그것을 알고 있네. 그러나 나는 자네들 영국 사람들이 말하는 식으로, 건초 더미에서 바늘을 찾듯이 온 나라를 누비고 다니는 그런 사람은 아닐세. 벨라 뒤브앙 양을 가게 내버려 두게. 때가 되면 틀림없이 그녀를 찾을 수 있게 될 테니까. 그때까지 나는 기다리는 것으로 만족하겠네."

나는 미심쩍게 그를 쳐다보았다. 그는 내가 갈피를 못 잡도록 하려는 건가? 나는 그가 그 상황에서마저도 승리자였던 것을 생각하면 지금까지도 화가 난다. 나의 우월감은 계속 무너지고 있었던 것이다. 나는 그녀의 피신을 도와주었고, 그리고 경솔한 행동에서 비롯된 결과로부터 그녀를 구하기 위해 멋진 음모를 꾸몄다. 그러나 나는 마음 편히 있을 수가 없었다. 포와로의 완전한 침묵이 내겐 수천 가지 우려를 자아내게 했던 것이다.

"내 생각에는 포와로, 나는 당신의 생각이 무엇인지 정말 알고 싶어요. 나는 이젠 포기했습니다."

나는 약간 머뭇거리며 말했다.

"천만에. 거기에는 아무런 비밀도 없네. 우리는 지체 없이 프랑스로 돌아가야 하네."

"우리라고요?"

"그렇다네. 정확히 '우리'일세! 자네는 이 포와로를 자네 눈에 안 보이는 데 놔둘 수 있는 처지가 아니라는 것을 잘 알고 있지 않나? 그렇지, 친구? 하지만, 자네가 원한다면 영국에 남아 있어도 좋네."

나는 고개를 저었다. 그는 정확히 판단하고 있었던 것이다. 그렇다. 나는 그를 내가 보이지 않는 곳에 내버려둘 처지가 못 되었다. 내가 저지른 일 때문에 그의 신임을 기대할 수는 없었지만, 그래도 여전히 그의 행동을 저지할 수는 있었다. 벨라에게 미칠 수 있는 유일한 위험은 그에게 달렸다. 지로와 프랑스 경찰은 그녀의 존재에 대해 다르게 생각하고 있다. 무슨 일이 있어도 나는 포와로 곁에 있어야만 한다.

포와로는 내가 이런 생각을 하는 동안 내 마음을 들여다보듯이 주의 깊게 관찰하고는, 만족스러운 듯이 고개를 끄덕였다.

"내 생각이 맞지? 자네는 어리석게도 가짜 턱수염 같은 것으로 변장하고(물론 누구나 알아차릴 수 있을 거야) 나를 따라다닐 것이 뻔하니, 차라리 나와 함께 항해하는 게 더 나을 거야. 모든 사람들이 자네를 경멸하는 것을 보면 내 마음이 얼마나 괴롭겠나."

"그렇다면 좋습니다. 하지만, 당신에게 경고해 두는 편이 좋을 것 같군요."

"나는 알고 있네. 자네가 뭐라고 할지 다 알고 있어. 자네가 나의 적이라는 것이지! 그렇다면 나의 적이 되게. 나에겐 전혀 문제 될 게 없으니까."

"그것이 정당하고 솔직하기만 하다면 나도 괜찮습니다."

"자네는 영국인답게 '정당한 승부'에 대한 정열로 가득 차있군! 이제 자네 맘에 걸리는 것들이 만족됐으니 즉시 출발하세. 낭비할 시간이 없어. 영국에는 잠깐 머무르긴 했지만, 그것으로 충분하네. 나는 내가 알고 싶은 것을 다 알았거든."

그의 목소리는 가벼웠지만, 나는 그 말 속에서 은근한 협박을 읽을 수 있었다.

"하지만……." 나는 말을 하려다가 멈추었다.

"하지만, 자네 말대로일세! 틀림없이 자네는 자네가 맡고 있는 역할에 만족하고 있네. 하지만, 나는 지금 잭 르노에게 정신이 팔려 있다네."

잭 르노! 그 말이 나를 놀라게 했다. 나는 사건의 다른 측면을 완전히 잊고 있었던 것이다. 교도소에서 자신을 향해 불안하게 다가오는 단두대의 그림자에 덮여 있을 잭 르노!

나는 내가 맡은 역할이 얼마나 불길한 조짐을 갖는지 깨달았다. 나는 벨라를 구할 수 있을 것이다. 그렇다. 그러나 그렇게 되면 무죄한 사람을 죽음으로 이끄는 위험을 무릅써야만 한다.

나는 내 마음으로부터 나오는 생각에 몸서리를 쳤다. 그럴 리는 없을 것이다. 그는 무죄로 풀려날 것이다. 틀림없이 무죄로 풀려 날 것이다! 그러나 냉혹한 두려움이 엄습했다. 만일 그렇게 안 된다면? 그러면 어떡하나? 그것은 나의 양심에 걸리는 무서운 일이 될 것이다.

결정해야 한다! 벨라냐, 아니면 잭 르노냐? 나의 마음은 무슨 대가를 치르더라도 사랑하는 그 처녀를 구해야 한다고 부추긴다. 그러나 만일 그만한 대가가 다른 사람의 고통을 통해 치러진다면 문제는 달라진다.

그 처녀는 무슨 말을 할 것인가? 나는 잭 르노의 체포에 대해서는 한마디도 하지 않았다는 것을 기억했다. 그녀는 아직 자기의 옛날 애인이, 자기가 저

지르지도 않은 무시무시한 살인의 누명을 쓰고 교도소에 있다는 사실을 전혀 모르고 있다. 그녀가 이 사실을 알게 된다면 그녀는 어떻게 행동할까? 그녀는 그를 희생해 가면서까지 자기의 생명을 구하려고 할까? 그녀는 절대로 아무것도 경솔하게 행동해서는 안 된다. 잭 르노는 풀려날지도 모른다. 아마 그녀가 끼어들지 않고서도 그는 무죄로 풀려날 것이다.

그렇게 된다면 참으로 다행이다. 그러나 만일 그렇게 되지 않는다면—그것은 끔찍하고 대답하기 힘든 질문이다. 나는 그녀가 극단적인 대가를 치러서는 안 된다고 생각했다. 그녀의 경우에 있어서는 범행의 전후 사정이 매우 달랐다. 그녀는 질투와 극단적인 분노로 자신을 변호할 수 있다. 그리고 그녀의 젊음과 아름다움이 많은 도움을 줄 것이다. 비극적인 실수로 인하여 아들 대신 아버지 르노 씨가 벌을 받았지만, 그래도 범행의 동기에는 변함이 없다. 그러나 어쨌든, 법정의 선고가 아무리 관대하다고 해도 복역기간은 꽤 길 것이 틀림없다.

그렇다. 벨라는 보호받아야만 한다. 그리고 동시에 이것을 어떻게 해결해야할지 나로서는 좀처럼 묘안이 떠오르지 않았다. 그러나 나는 포와로를 충심으로 믿었다. 그는 '알고 있다.' 어떻게 해서라도 그는 무죄한 사람을 구해낼 것이다. 그는 사실이 아닌 변명을 찾아야만 한다. 그것은 어려운 일이겠지만, 그는 어떻게 해서든지 그것을 해낼 것이다. 그렇게 되면 벨라는 아무 의심도 받지 않고, 잭 르노도 무죄로 풀려나 모든 것이 만족스럽게 끝날 것이다.

그래서 수없이 그렇게 되뇌어 보았지만, 그래도 여전히 내 마음의 밑바닥에는 끔찍한 두려움이 남아 있었다.

제24장

그를 구해 주세요

우리는 저녁 배로 영국을 떠나, 다음 날 아침에 잭 르노가 구속되어 있는 생토메르에 도착했다. 포와로는 지체 없이 오테 씨를 찾아갔다. 포와로가 나의 동행을 별로 반대하지 않는 것처럼 보이기에 나도 그와 함께 갔다.

여러 가지 절차와 형식을 거친 다음, 우리는 예심판사의 방으로 안내되었다. 그는 우리에게 반갑게 인사했다.

"저는 당신이 영국으로 돌아가셨다고 들었습니다, 포와로 씨. 그것이 사실이 아니어서 기쁘군요."

"거기에 간 것은 사실입니다, 판사님. 하지만, 서둘러 갔다 온 것일 뿐이지요. 부차적인 문제였지만 수사에 진전이 있을 것으로 생각됩니다."

"그러면 그것은……?"

포와로는 어깨를 으쓱해 보였다.

오테 씨는 한숨을 쉬며 고개를 끄덕였다.

"우리는 단념해야겠습니다. 그 짐승 같은 지로, 그의 태도는 지긋지긋하게 밉살스럽지만, 그가 똑똑한 것만은 틀림없습니다! 실수라고는 거의 하지 않으니까요."

"당신은 그가 실수하지 않는다고 생각하십니까, 판사님?"

예심판사는 몸을 돌리며 어깨를 으쓱해 보였다.

"그런데 솔직히 말해서(물론, 당신을 신뢰하고 있습니다만), 당신은 다른 결론에 도달할 수 있습니까?"

"판사님, 솔직히 말해서, 내게는 분명치 않아 보이는 점이 여러 가지 있습니다."

"어떤 점이……?"

그러나 포와로는 끌려 들어가지 않았다.

"아직 그것을 정리해 보지는 않았습니다. 그냥 나의 일반적인 생각입니다. 나는 그 젊은이를 좋아했습니다. 그리고 그가 그 무시무시한 살인사건의 범인이라고는 믿어지지가 않습니다. 그런데 그 문제에 대해서 그가 자신을 변호하는 어떤 이야기라도 했습니까?"

예심판사는 눈살을 찌푸렸다.

"저는 그를 이해할 수가 없겠더군요. 그는 어떤 종류의 변호도 하려 들지 않는 겁니다. 그에게 질문에 대답하도록 하는 것이 가장 어려웠습니다. 그는 전반적으로 막연한 부정만을 표시하고 있으나, 그 이상은 아주 고집스럽게 입을 다물고 있더군요. 내일 그를 다시 심문하려고 하는데, 당신도 그때 참석하시겠습니까?"

우리는 기다렸다는 듯이 그 제안에 응했다.

"비참한 사건입니다." 예심판사는 한숨을 내쉬며 말했다.

"저는 르노 부인에게 진심으로 동정을 금치 못하겠습니다."

"르노 부인은 어떻습니까?"

"부인은 아직 의식을 회복하지 못했습니다. 그 불쌍한 여인이 목숨을 잃지 않은 것은 불행 중 다행입니다. 의사 말이 그녀는 이제 위험하지는 않으나, 가능한 한 조용한 상태에서 깨어나야 한다는군요. 저는 그녀가 깨어나는 것은 그녀를 현재 상태로 만든 추락만큼이나 큰 충격일 것이라고 생각합니다. 만일 뇌에 손상을 입었다면 큰일입니다. 하지만, 그러리라고는 조금도 염려하지 않습니다. 정말입니다. 전혀 염려하지 않아요."

오테 씨는 등을 기대고, 우울한 가능성을 마음에 그려보면서 애처롭다는 표정으로 고개를 저었다.

마침내 그는 일어섰다. 그러고는 움찔하며 우리를 바라보았다.

"아, 참, 이제야 생각나는군요. 여기 당신에게 온 편지가 있습니다, 포와로 씨. 그것을 어디에 두었더라?"

그는 앞으로 가서 서류들을 뒤적였다.

마침내 그는 편지를 찾아서, 그것을 포와로에게 건네주었다.

"그것은 제가 당신에게 다시 발송할 수 있도록 겉봉을 씌워서 보내왔더군요. 그러나 당신이 떠날 때 아무 주소도 남기지 않아서 그렇게 할 수가 없었지요." 그가 설명했다.

포와로는 호기심을 가지고 그 편지를 살펴보았다. 겉봉에는 길쭉하고 비스듬한 외국인의 필체로 주소가 쓰여 있었다. 그 필체는 분명히 여자의 것이었다. 포와로는 그것을 뜯지 않고 그냥 주머니에 넣고는 일어섰다.

"그러면 내일 그때 뵙겠습니다, 판사님. 친절하고 따뜻하게 대해 주셔서 정말 감사합니다."

"원, 천만에요. 잘 부탁합니다. 지로학파의 그 젊은 형사들, 그들은 모두 똑같아요—무례하고, 빈정거리는 녀석들. 그들은 저와 같이, 어, 경험 있는 예심 판사가 어떤 통찰력, 어떤 감별력을 갖고 있다는 것을 깨닫지 못합니다. 그러니, 필요한 것은 무엇이든지 요청하십시오. 당신이나 나는 사리에 익숙합니다, 그렇지 않습니까?"

자기 자신과 우리에 의해 황홀해진 그는 실컷 웃고 나서 우리에게 작별을 고했다. 복도를 가로질러 오면서 포와로가 나에게 가장 먼저 한 말을 다 기록해 두지 못한 것이 유감스럽다.

"세상이 다 아는 늙은 멍청이! 어리석음이 가엾구나!"

그 건물을 막 떠나려 할 때, 우리는 지로와 정면으로 부딪쳤다. 그는 지금까지보다 더 멋을 부린 것처럼 보였고, 전적으로 자기 자신에게 도취하여 있었다.

그는 의기양양하게 소리쳤다.

"아! 포와로 씨, 영국에서 돌아오셨군요?"

"보시다시피." 포와로가 말했다.

"사건의 끝이 이제 멀지 않은 것 같습니다."

"내 생각도 그렇소, 지로 씨."

포와로는 억누른 어조로 말했다.

그의 풀죽은 태도가 지로를 기쁘게 하는 것 같았다.

"맥빠진 살인범 같으니라고! 자기를 변호할 생각조차 않다니, 그것참 이상한 일 아닙니까?"

"너무 이상하니 한 번쯤 생각해 봐야 하겠소, 그렇지요?"

포와로는 점잖게 물었다.

그러나 지로는 듣는 체도 않고 지팡이를 유쾌한 듯이 돌렸다.

"자, 안녕히 가십시오, 포와로 씨. 당신도 결국 르노 청년이 유죄라고 생각하게 되어 기쁩니다."

"미안합니다만, 나는 전혀 그렇게 생각지 않소. 잭 르노는 결백해요."

지로는 잠시 동안 노려보더니, 마침내 웃음을 터뜨렸다. 그러고는 짧게, "미쳤군!" 하고 말하면서 의미 있게 고개를 끄덕였다.

포와로는 꼿꼿이 섰다. 무시무시한 빛이 그의 눈에서 뻗쳐 나왔다.

"지로 씨, 사건이 진행되는 동안 계속 나에 대한 당신의 태도는 무척 무례했소. 당신 같은 사람에겐 교훈이 필요해. 르노 씨의 살인범을 찾아내는 데 500프랑을 걸겠소. 동의합니까?"

지로는 속수무책이라는 듯 그를 쳐다보고는 다시 중얼거렸다.

"미쳤군!"

"자, 동의합니까?" 포와로는 재촉했다.

"나는 당신 돈을 빼앗고 싶지 않습니다."

"마음을 빨리 결정해요. 당신이 이기지는 않을 테니까!"

"오, 그렇다면, 동의합니다! 당신은 당신에 대한 나의 태도가 무례하다고 말했지만, 한두 번 당신의 태도도 나를 괴롭혔습니다."

"그 말을 들으니 황홀해지는군. 잘 가시오, 지로 씨. 가세, 헤이스팅스"

길을 따라 걷고 있는 동안 나는 아무 말도 하지 않았다. 나의 마음은 무거웠다. 포와로는 자기주장만을 너무 내세웠다. 나는 내가 과연 벨라를 그녀의 현재 상태에서 구해 줄 수 있을지, 지금까지 예상하고 있었던 것보다 더욱 의심스러워졌다. 이렇게 운 없이 지로와 부딪친 것이 포와로를 깨어나게 했고, 또 그를 분발하게 만들었다.

누군가가 갑자기 내 어깨에 손을 얹어서 돌아보았더니, 가브리엘 스토너였다. 우리는 멈춰 서서 그와 인사를 나누었으며, 그는 우리 호텔까지 함께 걷겠다고 했다.

"그런데 여기서 무엇을 하고 있습니까, 스토너 씨?" 포와로가 물었다.

"친구 곁에 있어 주는 것이 도리죠." 그는 냉담하게 대답했다.

"특히 친구가 부당하게 체포되었을 때는 더욱."

"그렇다면, 당신은 잭 르노가 범행을 저지른 것이라고 믿지 않는군요?" 나는 진지하게 물어보았다.

"물론입니다. 나는 그 청년을 압니다. 나의 판단을 흔들리게 하는 것이 몇 가지 있다는 것은 인정합니다. 그러나 그럼에도, 또한 어리석게도 단도를 몰래 빼낸 사실에도 불구하고, 나는 결코 잭 르노가 살인자라고는 생각지 않습니다."

나는 비서에게서 따뜻한 마음씨를 느꼈다. 그의 말은 내 가슴속의 비밀로 인한 압박을 덜어 주는 것 같았다. 내가 말했다.

"나는 많은 사람이 당신처럼 느끼고 있다는 것을 확신합니다. 그에게 불리한 증거란 것은 정말 어리석을 만큼 사소한 것들입니다. 그는 틀림없이 무죄로 풀려나게 될 겁니다. 틀림없어요."

그러나 스토너는 내가 생각한 것과는 달리 거의 반응이 없었다.

"나도 당신처럼 생각합니다." 그는 침착하게 말했다.

"당신의 의견은 어떻습니까, 선생님?"

"내 생각에는 여러 가지 사실들이 그에게 불리한 것으로 보입니다." 포와로는 조용하게 말했다.

"당신은 그가 유죄라고 생각합니까?" 스토너는 날카롭게 말했다.

"아니오. 하지만, 그의 무죄를 증명하기가 어렵다는 것을 알게 될 것이오."

"그는 저주받은 듯이 아주 괴상하게 굴고 있습니다." 스토너가 중얼거렸다.

"물론 저도 이 사건에는 눈에 보이는 것 외에 더 많은 것이 있다는 것을 압니다. 지로는 어리석게도 그것에 대해 문외한입니다. 하지만, 전체적으로 보아 이상한 저주를 받은 것 같습니다. 그것에 대해서는 간단하고도 빨리 말하는 것이 좋을 겁니다. 그렇지만, 부인이 입을 다물겠다면, 저는 그녀가 하는 대로 따를 겁니다. 그것이 그녀의 쇼라고 해도 저는 그녀의 판단에 경의를(쓸데없는 참견이라 할지도 모르죠) 표할 겁니다. 그러나 잭의 태도는 이해할 수 없습니다. 누가 보더라도 그는 유죄라고 여겨지기를 바라고 있음이 분명합니다."

"하지만, 좀 불합리한 점이 있습니다." 내가 말을 가로막으며 말했다.

"예를 들면, 단도……."

나는 내가 이런 것을 들춰내는 것을 포와로가 용납할지 확신이 서지 않아 말을 멈추었다. 그러고는 말을 조심스럽게 골라서 계속했다.

"우리는 그날 밤 잭 르노가 단도를 갖고 있지 않았다는 사실을 압니다. 부인도 그 점을 알지요."

"사실입니다." 스토너가 말했다.

"부인이 회복되면 틀림없이 이 모든 것들을 말할 것입니다. 자, 저는 가봐야겠습니다."

"잠깐만." 포와로가 그의 손을 잡으며 그를 막았다.

"르노 부인이 의식을 회복하면 즉시 나에게 좀 알려 주시겠소?"

"물론입니다. 어렵지 않아요."

"단도에 관한 것이 아마도 훌륭한 증거가 될 겁니다, 포와로."

나는 위층으로 올라가면서 포와로에게 힘주어 말했다.

"스토너 앞에서는 명백하게 말할 수가 없더군요."

"잘했네. 될 수 있는 대로 우리만 그것을 알고 있어야 하네. 단도에 대해서는 자네의 관점이 잭 르노를 거의 도울 수 없을 테니까. 자네, 내가 오늘 아침 런던을 떠나기 전에 한 시간 동안 외출했다는 것을 기억하나?"

"예?"

"그래, 나는 잭 르노가 자기 기념품을 만든 회사를 열심히 찾아보았네. 그리 어렵지 않더군. 그런데 헤이스팅스, 그의 주문으로 만들어진 칼은 '두 개'가 아니고 '세 개'였네."

"그래요?"

"그렇다네. 그래서 하나는 자기 어머니에게, 다른 하나는 벨라 뒤브앙에게 주고, 그리고 틀림없이 세 번째 단도는 자신이 가지고 있었을 걸세. 헤이스팅스, 나는 그 문제의 단도가 그를 교수대에서 구해 내는 데 별로 유리할 것 같지 않아 걱정이 된다네."

"그렇게 되지는 않을 겁니다." 나는 쏘아붙였다.

포와로는 확신할 수 없다는 듯이 고개를 저었다.

"당신은 그를 구해야만 해요." 나는 강력하게 소리쳤다.

포와로는 냉정하게 나를 바라보았다.

"자네가 그것을 불가능하게 만들었잖은가?"

"다른 방법이 있겠죠." 나는 중얼거렸다.

"이런, 제기랄! 자네는 지금 내게 기적을 일으키라고 요구하고 있군. 아닐세, 더 이상은 말하지 말게. 대신 이 편지나 보세."

그리고 그는 주머니에서 봉투를 꺼냈다. 읽어 가면서 그의 얼굴은 점점 찌푸려졌다. 그러고는 얄팍한 종이를 내게 건네주었다.

"고통받고 있는 여자가 또 있군, 헤이스팅스."

필체는 흐리멍덩했고, 굉장히 동요하고 있는 상태에서 쓴 것이 분명했다.

    친애하는 포와로 씨

    선생님께서 이 편지를 받아 보신다면 저를 도우러 와주시기를 간청
    합니다. 무슨 일이 있어도 잭을 구해야 하는데 저는 의지할 사람이
    아무도 없어요. 제발 우리를 도우러 와주세요.

                               마르트 도브뢰이

나는 몸을 움직여 그것을 돌려주었다.

"가실 겁니까?"

"즉시 가야지. 차를 불러야겠군."

30분 뒤에 우리는 마르그릿 별장에 도착했다.

마르트는 현관에서 우리를 맞이했으며, 포와로의 손을 자기의 두 손으로 잡고 안으로 안내했다.

"이렇게 와주시니 정말 고맙습니다. 저는 절망에 빠져서 무엇을 해야 좋을지 모르겠어요. 교도소로 그를 면회하러 가도 들여보내 주지조차 않는 거예요. 저는 소름끼치도록 고통스럽고, 미칠 것만 같아요. 그 사람들 말로는 잭이 범행을 부인하지 않았다고 하던데, 그게 사실인가요? 그것은 미친 짓이에요. 그가 범행을 저지른다는 것은 불가능해요! 저는 단 한 순간도 그렇게 믿을 수 없어요"

"나도 그래요, 아가씨." 포와로는 정중하게 대답했다.

"그런데 왜 그는 아무 말도 않는 거죠? 이해할 수가 없어요."

"아마 누군가를 감싸 주려고 그러는 것 같습니다."

포와로는 그녀를 바라보면서 자기 생각을 밝혔다.

마르트는 얼굴을 찌푸렸다.

"누군가를 감싸 준다고요? 그의 어머니를 말씀하시는 겁니까? 아, 처음부터 저는 그녀가 의심스러웠어요. 전 재산을 상속받는 것이 누굽니까? 바로 그녀가 아닙니까. 과부의 슬픔을 가장하고 위선적인 태도를 취하는 것은 쉬운 일이에요. 그가 체포되었을 때 그녀는 그렇게 위선적으로 계단에서 넘어졌다고 하더군요."

그녀는 배우 같은 몸짓을 해보였다.

"그리고 틀림없이 비서인 스토너 씨가 그녀를 도왔을 거예요. 그들 두 사람은 아주 친한 관계거든요. 그녀가 그보다 연상인 것은 사실이지만, 남자는 부유한 여자에게 관심을 갖게 마련이지요!"

그녀의 어조에는 가혹한 기미가 있었다.

"스토너는 영국에 있었습니다." 내가 끼어들었다.

"그가 그렇게 말했지만, 누가 알겠어요?"

"아가씨, 우리가 함께 일하려면, 분명히 해두어야 할 문제가 있어요. 한 가지 질문을 하겠소"

포와로가 조용하게 말했다.

"예, 무엇이죠, 선생님?"

"아가씨는 혹시 어머니의 본명을 알고 있소?"

마르트는 잠시 동안 그를 쳐다보더니, 두 팔로 머리를 감싸고 울음을 터뜨렸다.

"자, 자." 포와로가 그녀의 어깨를 쓰다듬으며 말했다.

"진정해요, 알고 있었군요. 자, 이제 두 번째 질문입니다. 아가씨는 르노 씨가 누구였는지 압니까?"

"르노 씨?"

그녀는 머리에서 손을 떼고 의아하게 그를 바라보았다.

"아, 그것은 몰랐군요. 이제, 내 이야기를 주의해서 들어봐요."

그는 영국으로 출발하던 날 내게 그랬듯이 차근차근 사건을 설명해 주었다. 마르트는 홀린 듯이 들었다. 그가 말을 마치자, 그녀는 한숨을 길게 내쉬었다.

"어쨌든 훌륭하고 놀랍습니다! 선생님은 세상에서 가장 위대한 탐정이세요."

그녀는 천천히 의자에서 내려와서 포와로 앞에 무릎을 꿇었다. 그러고는 두서없이 마구 애원하며 울부짖었다.

"그를 구해 주세요, 선생님." 그녀가 소리쳤다.

"저는 그를 정말 사랑해요. 오, 그를 구해 주세요. 제발 그를 구해 주세요!"

제25장

예기치 않은 사건의 절정

다음 날 아침 우리는 잭 르노의 심문에 참석했다. 나는 그렇게 짧은 시간 동안 그 젊은 피고인에게 일어난 변화를 보고 큰 충격을 받았다.

그의 볼은 움푹 들어갔으며, 그의 눈 주위는 검게 패여 있었다. 또한 며칠 밤을 못 잔 사람처럼 수척하고, 마음이 꽤 산만한 듯이 보였다. 그는 우리를 보고도 아무런 감정의 동요도 나타내지 않았다.

피고와 변호사 메트르 그로지에르가 의자에 앉아 있었다. 번쩍이는 칼을 찬 보초가 문 옆에 떡 버티고 서 있었다. 그리고 참을성 있게 보이는 서기가 책상에 앉아 있었다. 심문이 시작되었다.

예심판사가 물었다.

"르노, 당신은 사건이 있던 날 밤 자신이 메를랭뷰에 있었다는 사실을 부정합니까?"

잭 르노는 곧바로 대답하지 않고, 잠시 망설이다가 말했다.

"저, 저는, 셰르부르에 있었다고 말씀드렸는데요?"

메트르 그로지에르는 눈살을 찌푸리고 한숨을 내쉬었다.

잭 르노는 사건을 자기가 원하는 대로 이끌어 나가기로 완강히 결심한 모양이었다. 그럼으로써 그는 자신의 법정 대리인을 몹시 실망시키고 있었다.

예심판사는 날카롭게 몸을 돌렸다.

"역에서의 목격자를 들여보내도록."

잠시 뒤에 문이 열리고 메를랭뷰 역의 짐꾼이 들어왔다.

"당신은 6월 7일 밤에 근무했지요?"

"예, 판사님."

"당신은 11시 20분 열차가 도착하는 것을 목격했습니까?"

"그렇습니다, 판사님."

"피고를 보시오. 당신은 이 사람이 그날 밤 승객 중 하나였다는 것을 인정합니까?"

"예, 판사님."

"당신이 잘못 보았을 가능성은 없소?"

"없습니다, 판사님. 저는 잭 르노 씨를 잘 알고 있습니다."

"날짜를 잘못 알았을 가능성도 없소?"

"없습니다, 판사님. 다음 날 아침이 6월 8일이었고, 그날 살인사건이 일어났다는 소식을 들었으니까요."

또 한 명의 철도 직원이 들여보내졌고, 앞사람의 증언을 확인하였다. 예심판사는 잭 르노를 쳐다보았다.

"이 사람들이 당신을 분명히 알아보았소. 할 말 있소?"

"아무것도."

오테 씨는 답변을 기록하고 있던 서기를 흘끗 바라보았다.

예심판사는 계속했다.

"르노, 당신은 이것을 알아보겠소?"

그는 옆의 탁자에서 뭔가를 가져다가 피고에게 내밀어 보였다. 나는 그것이 비행기 단도라는 것을 알아보고는 몸서리를 쳤다.

메트르 그로지에르가 말했다.

"미안합니다만, 그가 그 질문에 대답하기 전에 먼저 제가 제 의뢰인에게 말을 해도 되겠습니까?"

그러나 잭 르노는 불쌍한 그로지에르의 심정을 염두에 두지 않았다. 그는 그로지에르를 무시하고 조용하게 대답했다.

"틀림없이 알아볼 수 있습니다. 그것은 제가 어머니에게 기념으로 드린 선물입니다."

"당신이 아는 한, 그 단도의 복제품이 있습니까?"

메트르 그로지에르가 다시 고함을 쳤으나, 잭 르노는 그를 또 무시했다.

"제가 아는 한 없습니다. 그것은 제가 직접 만든 겁니다."

예심판사조차도 그의 거침없는 대답에 놀랐다. 그는 죽음으로 치닫는 사람처럼 보였다. 물론 나는 그가 벨라를 위해 어쩔 수 없이 똑같은 단도가 없다고 속이는 것을 알고 있었다. 흉기가 단 하나밖에 없다고 생각되는 한, 제2의 단도를 갖고 있는 그녀가 의심받을 가능성은 거의 없었다. 그는 용감하게도 자기가 사랑했던 여자를 감싸 주고 있는 것이다—그래도 자기 자신을 희생시키다니! 나는 내가 간단히 포와로에게 맡긴 일이 얼마나 엄청난 일인가 하는 것을 깨달았다. 기적이 아니고서는 잭 르노가 안전하게 풀려나기란 쉽지 않을 것이다.

오테 씨는 유별나게 날카로운 억양으로 다시 말했다.

"르노 부인은 그 단도가 범행이 있던 날 밤 자신의 화장대 위에 있었다고 말했소. 하지만, 르노 부인은 어머니입니다. 틀림없이 당신은 놀라겠지만, 르노 씨, 나는 르노 부인이 착각했을 가능성이 크다고 생각합니다. 아마 당신은 실수로 그것을 파리에 가져갔을 게요. 분명히 당신은 내 의견에 반박하겠지만……."

나는 마주 잡고 있는 그 청년의 손에 수갑이 채워진 것을 보았다. 그는 이마에 구슬 같은 땀을 흘리면서, 여력을 다해 목쉰 소리로 오테 씨의 말에 끼어들었다.

"당신에게 반박하지 않겠습니다. 그럴 수도 있겠지요."

모두를 놀라게 한 순간이었다.

메트르 그로지에르는 자리에서 일어나서 항의했다.

"제 의뢰인은 극도의 신경과로 상태에 있습니다. 저는 그가 자신이 한 말에 대해서 책임이 없다는 것을 기록해야 한다고 생각합니다."

예심판사는 화를 내면서 그 변호사를 억눌렀다. 잠깐 동안 그의 마음에는 의심이 생겨난 것처럼 보였다. 잭 르노는 자신의 역할을 너무 지나치게 해버렸다. 예심판사는 몸을 앞으로 내밀며 피고를 자세히 쳐다보았다.

"르노, 당신의 대답은 당신이 범행했다는 유일한 결론밖에 주지 않는다는 것을 잘 알고 있소?"

잭의 창백한 얼굴이 달아올랐다. 그는 계속 뒷걸음질치는 것처럼 보였다.

"오테 씨, 맹세코 저는 아버지를 죽이지 않았습니다."

그러나 예심판사의 짧은 의심의 순간은 끝났다. 그는 짧게, 그리고 불쾌하게 웃었다.

"틀림없소. 틀림없어. 죄수들, 그들은 항상 자기가 결백하다고들 주장하지요. 당신은 당신 자신의 입으로 유죄를 선고한 것이오. 당신은 자신이 무죄라는 변호도, 알리바이도 제시하지 못하고, 다만 어린애도 속아 넘어가지 않을 주장만 되풀이하고 있소. 르노, 당신은 아버지가 죽으면 얻게 될 돈을 노리고 잔인하고도 비겁하게 아버지를 죽였소. 그러나 그녀는 어머니로서 행동한 것이기 때문에 법정은 그녀에게 관대함을 베풀 것이오. 분명히 그럴 것이오. 당신의 범행은 모든 신과 인간에 의해서 혐오 받을 무시무시한 것이오."

오테 씨는 그 순간의 엄숙함에 빠져서, 정의의 대표자로서의 자신의 역할을 즐기고 있었다.

"당신은 살인을 저질렀소. 그러므로 당신은 행위의 결과에 대한 대가를 치러야 하오. 나는 인간의 입으로서가 아니라 정의로서, 영원한 정의로서 당신에게 판결하겠소. 당신은······."

오테 씨는 방해를 받았다―대단히 불쾌한 일이었다.

문이 열린 것이다.

"판사님, 판사님······." 직원이 더듬더듬 말했다.

"저······, 어떤 여자가 와서, 드릴 말씀이 있다고······."

"누가 무슨 말을 하겠다는 건가?" 예심판사는 화가 나서 소리쳤다.

"이것은 규칙 위반이야. 나는 그런 걸 허용하지 않겠어. 절대로 허용하지 않아."

그러나 가냘픈 모습이 나타나더니 경관을 옆으로 밀어냈다. 온통 검은 옷을 입고, 베일로 얼굴을 가린 한 여자가 안으로 들어왔다.

나의 심장은 극도로 두근거렸다. 드디어 그녀가 온 것이다. 나의 모든 노력은 수포로 돌아갔다. 그러나 한편 나는 이렇게 주저하지 않고 찾아온 용기에 감탄하지 않을 수 없었다.

그녀는 베일을 벗었다.

나는 깜짝 놀랐다.

똑같이 닮기는 했지만, 이 처녀는 신데렐라가 아니었다! 그 반면, 무대에서 섰던 그 금발의 가발을 벗은 모습을 보게 된 지금, 나는 그녀가 바로 잭 르노의 방에서 찾아낸 사진의 주인공이라는 사실을 알았다!

"당신이 오테 판사님이시지요?" 그녀가 물었다.

"그렇소만, 내가 허락하지도 않았는데……."

"제 이름은 벨라 뒤브앙입니다. 르노 씨 대신 저를 살인범으로 넘겨 드리려 합니다."

제26장

나에게 한 통의 편지가 오다

나의 친구에게

이 편지를 받고 나면 당신은 모든 것을 알게 될 겁니다. 제가 어떤 말을 해도 벨라의 마음은 바뀌지 않을 겁니다. 언니는 자기를 법정에 내주려고 가버렸습니다. 저는 언니와 너무 다투어서 이젠 지쳐 있습니다. 당신은 이제, 제가 당신을 속였으며, 당신이 저를 믿었는데도 당신에게 거짓말로 보답했다는 것을 아시게 될 겁니다. 아마 당신에게는 그것이 변명의 여지가 없는 것처럼 보이겠지만, 저는 제가 당신의 인생에서 영원히 벗어나기 전에, 그 모든 일의 전말을 확실하게 알려 드리고 싶습니다. 당신이 저를 용서해 주신다면, 저는 훨씬 마음 편하게 살 수 있을 겁니다. 제가 그렇게 한 것은 저 자신을 위해서가 아니었습니다—이것이 저를 변호할 수 있는 유일한 말입니다.

우선 당신과 제가 파리에서 출발하는 기차에서 만났던 날부터 시작하겠습니다. 저는 그때 벨라에 대해 걱정하고 있었습니다. 언니는 잭 르노 때문에 절망적이었고, 그에게서 받은 굴욕감에 괴로워했습니다. 그의 마음이 변하기 시작하고, 그렇게 자주 쓰던 편지도 그쳐 버리자 언니는 그런 상태가 된 거지요. 언니는 그에게 다른 여자가 생긴 것이라고 생각했습니다. 그것은 나중에 밝혀진 대로 사실이었지요.

언니는 메를랭뷰에 있는 별장으로 가서 잭을 만나기로 결심했습니다. 제가 그 생각에 반대하는 것을 알자, 저를 속이고 달아나 버렸지요. 저는 칼레에서 언니가 열차에 없다는 것을 알고, 혼자서는 영국으로 가지 않겠다고 결심했습니다. 제가 막을 수 없다면 어떤 무서운 일이 일어날 것 같은 불안한 예감이 들었기 때문이지요.

다행히도 파리에서 출발한 다음 열차에서 내리는 언니를 만났습니다. 그때 언니는 메를랭뷰로 가겠다고 하더군요. 나는 언니를 열심히 설득했지만 아무 소용도 없었습니다. 언니는 마음을 굳게 먹고, 자신의 길을 찾겠다고 했거든요. 그래서, 저는 그 일에서 손을 뗐습니다. 제가 할 수 있는 것은 다했으니까요! 이젠 너무 늦었습니다. 저는 호텔로 갔고, 벨라는 메를랭뷰로 떠났습니다. 그렇지만 여전히 '다가오고 있는 재앙'이라고 표현할 수 있는 느낌을 떨쳐 버릴 순 없었습니다.

다음 날이 되었습니다. 그러나 벨라는 오지 않았습니다. 호텔에서 저와 만나기로 약속했었는데, 언니는 약속을 지키지 않았어요. 온종일 언니에게서는 아무런 소식도 없었습니다. 저는 점점 더 불안해졌습니다. 그때 석간신문을 읽게 되었습니다.

무서운 일이었습니다! 저는(물론 확신할 수는 없지만) 너무너무 두려웠습니다. 벨라가 그의 아버지 르노를 만나서 그에게 잭과 자신의 사이를 말하다가, 모욕을 받았거나 그 비슷한 말을 들었다고 추측을 했습니다. 우리는 둘 다 굉장히 성격이 급한 편입니다.

그런데 이어서 복면한 외국인에 관한 사실이 발표되었습니다. 그래서 저는 좀 안심하기는 했지만, 벨라가 저와의 약속을 지키지 않은 것이 여전히 걱정스러웠습니다. 다음 날 아침이 되자 저는 도저히 마음을 진정시킬 수 없어, 그곳에 가보기로 작정했습니다. 제일 먼저, 저는 당신과 마주쳤습니다. 당신은 모든 것을 알고 있었죠. 그리고 죽은 사람의 모습이 너무나 잭과 닮았고, 잭의 특이한 외투를 보고서 저는 모든 걸 알 것 같았습니다. 그리고 거기에는 잭이 벨라에게 준 것과 똑같은 칼이 있었습니다—그 사악한 작은 물건, 십중팔구 그 위에 지문이 있을 것이었습니다.

저는 그 순간의 피할 수 없는 두려움을 당신에게 설명하고 싶지 않았어요. 저는 단지 한 가지 길밖에 없다고 생각했습니다. 그것을 빼내어 사람들이 알아차리기 전에 빨리 도망쳐야 했습니다. 그래서 기절한 체해서는 당신이 물을 가지러 간 사이에 그것을 옷 속에 숨겼습니다.

저는 그때 파르 호텔에 있다고 당신에게 말했습니다만 사실은 곧장 칼레로 가서 첫 배를 타고 영국으로 떠났습니다. 도버 해협 가운데쯤 왔을 때, 저는 작은 악마인 그 단도를 바다에 던져 버렸습니다. 그러고 나서야 다시 호흡할 수 있다고 느꼈습니다.

벨라는 런던에 있는 우리 하숙집에 있었습니다. 온 세상 어디에도 언니처럼 불행해 보이는 것은 없었습니다. 나는 언니에게 내가 한 일을 말하고, 이제 당분간 안전할 것이라고 위로했습니다. 언니는 나를 쳐다보더니 웃기 시작하더군요. 웃고, 또 웃었습니다. 그 웃음은 듣기에도 무시무시했습니다.

저는 바쁘게 사는 것이 최선의 길이라는 것을 느꼈습니다. 만일 자신이 한 일에 대해 곰곰이 생각할 시간이 있었다면 아마 언니는 미쳐 버렸을 겁니다. 다행스럽게도 우리는 금방 일자리를 얻었습니다.

그리고 그날 밤 극장에서 당신과 당신 친구가 우리를 지켜보고 있었죠. 저는 극도로 흥분해 있었습니다. 당신은 틀림없이 의심을 하고 있었을 겁니다. 그렇지 않다면 우리를 추적할 필요도 없었겠죠. 저는 최악의 경우를 상상하고, 당신을 뒤쫓아갔습니다. 저는 필사적인 상태였습니다. 그 뒤에 당신에게 아무것도 말할 사이도 없이, 저는 의심받고 있는 것은 벨라가 아니라 저라는 것을 알았습니다. 그렇지 않다면 적어도 당신은 단도를 훔친 저를 벨라라고 생각하고 있는 것 같았어요. 당신이 그 순간의 제 마음을 알아주셨으면 하고 바랍니다(저를 용서해 주시겠지요). 저는 너무나 두려웠고 어찌해야 할지 갈피를 잡을 수 없었으며 절망적이었습니다. 한 가지 분명히 알 수 있었던 것은 당신이 저를 구해 주려고 애쓴다는 사실이었습니다. 그러나 당신이 언니를 구해 주려 할지는 알 수 없었습니다. 그렇게 하기는 어려울 것이라고 생각했지요—그것은 같은 일이 아니니까요. 그런 위험을 그대로 보고만 있을 수는 없지 않겠어요.

벨라는 저와 쌍둥이입니다. 저는 언니를 위해 최선을 다해야만 했습니다. 그래서 저는 계속 거짓말을 한 겁니다. 저는 부끄러웠습니다.

그리고 여전히 부끄럽습니다. 이것이 전부입니다. 이것이면 충분하다
고 말해 주시겠지요? 저는 당신을 믿어야만 했습니다. 만일 제가 저
지른 일이라면
잭 르노가 체포되었다는 소식이 신문에 실리자마자, 만사는 끝장이
났습니다. 벨라는 일이 어떻게 되어가는지 기다리지조차 않았습니다.
저는 너무 지쳤어요. 더 이상 쓸 수가 없습니다.

그녀는 신데렐라라고 서명했다가, 그것을 지우고, 대신 뒬시 뒤브앙이라고
썼다. 편지는 별로 잘 쓰지도 못했고, 잉크가 번지기는 했으나, 나는 지금까지
도 그것을 보관하고 있다.

그것을 읽을 때, 포와로도 함께 있었다. 나는 편지를 내려놓고 그를 건너다
보았다.

"당신은 그때 그녀가 벨라가 아니라는 것을 알고 있었나요?"

"그렇다네, 친구."

"그러면, 왜 저에게 말해 주지 않았습니까?"

"무엇보다도 나는 자네가 그런 실수를 하리라고는 생각조차 할 수 없었네.
자네, 사진을 보았었지? 그 처녀들은 똑같이 닮기는 했지만, 구별하지 못할 정
도는 아니었네."

"그렇지만, 그 금발은?"

"가발이었지. 무대에서의 멋진 대조를 위해 쓴 것이었네. 쌍둥이의 머리가
하나는 검고, 하나는 금발일 수가 있겠나?"

"그러면, 왜 그날 밤 코번트리의 호텔에서 말해 주지 않았나요?"

"그날 자네 횡포를 좀 생각해 보게. 너무 심하지 않았나, 친구."

포와로는 냉담하게 말했다.

"자넨 나에게 기회를 전혀 주지 않았었다고"

"하지만, 그다음에는요?"

"아, 그다음! 우선 나는 자네가 나를 신뢰하지 않는 것 같아 마음이 아팠었
네. 그러고는 자네의 감정이 시간의 시련을 견디어 낼 수 있는지 알고 싶었었

네. 사실, 그것이 사랑이었든지, 아니면 잠깐 반짝한 것이었든지 간에, 나는 자네를 실수하도록 내버려 두지 말았어야 했었네."

나는 고개를 끄덕였다. 그의 목소리는 너무나 애정이 넘쳐 있어서, 도저히 분노를 품을 수가 없었다. 나는 그 편지를 내려다보았다. 그러고는 갑자기 그것을 집어서 포와로에게 내밀었다.

"읽어 보세요. 당신이 읽었으면 좋겠어요." 내가 말했다.

그는 말없이 그것을 읽고는 나를 쳐다보았다.

"자네를 걱정시키는 것이 무엇인가, 헤이스팅스?"

이것은 포와로에게 있어서 전혀 새로운 분위기였다. 조롱하는 투는 말끔히 가신 듯이 보였다. 그래서, 나는 두려움 없이 마음속에 품었던 것을 말할 수가 있었다.

"그녀는 말하지 않았어요. 자기가 나를 사랑하는지 아닌지에 대해서는 한마디도 없었어요."

포와로는 종이를 접었다.

"자네가 잘못 안 것 같은데, 헤이스팅스"

"어디에요?" 나는 성급하게 몸을 앞으로 내밀며 외쳤다.

포와로는 미소 지었다.

"그녀는 편지의 한 줄 한 줄마다에서 그것을 말하고 있네, 이 친구야"

"그런데 저는 그녀를 어디서 찾지요? 편지에는 아무 주소도 없습니다. 프랑스 우표가 붙여져 있는 것이 전부예요."

"흥분하지 말게! 이 포와로에게 맡겨 두라고. 5분 만에라도 알아낼 수 있으니까!"

제27장

잭 르노의 이야기

"잭, 축하하오." 포와로는 젊은이의 손을 따뜻하게 잡으며 말했다.

르노 청년은 풀려나자마자 우리에게로 왔다―마르트와 자기 어머니를 만나러 메를랭뷰로 가기도 전에. 스토너가 그와 함께 왔다.

스토너의 원기 왕성함은 젊은이의 창백한 모습과 심한 대조를 이루고 있었다. 그 청년이 신경쇠약에 걸릴 위험에 있다는 것은 명백했다. 그는 당면한 위험에서 벗어났는데도, 풀려나는 상황이 너무 고통스러웠기 때문에 그의 상태를 완전히 안심하고 있을 수만은 없는 노릇이었다.

그는 포와로를 보고 슬프게 미소 짓고는, 낮은 목소리로 말했다.

"저는 그녀를 보호하기 위해서 그렇게 했습니다. 이젠 아무 소용도 없게 되었지만!"

"자네는 그녀가 자네의 생명을 희생시켜 가면서까지 살 수는 없다고 나올 줄은 예상치 못했겠지."

스토너는 냉담하게 말했다.

"그녀는 자네가 단두대를 향해 곧장 머리를 내밀고 있는 것을 알고서는 자진하여 나올 수밖에 없었던 거야!"

"하! 당신도 역시 그것을 위해 머리를 내밀고 있었던 거요!"

포와로는 눈을 반짝이며 덧붙였다.

"만일 당신이 계속 그랬다면 메트르 그로지에르 씨는 화가 나서 죽었을 거요."

"저는 그가 선한 고집쟁이라고 생각합니다." 잭이 말했다.

"그러나 그는 저에 대해 끔찍하게 염려를 했습니다. 그래도 저는 그를 완전히 믿을 수가 없었어요. 그런데 맙소사! 벨라는 어떻게 되는 것입니까?"

포와로가 솔직하게 말했다.

"만일 내가 당신이라면, 나는 그렇게 괴로워하지는 않겠소. 프랑스 법정은 젊고 아름다운 사람에게, 그리고 치정 범죄에는 매우 관대한 편이니까. 똑똑한 변호사라면 정상을 참작하여 잘 해결할 것이오. 당신에겐 즐겁지 않겠지만……."

"저는 그 점에 대해서는 걱정하지 않습니다. 포와로 씨, 제 아버지의 죽음에 관하여 얼마만큼은 정말로 제게도 죄가 있다고 생각합니다. 제가 아니었더라면, 그리고 저와 이 처녀와의 복잡한 관계가 아니었더라면, 아버지는 살아서 오늘도 잘 지내고 있을 텐데요. 외투를 잘못 가져간, 저주받은 부주의! 저는 아버지의 죽음에 대한 책임을 면죄 받지 못해요. 저는 그 일을 영원히 잊을 수 없을 겁니다!"

"아니오, 아니에요."

나는 그를 진정시키려고 했다.

"물론 벨라가 아버지를 죽였다는 생각을 하면 끔찍합니다."

잭이 다시 시작했다.

"그러나 그녀에 대한 저의 태도가 부끄러웠던 것은 사실이었습니다. 마르트를 만난 이후, 제가 실수를 했다는 것을 깨달은 다음, 그녀에게 편지를 써서 솔직하게 말했어야 옳았습니다. 그러나 법석이 일어나고, 그 말이 마르트의 귀에 들어가서 그녀가 실제보다 더 과장되게 생각할 것이 두려웠습니다(그래요, 저는 겁쟁이였어요). 그래서, 그 일이 저절로 사그라지기를 바랐던 겁니다.

저는 사실, 제가 그 불쌍한 처녀를 절망으로 몰고 갔다는 것도 모르고 되는 대로 지냈습니다. 그녀가 만일 원래 생각대로 저를 찔렀다고 해도 그것은 응분의 벌을 받은 것이 되었을 겁니다. 그녀가 이제 자진해서 나오게 된 것은 용기 있고 솔직한 행동입니다. 아시다시피, 저는 끝까지 견디어 냈을 텐데 말입니다."

그는 잠시 침묵을 지켰다가 다른 문제에 관해 갑자기 말을 꺼냈다.

"저는 왜 그 시간에 아버지가 속옷에 외투만 입고 돌아다녔는지 알 것 같습니다. 제 생각에 아버지는 두 외국인을 속이고 밖으로 달아났던 겁니다. 그리고 어머니는 그들이 온 시각이 2시라고 착각한 것이고요. 그렇지 않다면……, 그렇지 않다면 그것은 모두 음모가 아니겠습니까? 제 말은 저의 어머니는 그 사람이 저였다고는 생각하지 않았다는……, 생각할 수 없었다는 겁니다."

포와로가 재빨리 그를 진정시켰다.

"아니, 아니오, 잭. 그런 이유로 걱정하지는 말아요. 자세한 상황은 차후에 설명하겠소. 그보다 좀 의심스러운 점이 있소. 그 사건이 있었던 날 밤에 일어난 일을 우리에게 정확히 말해 주겠소?"

"별로 말씀드릴 것도 없습니다. 저는 지난번에 말씀드렸듯이 세계의 다른 끝으로 가기 전에 마르트를 보고 싶어서 셰르부르에서 돌아왔습니다. 기차가 늦게 도착했기 때문에 저는 골프장으로 가로질러 빨리 가려고 생각했죠. 거기서는 쉽게 마르그릿 별장의 정원으로 들어갈 수 있었으니까요. 제가 거의 다 왔을 때……."

그는 잠시 멈추고 침을 꿀꺽 삼켰다.

"그래서요?"

"끔찍한 비명을 들었습니다. 그것은 큰소리는 아니었지만 숨이 막히는 듯한 소리였습니다—저는 두려워졌습니다. 잠시 동안 그 자리에 박힌 듯이 서 있었습니다. 그러고 나서 저는 관목 모퉁이 쪽으로 방향을 바꿔 가보았습니다.

달이 밝은 밤이었습니다. 저는 무덤을 보았고, 그리고 등에 칼을 맞고 엎드려 쓰러져 있는 사람을 보았습니다. 그러고 나서……, 그러고 나서 저는 고개를 들어 그녀를 보았습니다. 그녀는 마치 유령처럼 저를 보고 있었습니다(처음엔 그렇게 생각될 수밖에 없었습니다). 두려움으로 얼굴의 표정이 얼어붙은 듯이 보였지요. 그러고 나서, 그녀는 소리를 지르면서 달아나 버렸습니다."

그는 감정을 다스리려고 말을 멈추었다.

"그다음에는?"

포와로는 천천히 물었다.

"저는 정말 아무것도 생각할 수가 없었습니다. 그냥 잠시 동안 멍하니 그 자리에 서 있었지요. 그러고는 될 수 있는 한 빨리 도망쳐야 한다는 것을 깨달았습니다. 경찰이 저를 의심하지는 않겠지만, 그녀에게 불리한 증언을 하기 위해 불려갈 것이 두려웠거든요. 저는 전번에도 말씀드렸듯이 생 보베까지 걸어가서, 거기서 차를 얻어 타고 셰르부르로 돌아갔습니다."

문 두드리는 소리가 나고, 전보가 스토너에게 전달되었다. 그는 그것을 펼쳐 보았다.

"르노 부인이 의식을 회복했습니다." 그가 말했다.

"그래요!"

포와로가 벌떡 일어났다.

"우리 모두 즉시 메를랭뷰로 갑시다."

당장 출발을 서둘렀다. 잭의 부탁으로 스토너는 뒤에 남아서, 벨라 뒤브앙을 위해 할 수 있는 모든 일을 하기로 했다.

포와로, 잭 르노, 그리고 나는 르노의 차에 올라 출발했다.

40분이 넘게 걸려서 마르그릿 별장 문간에 도착하자, 잭 르노가 포와로에게 넌지시 말했다.

"두 분이 먼저 가서, 어머니께 제가 풀려났다는 소식을 알려 주시는 것이 어떻습니까?"

"당신이 직접 마르트 양에게 소식을 전해 주는 동안에?"

포와로가 말을 받았다.

"그렇게 해요. 나도 막 그런 제안을 하려고 했으니까."

잭 르노는 더 이상 기다리지 않았다. 차를 세우고는 날듯이 뛰어서 현관문까지 갔다. 포와로와 나는 계속 차를 몰아 주느비에브 별장으로 갔다.

내가 말했다.

"포와로, 우리가 첫날 여기에 어떻게 도착했는지 기억하세요? 그리고 르노 씨의 살인사건에 부딪힌 것도?"

"아! 그럼, 생각나다마다. 그리 오래되지도 않은 일인데. 그렇지만, 그 이후로 얼마나 많은 변화가 일어났는지. 특히 자네에게 말일세, 친구!"

"포와로, 벨, 아니, 뒬시를 찾는 일에 진전이 있습니까?"

"진정하게, 헤이스팅스. 나는 모든 일에 조치를 해두고 있네."

"귀중한 시간이 자꾸 흐르잖아요?" 나는 불평했다.

포와로는 화제를 바꾸었다.

"그때는 시작이고, 지금은 끝이지."

벨을 누르면서 그는 교훈조로 말했다.

"사건이란, 끝이 매우 불만스럽기 마련이네."

"예, 정말 그래요." 나는 한숨을 쉬었다.

"자네는 또 감상적인 관점에서 생각하고 있군, 헤이스팅스 나는 그런 의미로 말한 것이 아닐세. 우리는 벨라 양이 관대하게 처리되기를 바라지만, 결국 잭 르노가 두 처녀와 결혼할 수는 없네. 이번 경우는 탐정을 기쁘게 하는, 잘 조직되고 완벽한 그런 범행이 아닐세. 조르주 코노에 의해서 고안된 무대 장치, 그것은 정말 완벽했네. 그러나 종말은, 아! 그렇지 않네. 한 남자가 한 처녀의 성난 발작으로 우연히 살해되었다. 아, 과연 그 속에 어떤 순서와 방법이 있겠나?"

포와로의 기이한 버릇을 보고 내가 한참 웃고 있을 때, 프랑수아즈가 문을 열었다.

포와로가 당장 르노 부인을 만나야겠다고 말하자, 그 늙은 여자는 그를 2층으로 안내했다. 나는 응접실에 남아 있었다.

한참이나 시간이 흐른 뒤에 포와로가 다시 나타났다.

"여보게, 헤이스팅스! 이거 한바탕 벼락이라도 치겠는 걸. 예상치 못한 소동이 일어날 것 같아!"

"무슨 말씀을 하시는 겁니까?" 나는 소리쳤다.

"참으로 믿을 수 없는 일이기는 하지만……."

포와로는 심사숙고하며 말했다.

"여자들은 정말 예상을 벗어나는 수도 있구면."

"잭과 마르트 도브뢰이가 옵니다."

내가 창 밖을 보며 말했다.

포와로는 뛰어나가서, 밖의 계단에서 젊은 한 쌍을 만났다.

"들어가지 마시오 들어가지 않는 것이 좋을 거요 어머니께서 굉장히 화가 나셨소."

"압니다, 알아요. 그렇지만, 저는 즉시 어머니께 올라가야만 합니다."

잭 르노가 말했다.

"하지만, 그만둬요. 그러지 않는 것이 좋을 게요."

"하지만, 마르트와 저는⋯⋯."

"어쨌든 마르트는 데려가지 말아요. 굳이 올라가야겠다면 나와 함께 가는 것이 현명할 것이오."

뒤쪽 계단에서 소리가 들려 와서 우리 모두를 놀라게 했다.

"포와로 씨, 호의는 감사합니다만, 저는 제가 원하는 바를 분명히 해두어야 겠습니다."

우리는 놀라서 뒤를 돌아보았다. 레오니의 부축을 받으며 르노 부인이 계단을 내려오고 있는 것이 아닌가! 그녀의 머리에는 아직도 붕대가 감겨 있었다.

그 프랑스 하녀는 자기 안주인에게 침대로 돌아가자고 울며 애원하고 있었다.

"마님, 이것은 자살 행위세요. 의사 선생님이 이러시면 안 된다고 하셨잖아요!"

그러나 르노 부인은 계속 내려왔다.

"어머니!"

잭이 앞으로 달려가면서 소리쳤으나, 그녀는 저지하는 몸짓을 했다.

"나는 더 이상 네 어미가 아니다! 너는 내 아들이 아니고! 오늘 이 시간부터 나는 너와 모자(母子)의 인연을 끊겠다."

"어머니!" 그 청년은 당황하여 소리쳤다.

그의 격앙된 목소리에 잠시 동안 그녀는 주춤하더니 비틀거리는 것처럼 보였다. 포와로가 나서려 하자 그녀는 다시 몸을 가다듬고는 명령조로 말했다.

"너는 네 아버지의 죽음에 책임이 있다. 너는 도덕적으로 아버지의 죽음에 죄를 지었어. 너는 이 처녀의 일로 아버지를 좌절시켰고, 또 반항했다. 또한, 다른 처녀를 무정하게 대함으로써 결국 아버지의 죽음을 초래했다. 내 집에서 나가거라. 나는 내일 당장 네가 아버지의 재산에 손도 못 대도록, 그것을 확실히 하는 수속을 밟겠다. 네 아버지의 가장 잔인한 원수의 딸인 이 처녀와 세상에 나가 살길을 찾든지 마음대로 해라!"

그러고는 천천히, 고통스럽게 그녀는 2층으로 올라갔다.

우리는 모두 넋을 잃고 있었다. 그런 일이 일어나리라고는 전혀 예상치 못했었다. 이미 겪은 모든 일로 몹시 지쳐 있던 잭 르노는 비틀거리더니 쓰러져 버렸다. 포와로와 나는 재빨리 뛰어가 그를 부축했다.

"저 친구에겐 지나친 무리였어."

포와로가 마르트에게 말했다.

"잭을 어디로 데려가면 좋겠소?"

"집으로요! 마르그릿 별장으로요. 우리가, 어머니와 제가 그를 돌보겠어요. 불쌍한 잭!"

우리는 청년을 그 별장으로 데리고 갔다. 거기서 그는 반쯤 얼이 빠진 채 힘없이 의자에 주저앉았다.

포와로는 그의 머리와 손을 짚어 보았다.

"열이 좀 있군. 계속된 긴장과 과로가 나타나기 시작하는 거요. 그리고 지금 받은 충격이 그 절정에 달한 것 같소. 그를 침대로 옮기세요. 나와 헤이스팅스가 의사를 부르겠소."

의사가 곧 당도했다. 환자를 진찰한 뒤에 그는 단순한 신경쇠약이라고 진단을 내렸다. 충분한 휴식과 안정을 취하면 청년은 내일까지는 거의 회복될 것이지만, 만일 흥분하게 되면 뇌막염에 걸릴 수도 있다고 말했다. 누군가가 밤새도록 그의 곁에서 보살펴 주는 편이 좋을 것이라고 충고했다.

우리가 할 수 있는 일을 모두 마친 다음, 우리는 잭을 마르트와 그녀의 어머니에게 맡기고 시내로 나갔다. 그때는 벌써 저녁 먹는 시간이 지나 있었으므로, 우리는 몹시 시장했다. 우리는 제일 먼저 발견한 레스토랑에서 맛있는 오믈렛과 스테이크로 허기를 채웠다.

"오늘 밤은 어때, 우리 오랜 친구인 벵 호텔에서 지내볼까?"

마침내 식사를 마친 뒤에 포와로가 말했다.

우리는 지체 없이 그리로 갔다. 바다가 바라다보이는 두 개의 근사한 방을 얻을 수 있었다. 그런 다음 포와로는 나를 놀라게 하는 질문을 했다.

"영국 아가씨 로빈슨 양이 도착했습니까?"

"예, 선생님. 그녀는 작은 객실에 계십니다."

"아! 그래요?"

복도를 따라 걸어가는 그에게 보조를 맞추며 내가 소리쳤다.

"포와로, 도대체 로빈슨 양이 누굽니까?"

포와로는 따뜻한 눈길로 나를 바라보았다.

"내가 자네에게 중매하려는 아가씨일세, 헤이스팅스"

"하지만, 나는……."

"이봐!"

포와로는 입구에서 친절하게 문을 열어 주면서 말했다.

"자네는 내가 메를랭뷰에서 뒤브앙이라는 이름을 크게 떠들며 다니리라고 생각했나?"

우리를 보고 일어서서 인사하는 아가씨는 바로 신데렐라였다. 나는 그녀의 두 손을 잡았다. 나의 눈이 나머지 이야기를 모두 대신하고 있었다.

포와로는 목을 가다듬었다. 그가 말했다.

"이봐요, 젊은이들, 우리는 감상에 잠길 시간이 조금도 없어요. 우리 앞에는 해야 할 일이 아직 남아 있으니까. 아가씨, 내가 부탁한 것은 어떻게 되었소?"

대답 대신 신데렐라는 가방에서 종이에 싼 물건을 꺼내어, 포와로에게 건네 주었다. 나는 그것을 풀었다. 순간 나는 깜짝 놀랐다. 왜냐하면 그것은 그녀가 바다에 던져 버렸다고 한 그 비행기 단도였기 때문이다.

도대체 여자들이란 겨우 절충해 놓은 증거물과 기록들을 모조리 망쳐 놓으니 이상도 하군! 정말 다루기 힘들어. 다 된 일을 망치려 들다니.

"정말 잘 되었소, 아가씨." 포와로가 말했다.

"아가씨를 만나 무척 기쁘군요. 이제 가서 좀 쉬어요. 여기 있는 헤이스팅스와 나는 할 일이 있으니까. 내일이면 이 사람과 만날 수 있을 거요"

"어디로 가시는데요?" 처녀가 물었다.

"내일이면 모든 것을 듣게 될 거요."

"두 분이 어디로 가시든지, 저도 따라가겠어요"

"하지만, 아가씨……."

"분명히 말하지만, 저도 가겠어요"

포와로는 더 이상 말려도 소용없음을 깨달았다.

"그렇다면, 따라와요, 아가씨. 하지만, 재미있지는 않을 게요. 아마 아무 일도 없을 테니까."

처녀는 대답하지 않았다.

20분 뒤에 우리는 출발했다.

어둡고 숨 막히게 답답한 저녁이었다. 포와로는 시내에서 벗어나서 주느비에브 별장 쪽으로 갔다. 그러나 마르그릿 별장에 도착하자, 그는 잠시 멈추었다.

"잭 르노가 잘 있는지 확인하고 싶군. 헤이스팅스, 따라오게. 아가씨는 밖에 있는 것이 좋을 거요. 도브뢰이 부인이 마음 상하게 하는 말을 할지도 모르니까."

우리는 대문의 빗장을 벗기고, 집의 차도로 걸어 들어갔다. 집 옆으로 돌아가면서 나는 포와로에게 2층 창문을 주의시켰다. 블라인드 뒤에서 재빨리 시선을 돌리는 사람이 보였는데, 바로 마르트 도브뢰이의 모습이었다.

"아! 저 방이 잭 르노가 있는 방인 것 같군." 포와로가 말했다.

도브뢰이 부인이 우리에게 문을 열어 주었다. 그녀는 잭의 상태가 여전하지만, 그래도 직접 보고 싶을 거라고 얘기했다. 그리고는 우리를 2층 침실로 안내했다. 마르트 도브뢰이는 탁자 위에 램프를 켜고, 그 옆에서 수를 놓고 있었다. 우리가 들어가자 그녀는 손가락을 입술에 갖다 대었다.

잭 르노는 불안정하고 발작적인 잠을 자고 있었다. 그는 머리를 이리저리 흔들기도 했으며, 얼굴은 여전히 지나치게 상기되어 있었다.

"의사가 다시 오기로 했습니까?"

포와로는 낮은 소리로 물었다.

"우리가 부르지 않는다면 오지 않을 거예요. 그는 자고 있어요. 그것만 해도 큰일이었어요. 어머니가 그에게 차를 끓여 주었어요."

우리가 방을 나오자, 그녀는 다시 앉아서 수를 놓았다.

도브뢰이 부인은 우리와 계단 아래까지 동행했다. 그녀의 과거에 대해 알게 된 이후로 나는 더 큰 관심을 가지고 이 여자를 살펴보았다. 그녀는 눈을 내리깔고, 내가 전에 보았던 그런 알 수 없는 미소를 띤 채 거기에 서 있었다.

나는 갑자기 아름다운 독사에게 느끼는 것과 같은 두려움을 그녀에게서 느꼈다.

"우리가 폐를 끼치지 않았기를 바랍니다. 부인."

포와로는 그녀가 문을 열어 주며 배웅하자, 정중하게 말했다.

"천만에요, 선생님."

"그런데 스토너 씨는 오늘 메를랭뷰에 오지 않았군요, 그렇죠?"

포와로는 마치 때늦게 생각난 듯이 물었다.

나는 그 질문의 핵심을 도저히 파악할 수 없었다. 포와로가 관심을 가진 문제들을 생각해 볼 때, 그것은 별로 의미 없는 질문이었기 때문이다.

도브뢰이 부인은 매우 침착하게 대답했다.

"제가 알 바가 아닙니다."

"그가 르노 부인과 이야기를 나누지 않던가요?"

"제가 그것을 어떻게 알겠습니까, 선생님?"

"그건 그래요." 포와로가 말했다.

"나는 부인께서 혹시 그가 오가는 것을 보았을지도 모른다고 생각했지요. 다른 뜻은 없습니다. 안녕히 계십시오, 부인."

"왜……." 나는 질문을 하려 했다.

"'왜'라고 묻지 말게, 헤이스팅스 나중에 설명해 줄 때가 있을 걸세."

우리는 신데렐라에게로 가서, 서둘러 주느비에브 별장 쪽으로 갔다.

포와로는 그의 어깨너머로, 불 켜진 창문과 일하고 있는 마르트의 모습을 흘끗 쳐다보고는 중얼거렸다.

"그는 지금 감시받고 있는 중이야."

주느비에브 별장에 도착하자, 포와로는 차도 왼쪽에 있는 관목 속에 자리 잡았다. 그곳에서 우리는 밖을 잘 볼 수 있었지만, 아무도 우리를 볼 수는 없었다.

별장은 완전히 어둠에 싸여 있었다. 모든 사람이 잠자리에 든 것이 분명했다. 우리는 르노 부인의 침실이라고 생각되는 창문 아래에 있었는데, 그 창문은 열려 있었다. 포와로는 그곳에 눈을 고정하고 있는 듯이 보였다.

"지금 뭘 하려는 거죠?" 내가 속삭였다.

"지켜보게."

"하지만……."

"적어도 한두 시간 안에는 아무 일도 없을 걸세. 그러나 그……."

이 말은 길고 가느다란 비명 소리에 묻혀 버렸다.

"사람 살려요!"

건물 오른쪽 2층 방에 불이 켜졌다. 비명 소리가 난 곳은 거기였다. 블라인드를 통해 두 사람이 싸우는 듯한 그림자가 비쳤다.

"이 무슨 청천벽력이람!" 포와로가 소리쳤다.

"부인이 틀림없이 방을 바꾼 게야."

그는 앞으로 달려가서 현관문을 세차게 두드렸다. 그러고는 화단에 있는 나무로 뛰어가서 고양이같이 민첩하게 기어 올라갔다.

나는 그가 단번에 열린 창문 안으로 넘어가는 것을 보고 그의 뒤를 따랐다. 그리고 어깨너머로 뒬시가 내 뒤에서 가지에 오르는 것을 보았다.

"조심해요!" 내가 소리쳤다.

"당신 걱정이나 하세요." 그 처녀가 응수했다.

"이런 일쯤은 나에겐 어린애 장난이라고요."

포와로는 빈방으로 뛰어들어 가서 복도로 통하는 문을 세게 흔들었다.

"밖으로 잠겨서 빗장이 걸려 있어." 그는 성난 목소리로 말했다.

"부숴 버리려면 시간이 걸리겠는걸."

비명 소리는 현저하게 약해지고 있었다.

나는 포와로가 실망하는 모습을 보았다. 그와 나는 힘을 합쳐 어깨로 문을 밀어 보았다.

창문 쪽에서 조용하고 침착한 신데렐라의 음성이 들렸다.

"그렇게 하면 너무 늦어요. 이 일은 저만이 할 수 있는 것이에요."

내가 손쓸 사이도 없이 그녀는 공중으로 뛰어오르는 듯이 보였다. 나는 뛰어가서 밖을 내다보았다. 아찔하게도 그녀는 두 손으로 지붕에 매달린 채 불켜진 방 쪽으로 몸을 옮겨 가고 있었다.

"하느님 맙소사! 저러다 죽겠어요." 내가 소리쳤다.

"자네, 잊었군. 그녀는 직업적인 곡예사일세, 헤이스팅스. 그녀가 오늘 밤에 우리와 함께 오겠다고 고집한 것은, 정말 하느님의 섭리였어. 나는 그녀가 늦지 않기를 기도할 뿐이네. 아!"

그 처녀가 오른쪽 창문으로 사라진 순간, 정말로 무시무시한 비명이 밤의 적막을 깨고 퍼졌다. 그리고 신데렐라의 분명한 목소리가 들려왔다.

"아닙니다, 괜찮아요. 제가 당신을 구했어요. 제 손목은 강철 같거든요."

바로 그 순간 프랑수아즈가 조심스럽게 우리의 교도소문을 열어 주었다.

포와로는 그녀를 밀어젖히고 옆문을 돌아 하녀들이 모여 있는 방으로 가는 통로를 따라 달려 내려갔다.

"문은 안에서 잠겨 있습니다, 선생님."

방 안에서 뭔가 무거운 것이 떨어지는 소리가 들렸다.

잠시 뒤에 열쇠가 돌려지고 천천히 문이 열렸다. 매우 창백한 모습의 신데렐라가 우리에게 안으로 들어오라고 손짓했다.

"부인은 무사하오?" 포와로가 물었다.

"예, 조금만 늦었더라면 큰일 날 뻔했어요. 부인은 지칠 대로 지쳐 있었어요."

르노 부인은 침대 위에 반은 누운 채로 앉아 있었다. 그녀는 헐떡거리며 숨을 몰아쉬었다.

"나를 목 졸라 죽이려고 했어요." 그녀는 고통스럽게 말했다.

신데렐라가 바닥에서 뭔가를 주워서, 포와로에게 건네주었다. 그것은 매우 가늘지만 튼튼한 비단 줄로 된 사다리였다.

포와로가 말했다.

"도망쳤군. 우리가 문을 두드리는 사이에 창문으로. 아니면, 어디 다른 데로?"

처녀는 약간 비켜서서 손가락으로 아래쪽을 가리켰다.

마룻바닥 위에 얼굴이 여러 겹으로 가려진, 검은 천으로 싸인 사람이 누워 있었다.

"죽었소?"

그녀는 고개를 끄덕였다.

"그런 것 같아요."

"대리석 발판에 머리를 부딪친 게 틀림없군."

"그런데 그 사람이 누굽니까?" 내가 물었다.

"르노 씨의 살인범일세, 헤이스팅스 그리고 르노 부인의 살인범도 될 뻔했지."

나는 이해가 잘 되지도 않고 몹시 혼란스러웠다.

무릎을 꿇고 천을 들춰보았다. 그랬더니, 그것은 마르트 도브뢰이의 아름다운 얼굴이 아닌가!

제28장

여행의 끝

나는 그날 밤에 일어난 또 하나의 사건으로 머리가 혼란스러웠다. 포와로는 나의 반복되는 질문이 들리지 않는 모양이었다.

그는 르노 부인의 침실이 변경되었다는 사실을 알려주지 않았다고, 프랑수아즈에게 정신없이 호통을 치고 있었다.

나는 그의 어깨를 잡아 주의를 끈 다음, 내 말을 듣게 하려고 했다.

"하지만, 당신은 알았어야만 합니다. 오늘 오후에 그녀를 만났었잖습니까."

내가 충고조로 말했다.

포와로는 나에게 짧게 설명해 주었다.

"부인은 휠체어를 타고 와서 가운데 방, 바로 그녀의 내실 소파에 앉아 있었네."

"하지만, 선생님, 부인께서는 사건이 있은 다음 곧장 방을 바꾸셨습니다. 여러 사람을 만나야 하는 것, 그것이 괴로우셨던 겁니다!"

프랑수아즈가 말했다.

"그렇다면 왜 나에게 말하지 않았소?"

포와로는 탁자를 치면서 극도로 흥분해서 고함을 쳤다.

"왜, 나에게, 말하지 않았느냐 말이오? 당신은 정말 멍청한 늙은이오! 레오니와 드니즈도 나을 게 없어! 세 명 모두 멍청이야! 당신의 어리석음 때문에 당신 안주인은 거의 죽을 뻔했잖소. 그러나 이 용감한 처녀가……."

그는 말을 뚝 그치더니, 그 처녀가 르노 부인을 간호하고 있는 방으로 쏜살같이 달려가서 그녀를 열정적으로 껴안았다. 내가 약간 화나게 말이다.

나는 르노 부인을 보살펴 줄 의사를 불러오라는 포와로의 날카로운 명령을 듣고 몽롱한 상태에서 깨어났다. 그다음에는 경찰을 부르러 가야 할지도 몰랐다. 그는, "여기에 다시 돌아올 필요는 없네. 나는 너무 바빠서 자네를 돌봐 줄 수가 없을 걸세. 뛸시 양은 여기서 간호를 할 테고"라고 말하며 나를 완전히 화나게 만들었다.

나는 참을 수 있는 한 참으면서 정중하게 물러났다. 심부름을 마친 뒤에 혼자서 호텔로 돌아온 나는 앞서 일어난 일들을 전혀 이해할 수 없었다. 그날 밤의 사건들은 환상적이고 불가능한 것으로 생각되었다.

아무도 나의 질문에 대답하지 않으려 했다. 아무도 내 말에 귀를 기울이는 것 같지도 않았다. 나는 화가 나서 침대에 몸을 던지고는, 전혀 갈피를 잡을 수도 없는 극도로 피곤한 상태에서 잠이 들었다.

아침에 깨어나자 열린 창문으로 햇살이 쏟아져 들어오고 있었고, 그리고 말쑥하게 단장을 하고 내 옆에 미소 지으며 앉아 있는 포와로를 보았다.

"자네, 드디어 일어났군! 그러고 보니, 헤이스팅스, 자네 잠꾸러기였구먼. 벌써 11시가 다 되었다는 것을 아는가?"

나는 신음 소리를 내며, 손으로 내 머리를 짚어 보았다.

내가 말했다.

"나는 틀림없이 꿈을 꾸었습니다. 정말로 내 꿈에 르노 부인의 방에 있는 마르트 도브뢰이의 시체를 보았어요. 그리고 당신이 그녀가 르노 씨의 살인범이라고 했고요."

"자네는 꿈을 꾼 것이 아닐세. 그 모든 것은 틀림없는 사실이네."

"하지만, 벨라 뒤브앙이 르노 씨를 죽였잖습니까?"

"오, 아닐세, 헤이스팅스. 그녀가 아니야! 다만, 자기가 죽였다고 말했을 뿐이지. 그럼, 그것은 사랑하는 남자를 단두대로 보내지 않겠다는 행동이었네."

"무엇이라고요?"

"잭 르노의 이야기를 기억해 보게. 그들은 동시에 범행 현장에 도착해서, 서로 상대방이 범인이라고 단정한 걸세. 그 처녀는 두려움에 떨면서 그를 뚫어지게 쳐다보고는, 소리를 지르며 도망친 것이지. 그러나 그녀가 그가 체포되었다는 말을 듣고, 더 이상 참을 수가 없었지. 그래서, 자신이 범인이라고 나타나서는 그를 죽음에서 구하려 했던 걸세."

그는 의자에 등을 기대면서 평소 버릇대로 손가락 끝을 맞부딪쳤다.

"이 사건은 내게 그다지 만족스럽지 못했네." 그는 재판관같이 말했다.

"나는 처음부터 쭉 누군가, 경찰을 따돌리려고 르노 씨의 계획을 확실히 아는 자의 냉혈적이고 계획적인 범행이라는 인상을 강하게 받았네. 위대한 범행은(내가 전에 말한 적이 있듯이), 항상 매우 단순하다네."

나는 고개를 끄덕였다.

"그런데 이 추리가 들어맞기 위해서는, 범인이 르노 씨의 계획을 완전히 알고 있어야만 했네. 그래서, 르노 부인을 생각해 보았지. 그러나 어떤 사실도 그녀가 유죄라는 것을 증명할 수는 없었네. 그 밖에 누가 또 알고 있었을까?

마르트 도브뢰이는 자신의 입으로, 르노 씨와 부랑자가 다투는 소리를 들었다고 시인했네. 만일 그녀가 그 말을 들을 수 있었다면 그 밖에 다른 것을 듣지 말라는 법도 없지 않겠는가. 특히, 르노 씨 부부가 벤치에 앉아서(너무 분별없는 행동이었지) 자신들의 문제에 관해 얘기하는 것을 말일세. 자네가 그곳에서 마르트와 잭 르노의 말을 얼마나 쉽게 엿들었는가를 생각해 보게."

"하지만, 마르트가 르노 씨를 살해할 만한 동기가 무엇이란 말입니까?"

내가 반박했다.

"무슨 동기냐고? 돈이지! 르노 씨는 백만장자였고, 그가 죽으면 전 재산의 반이 그의 아들에게 돌아가리라고 그녀와 잭은 믿고 있었으니까. 마르트 도브뢰이의 입장에서 그 상황을 재정립해 보세. 마르트 도브뢰이는 르노 부부 사이에 오고 간 말을 엿들었네. 지금까지 그는 도브뢰이 모녀에게는 훌륭한 소득원이었네. 그러나 이제 르노 씨가 그들의 올가미에서 벗어나려고 한 거지. 처음에는 아마 그 도피 행위를 막아야겠다고 생각했겠지. 그러나 곧 더욱 대담한 생각이 떠올랐고, 잔 브롤디의 딸은 서슴지 않았던 것일세!

당시 르노 씨는 잭과 그녀의 결혼을 단호하게 반대하고 있었네. 만일 잭이 아버지의 뜻을 거역하게 되면 그는 가난뱅이가 될 형편이었어. 그것은 전혀 마르트 양이 원하는 바가 아니지. 사실 나는 그녀가 지금까지 잭 르노를 진심으로 사랑했는지조차 의심스럽네. 그녀는 자신의 감정을 가장할 수 있는 여자야. 자기 어머니처럼 차갑고 계산적이지. 나는 또 그녀가 그 청년의 애정을 계속해서 유지할 수 있으리라고 확신하는지도 의심스럽네. 그녀는 그를 현혹시켜서 결국 포섭했지. 하지만, 그녀의 손에서 벗어나 그의 아버지가 그를 아주 쉽게 떼어놓을 수 있었다면, 그녀는 그를 놓쳤을지도 모르네.

그러나 르노 씨의 죽음으로 잭이 그 거액 중 반을 상속받게 되면 즉시 결혼하여, 그녀는 단번에 부(富)에 이르려 한 것이네—지금까지 그로부터 뽑아낸 겨우 수천 파운드 정도의 돈이 아니라 말일세. 그리고 그녀의 영리한 머리는 그 일이 매우 간단하다는 것을 알았네. 그것은 정말 쉬운 일이지. 르노 씨는 모든 상황을 자신이 죽은 것처럼 만들려고 했네. 그러니, 그녀는 단지 적당한 때에 움직이기만 하면 됐고, 그러고는 엄연한 현실로 돌아오면 그만이었어.

그리고 내가 마르트 도브뢰이에게로 심중을 굳히게 된 또 하나의 확실한 이유가 있네. 바로 단도일세! 잭 르노는 세 개의 기념품을 만들었어. 하나는 자기 어머니에게 드리고, 하나는 벨라 뒤브앙에게 주었네. 그렇다면, 나머지 하나는 마르트 도브뢰이에게 주었을 가능성이 크지 않겠나?

그래서 지금까지의 말을 요약해 보면, 마르트 도브뢰이에게 불리한 점이 네 가지가 있네.

(1) 마르트 도브뢰이는 르노 씨의 계획을 엿들었을 수 있다.

(2) 마르트 도브뢰이는 르노 씨의 죽음으로 직접적인 이득이 생긴다.

(3) 마르트 도브뢰이는 악명 높은 브롤디 부인의 딸이다. 비록 조르주 코노의 손에 의해 그녀의 남편이 죽기는 했으나, 남편 살해의 도덕적, 실제적인 책임은 그녀에게 있다고 생각된다.

(4) 마르트 도브뢰이는 잭 르노 외에 그 단도를 가질 수 있는 유일한 사람이다."

포와로는 잠시 멈추고 목을 가다듬었다.

"물론 나는 다른 처녀인 벨라 뒤브앙의 존재에 대해 알고 나서는, 그녀가 르노 씨를 죽였을 가능성이 크지 않을까 하고도 생각했었네. 그러나 그 해답은 나의 마음을 끌지 못했지. 왜냐하면 내가 자네에게 지적했듯이, 나와 같은 전문가는 좋은 적수와 만나는 것을 즐기거든.

사람들은 아직도 범행을 그것이 내포하고 있는 가능성을 보는 것이 아니라,

눈앞에 있는 것으로서만 취급하고 있네. 벨라 뒤브앙이 기념으로 받은 칼을 손에 들고 이리저리 돌아다니지는 않았을 것 같거든. 하지만, 잭 르노에게 복수하려는 생각은 물론 가졌을 수 있네. 그녀가 자수하고, 자신이 범인이라고 자백했을 때, 사건은 마치 다 해결된 것 같았네.

그러나 나는 만족스럽지 않았다네, 친구. '만족스럽지 않았어.'

나는 사건을 다시 면밀히 검토해 보았고, 그리고 나는 조금 전에 설명한 것과 같은 결론을 내리게 되었네. 만일 벨라 뒤브앙이 아니라면, 범행을 저지를 수 있는 유일한 사람은 마르트 도브뢰이였네. 그러나 나는 그녀가 범인이라는 증거를 하나도 잡지 못했어!

그때 자네가 나에게 뒬시 양에게서 온 편지를 보여 주었네. 그래서, 나는 만사를 해결할 수 있는 길을 알게 되었지. 범행에 사용된 단도는 뒬시 뒤브앙이 훔쳐 내어 바다에 던졌네. 그녀는 그것이 벨라의 것이라고 생각했기 때문이지. 그러나 만일, 혹시라도 그것이 벨라의 것이 아니라 잭이 마르트 도브뢰이에게 준 것이라면, 벨라 뒤브앙의 단도는 고스란히 보관되어 있을 게 아닌가! 헤이스팅스, 나는 자네에게는 아무 말도 않고(낭만을 즐길 시간이 없었으므로), 뒬시 양을 찾아가서 필요한 만큼 그녀에게 설명하고, 벨라의 소지품 가운데서 그 칼을 찾아보도록 일렀지. 그녀가 그 귀중한 기념품을 가지고 로빈슨 양으로서 내 앞에 나타났을 때, 내가 얼마나 의기양양해했을지 상상해 보게!

한편, 나는 마르트 양이 집 밖으로 나오도록 조치했네. 그리고 나의 부탁에 따라 르노 부인은 아들을 쫓아내면서, 아버지의 재산에 전혀 손댈 수 없도록 하겠다고 선언했던 것이네. 그것은 목숨이 걸려 있는 과정이기는 했으나, 어쩔 수 없이 필요한 것이었네. 르노 부인은 위험을 무릅쓸 각오가 되어 있었자― 불행하게도 그녀는 방을 바꿨다는 사실을 말할 생각을 못 했지만, 내 생각에 그녀는 당연히 내가 알 것이라고 여겼던 것 같네. 모든 일이 내 생각대로 되었네. 마르트 도브뢰이는 르노의 재산을 얻기 위한 최후의 시도를 감행했지. 그러나 실패했어!"

"내가 정말 갈피를 잡지 못하고 있는 부분은, 그녀가 어떻게 우리에게 들키지 않고 집 안으로 들어갔느냐 하는 겁니다. 우리가 그녀가 마르그릿 별장에 있는 것을 보고 곧장 주느비에브 별장으로 갔었잖습니까? 그런데 그녀가 우리보다 먼저 와 있다니!"

"아, 하지만 우리는 그녀가 뒤에 계속 남아 있는 것은 못 보았네. 그녀는 우리가 자기 어머니와 홀에서 이야기하고 있는 동안에 뒷길로 마르그릿 별장을 나갔겠지. 그것은 미국 사람들의 표현을 빌자면, 그녀가 에르퀼 포와로를 '훌륭히 해치웠다'라고 할 수 있지!"

"하지만, 블라인드 위의 그림자는요? 우리는 길에서 그것을 보았잖아요."

"그래, 우리가 쳐다보았을 때는 이미 도브뢰이 부인이 위층으로 올라가서 앉아 있었던 것이네."

"도브뢰이 부인이요?"

"그렇다네. 한 사람은 늙었고 한 사람은 젊네. 한 사람은 검은 머리고, 한 사람은 금발일세. 그러나 블라인드 위에 비친 그림자만 보면 두 사람은 정말 똑같지. 심지어 나도 의심하지 않았으니까─나도 멍청이였어! 나는 시간이 많다고 생각했지. 그녀가 시간이 많이 지난 뒤에야 주느비에브 별장으로 올 것이라고 예상한 걸세. 그녀가, 그 아름다운 마르트 양이 머리를 쓴 거지."

"그렇다면, 그녀의 목적은 르노 부인을 죽이는 것이었습니까?"

"그렇다네, 그렇게 되면 전 재산이 그의 아들에게 돌아올 테니까. 그리고 그녀는 르노 부인이 자살한 것으로 가장하려 했네. 마르트 도브뢰이의 시체 옆 바닥에서 병에 든 마취제와 치명적인 양의 모르핀이 들어 있는 주사기를 발견했네. 이젠 알겠나? 먼저 마취제를 뿌리고, 그런 다음에 의식이 없는 상태에서 주사로 찌르려 한 것이지. 아침이 되면 마취약 냄새는 깨끗이 사라질 테고, 그리고 주사기는 르노 부인의 손에서 떨어진 것처럼 발견되었을 거야.

그가, 그 훌륭한 오테 씨가 무엇이라고 할까? '불쌍한 여인! 내가 뭐라고 했습니까? 그녀가 받은 충격이 너무 컸기 때문에 편히 쉴 수 없었던 겁니다! 나는 그녀의 머리가 돌아 버린다 해도 놀라지 않을 것이라고 말하지 않았습니까? 르노 살인사건이야말로 가장 비극적인 사건입니다!'

그렇지만, 헤이스팅스, 일은 마르트 양이 계획한 대로 되질 않았네. 우선 르노 부인은 잠자지 않고 깨어 그녀를 기다리고 있었어. 그래서 싸움을 하게 되었지. 그러나 르노 부인은 여전히 허약한 상태였네. 그것이 마르트 도브뢰이에게는 마지막 기회였지. 독살하려는 생각은 끝나 버렸지만 그녀가 힘센 양손으로 르노 부인을 침묵시킬 수만 있다면, 그녀는 작은 비단 사다리를 타고 내려가서, 우리가 현관문을 두드리는 동안 마르그릿 별장으로 돌아갔을 걸세. 그렇게 되면 그녀에게 혐의를 둘 만한 증거는 없어지는 것이지. 그러나 그녀는 실패했네—에르퀼 포와로에 의해서가 아니라, 강철 같은 손목을 가진 작은 곡예사에 의해서 말일세."

나는 그 모든 이야기를 곰곰이 생각해 보았다.

"포와로, 당신이 마르트 도브뢰이를 의심하기 시작한 것은 언제입니까? 그녀가 정원에서 싸우는 소리를 엿들었다고 했을 때입니까?"

포와로는 미소 지었다.

"여보게, 자네는 우리가 첫날 메를랭뷰에 오던 때를 기억하나? 우리는 그 아름다운 처녀가 대문에 서 있는 것을 보았지. 그리고 자네는 내게 젊은 여신을 못 봤느냐고 물었고, 나는 자네에게 걱정스러운 눈을 가진 처녀를 보았을 뿐이라고 대답했었네.

나는 처음부터 마르트 도브뢰이를 그런 식으로 보았네—걱정스러운 눈을 가진 처녀! 그녀가 왜 걱정했겠나? 그것은 잭 르노를 위해서가 아니라, 그가 전날 저녁에 메를랭뷰에 있었는지 없었는지 알 수 없었기 때문일세."

"그런데 잭 르노는 어떻습니까?"

"많이 좋아졌네. 아직 마르그릿 별장에 있지. 그런데 도브뢰이 부인은 사라졌네. 경찰이 그녀를 찾고 있어."

"당신은 그녀가 딸과 공모했다고 생각합니까?"

"모르지. 비밀이 많은 부인이니까. 나는 경찰이 그녀를 찾아낼 수 있을지조차 의심스럽네."

"잭 르노도 들었습니까?"

"아니, 아직."

"그에게는 무서운 충격이 되겠군요."

"당연하지. 헤이스팅스, 나는 그가 지금까지 신중하게 살아왔는지 의심스럽네. 우리는 여태까지 벨라 뒤브앙은 잭을 유혹한 처녀이고, 마르트 도브뢰이는 그가 진심으로 사랑하는 여자라고 여겼었네. 그러나 내 생각엔 그것의 정반대 표현이 진실에 가까운 것 같네. 마르트 도브뢰이는 매우 아름다워. 그녀는 잭을 매혹시키는 데에 성공했어. 그러나 그의 원인 모를 냉대로 상처입은 다른 처녀를 생각해 보게. 그는 그녀를 사건에 말려들게 하는 것보다는 대신 자신이 단두대로 가려고 했네. 이 사실을 어떻게 보나? 내 생각에는, 그가 진실을 알게 되면, 그는 소름이 끼치고 몹시 불쾌해질 것이며, 그의 거짓 사랑은 식어 버릴 것이네."

"지로는 어떻게 되었습니까?"

"그는 신경쇠약에 걸려 버렸네. 그 녀석! 그는 파리로 돌아가게 됐어."

우리는 같이 웃었다.

포와로는 매우 진실한 예언자임이 판명되었다. 마침내 의사가 잭이 진실을 들을 수 있을 만큼 회복되었다고 전해주었다. 포와로가 그 사실을 알려 주었는데, 과연 충격은 무시무시했다.

그러나 잭은 내가 예상했던 것보다는 빨리 회복되었다. 이 여러 날 동안의 어려움을 겪고도 그가 살 수 있었던 것은 그 어머니의 헌신 때문이었다. 어머니와 아들은 이제 떨어질 수 없는 관계가 되었다.

더 큰 사실이 폭로되었다. 포와로는 르노 부인에게 자기는 그녀의 비밀을 모두 알고 있다고 말하면서, 잭에게 더 이상 아버지의 과거를 감추어서는 안 된다는 뜻을 나타냈다.

"진실을 숨기는 것, 그것은 더 이상 아무 소용도 없습니다, 부인! 용기를 내어 아드님에게 모든 것을 말씀하십시오."

르노 부인은 무거운 마음으로 동의했고, 그녀의 아들은 자기가 사랑했던 아버지는 사실상 경찰의 수배범이었다는 것을 알게 되었다.

그가 머뭇거린 끝에 내던진 질문에 포와로는 즉각적으로 대답하였다.

"안심해요, 잭. 세상 사람들은 아무것도 모르고 있소. 내가 아는 한, 내가 알고 있는 것을 경찰에 알려야 할 책임은 없소. 이 사건을 해결하는 동안 내내 나는 그들 경찰을 위해서가 아니라, 당신의 아버지를 위해 일했소. 마침내 정의는 그분을 휘몰아쳐 심판했지만, 아무도 그분과 조르주 코노가 같은 사람이라는 사실을 알 필요는 없을 것이오"

물론 경찰에서는 의혹이 풀리지 않는 점을 많이 지적했지만, 포와로는 그 모든 의심이 가라앉도록 그럴 듯하게 설명해 주었다.

우리가 런던으로 돌아온 지 얼마 되지 않아서 나는 포와로의 벽난로를 장식하고 있는 사냥개 모양의 멋진 작품을 보았다.

나의 질문에 포와로는 고개를 끄덕이며 대답했다.

"그렇고말고! 나는 결국 내기에 이겨 500프랑을 받았다네. 썩 괜찮은 녀석이지 않나? 지로 말일세!"

며칠 뒤에 잭 르노가 굳게 결심한 표정으로 우리를 찾아왔다.

"포와로 씨, 작별을 고하러 왔습니다. 저는 이제 곧 남미로 떠나려고 합니다. 저의 아버지께서는 그 대륙에 관심이 많으셨습니다. 그래서, 저도 그 대륙에서 새로운 삶을 시작하려고 합니다."

"혼자 가시오, 잭?"

"어머니와 함께 갑니다. 그리고 스토너를 비서로 계속 고용해 둘 생각입니다. 그는 세상의 외딴곳을 좋아하거든요."

"같이 가는 사람이 또 없소?"

잭은 얼굴이 붉어졌다.

"당신 말씀은……?"

"당신을 진정으로 사랑하는 처녀, 그래서, 당신을 위해 기꺼이 죽으려 했던 처녀 말이오"

"제가 어떻게 그녀에게 부탁할 수 있겠습니까?" 그 청년은 중얼거렸다.

"하지만, 결국 부탁했습니다. 그녀에게로 가서, 그리고……, 오, 제가 얼마나 서투르게 말했는지 모르실 거예요."

"여자들, 그들은 그와 같은 이야기를 끌어내기 위한 버팀목을 만들어 내는 데엔 천재적인 소질을 갖고 있지."

"예, 하지만, 저는 여태까지 저주받은 바보짓만 했어요!"

"우리 모두 언젠가 다시 만나게 될 거요." 포와로가 철학적으로 말했다.

그러나 잭의 얼굴은 굳어졌다.

"또 다른 문제가 있습니다. 저는 제 아버지의 아들입니다. 그 사실을 안다면 누가 저와 결혼하려 하겠습니까?"

"물론 젊은이는 젊은이 아버지의 아들이지. 여기에 있는 헤이스팅스도 잘 알듯이 나는 유전을 믿는 사람이오."

"저, 그렇다면……."

"잠깐만, 나는 한 여성을 알고 있소. 용기 있고, 참을성 있고, 위대한 사랑을 할 줄 알며, 목숨을 바쳐 자신을 희생하는……."

청년은 고개를 들었다. 그의 눈빛이 부드러워졌다.

"저의 어머니를 말씀하시는군요!"

"그렇소. 젊은이는 아버지의 아들일 뿐만 아니라, 또한 어머니의 아들이기도 하오. 벨라 양에게로 가요. 그리고 모든 것을 말하도록 해요. 아무것도 숨기지 말고. 그리고 그녀가 무엇이라고 하는지 들어봐요!"

잭은 우물쭈물하는 듯이 보였다.

"더 이상 어린애같이 굴지 말고, 남자답게 그녀에게로 가는 거요. 남자는 현재와 과거의 운명을 피하지 말고 소화해서 멋진 새 삶을 기대할 줄 알아야 해요. 그녀에게 삶을 함께 나누자고 진심으로 청해 봐요.

당신은 당신들 사이의 사랑이 불 속에서 시련을 당하고도 부족함이 없다는 사실이 입증되었다는 것을 모르겠소? 두 사람은 서로를 위하여 자신의 생명까지도 기꺼이 포기했었소."

그러면, 이 소설의 저자인 아더 헤이스팅스 대위는 어찌되었는가?

한편에선 그가 바다 건너 목장에서 르노 가족과 함께 산다는 이야기도 들린다. 그러나 이 이야기의 끝을 위해서는 주느비에브 별장 정원에서의 한 아침으로 되돌아가는 것이 좋겠다.

"나는 당신을 벨라라고 부를 수 없어요." 내가 말했다.

"그것은 당신의 이름이 아니니까. 그렇지만 델시는 친숙하게 들리지 않아요. 역시 신데렐라가 좋겠소. 신데렐라는 왕자와 결혼했지만 나는 왕자는 아니오. 하지만……."

그녀가 가로막고 말했다.

"신데렐라는 그에게 경고했지요, 틀림없어요! 그녀는 왕자비가 될 약속을 할 수 없었습니다. 그녀는 단지 보잘것없는 하녀이기에, 자기는 결국……."

"왕자가 그 말을 가로막고 무엇이라고 했는지 알아요?"

"아뇨, 뭐예요?"

"'제기랄!' 하고 왕자가 말했지요. 그리고 그녀에게 키스했습니다!"

나는 그렇게 말하면서 그대로 행동에 옮겼다.

〈끝〉

　여기 소개하는 《골프장 살인사건(1923, Murder on the Links)》 은 애거서 크리스티(Agatha Christie, 영국, 1890~1976)의 3번째 작품이며 3번째 장편이다.

　또한, 크리스티 여사의 처녀작 《스타일즈 저택의 죽음(1920, The Mysterious Affair at Styles)》으로 데뷔한 명탐정 에르퀼 포와로가 등장하는 2번째 작품이기도 하다.

　퇴역 군인이자 작가인 헤이스팅스가 내레이터가 되어 쓰인 이 소설은, 포와로는 발로 뛰는 수사보다는 자기 내부——즉, '회색의 뇌세포'를 사용한 추리라는 독특한 방법으로 사건을 풀어나간다.

　자만심 강한 포와로에게서 늘 면박을 당하면서도, 또한 포와로에게는 없어서는 안 될 소중한 친구인 순수하면서도 침착하지 못한 헤이스팅스 대위는 셜록 홈스의 조수 역할을 하는 왓슨 의사처럼 포와로를 돕고 있다.

　이 작품에서 여사는 사건의 전개 과정을 통해 1인 2역이라든지, 20년이 지난 과거의 일을 현재에까지 이끌어오는 수법 등을 적용하고 있다. 이는 여사의 처녀작과 비교해 볼 때 사건의 발생이나 처리가 평범한 방법이 아님을 나타내 주는 것이다.

　이즈음, 이미 이전의 두 작품 《스타일즈 저택의 죽음》과 《비밀결사(1922, The Secret Adversary)》를 통해 베스트셀러 작가의 대열에 오르기 시작한 여사는, 단순히 한가한 시간에 습작을 즐기는 수준을 훨씬 뛰어넘어 철저한 프로페셔널리즘을 과시하게 된다.

　여사는 자신이 원하는 것, 강조하고자 하는 것에 대한 작가로서의 분명한 태도도 지니게 된다. 이 작품이 발간되면서 여사는 자신의 소설 표지에까지 지대한 관심을 보였는데, 자신이 전속으로 계약을 맺고 있던 '바들리 헤드(The Bodley Head)' 출판사를 직접 찾아가 잘못된 표지를 바꾸라고 항의하기도 했다.

　앞서 말한 대로, 이 작품에는 다양한 사건의 수법들이 등장하는데, 크리스티 여사는 얽히고설킨 사건들과 인물들을 아주 치밀한 구성으로 다루어 놓고 있다. 여사는 여기에서 인간의 본능, 욕망, 애증, 그리고 유전 형질에 대한 과감한 터치로 작품 전반을 매우 다이내믹하게 이끌고 있다.

혹자는 이 작품을 침착성이 결여된 크리스티 여사의 초기 습작의 하나로 봐야 하지 않을까 라고 평하기도 한다. 하지만, 이 작품이 주는 재미와 사건을 극적인 반전, 전혀 예기치 못한 상황과 더불어 에르퀼 포와로—헤이스팅스 콤비가 이루어내는 인간의 심리에 바탕을 둔 재치 있는 추리가 이 책을 끝까지 놓지 못하게 한다.